별나라
星の国
植民地下・朝鮮児童文学作品集

朴世永 他◉編
桑ヶ谷森男◉訳

訳者まえがき

本書は、今から八十年前の、朝鮮プロレタリア作家が書いた児童文学作品を収録した「해방전 아동문학 작품집 별나라, 아동도서 출판사」（一九五八年）の翻訳である。

この作品集には、一九二五年から一九三七年までの十二年間に発表された、十九名の作家による百十二の作品が載っている。これらの作品が書かれた時代の朝鮮は、日本の植民地統治下にあり、出版・表現の自由は厳しい制約を受け、検閲による削除・発禁処分は隅々に及んでいた。本書に載っている十九名の作家のうち、すくなくとも十一名は、検挙、投獄された経歴をもつ。

日本の昭和一桁に当たるこの時代、朝鮮においても児童文学が盛んになってくる。本書名『星の国』は、もともと一九二六年六月に創刊された少年少女雑誌の名から採られた。少年少女雑誌『星の国』は当初、青少年に一般的な教養を与えるという性格をもったものであった。しかし、その後この雑誌はカップ（ＫＡＰＦ朝鮮プロレタリア芸術同盟）の影響下に入り、朝鮮のプロレタリア作家の作品で占められていった。本書作品集に収録された作品の多くが、この雑誌に掲載されたものであることから、本書に同名の『星の国』がつけられた。

当時の少年児童雑誌としては、『星の国』のほかに『新少年』『オリニ』『児戯生活（あそびの生活）』があったが、植民地支配の現実に目をむけさせ、抵抗する精神を呼び起こす雑誌は、『星の国』と『新少年』であったと、巻頭言で朴世永は語っている。残念ながら当時の『星の国』『新少年』などは、その後の激動する時代の中で散逸し、この作品集を編集するのはきわめて困難であったという。しかし、集められた作品から、解放前、すなわち「植民地下にあった」朝鮮の社会の姿が子どもの生活を通して浮かび上がってくる。

八十年余の時代を隔て、民族を異にした当時の朝鮮の人びとの思いと暮らしを、今日の私たちがどれほど理解できるものなのか。それは、この翻訳を続ける中でつねにわたし自身への問いかけであった。植民地にした者とされた者とが、歴史を共有できるのか。作品に素直に共感できたり、違和感をもったりするなかで、私にとっての他者である朝鮮にたいする他者理解が深められたように思う。

原文は、作者によって方言が使われていたり、現在の正書法とはちがう綴りの単語もあり、児童文学とは言えかなり困難な翻訳となった。高演義氏（朝鮮大学校客員教授）の親身のご指導があって、はじめてこうして出版できるものになった。ここに深く感謝の意を表する次第である。大村益夫氏と友人の早川義春君の助言もありがたかった。また、六七歳から七七歳まで十年も牛歩のように翻訳作業をつづけられたのは、同人『海峡』の仲間である、井上學、樋口雄一、任展慧、佐野通夫、長沢秀、高秀美、曺貞烈、山口明子各氏の暖かい励ましによるものである。

東アジア諸国民の平和共存・相互理解を願って

凡例

一　この解放前児童文学作品集『星（ピョル）の国（ナラ）』は、朝鮮民主主義人民共和国の児童出版社より一九五六年八月に初版、五八年の八月に増補版が発行された。巻頭言〝『星の国』増補版を出すにあたって〟を書いた朴世永などが、中心になって編集したと思われる。奥付には「人民、初級中学校　生徒用」とある。

二　この作品集は、作家ごとに編集されていて、作者の略歴が数行つけられている。作者の略歴は原文以外に『韓国近代文人大事典』亜細亜文化社、『韓国社会主義運動人名事典』創作と批評社などを参照して補足した。挿絵の姜湖の略歴は訳者あとがきで触れる。

三　各作品の題につけられている、児童詩、少年詩、童謡、壁小説、少年小説、小説、童話、児童劇、児童詩劇、童謡劇、童話劇、地理劇、理科劇は、原則として原文のままである。一部、少年小説とあるのを少年少女小説とした。

四　原文の注は〈注〉とし、訳注は《訳注》とした。

五　地名につく道は日本の県に、郡は郡、市は市、邑は町、面は村、洞および里は字（あざ）に相当する。ソウルの区は日本の大都市の区、洞は町に相当する。

해방 전 아동문학 작품집

별나라

아동 도서 출판사

1958

目次

表紙装丁・挿絵　姜（カン）湖（ホ）

『星(ピョル)の国(ナラ)』増補版を出すにあたって

朝鮮の現代児童文学は、革命的「カップ」文学の一翼を担いつつ、解放前の暗澹とした厳しい時代に、日本帝国主義の過酷な弾圧にも屈せず、自由と独立のために、階級闘争のために、闘ってきた。

したがって、プロレタリア児童文学は、当時飢えと虐待に苦しんでいた勤労青年と農村の少年たち、そのほかの全ての青少年たちに、『わたしたちは、なぜひどい目に遭い、なぜ飢えて貧乏するだけの生活をしなければならないのか？　このような腐敗した世の中をなくそうとするなら、どのように闘うべきなのか？』など、明確に指し示す役割をはたした。

こうして、その当時勤労青年のために漠然と教養を与えていた少年雑誌『星(ピョル)の国(ナラ)』（一九二六年六月創刊）を、「カップ」の影響下に引き入れて、はっきりした目的をもった、戦闘的なものへと内容を一新させた。

もちろん執筆者たちは、「カップ」作家を中心とし、その影響を受けた新人作家たちで網羅された。したがってそれ以後は、単なる幻想の世界の『星の国』ではなく、社会主義社会を目ざして前進する、はっきりとした目的をもつ『星の国』となった。

同じくして一九二八年三月一日に、中央印書館から発行していた児童雑誌『新少年』も、『星の国』に歩調を合わせて「カップ」出身の新人作家たちによって、『星の国』と同じ方向で編集するようになった。

しかし他の一方では、日帝植民地統治に頭を垂れただけでなく、敵にへつらい、ブルジョア青少年たちに植民地奴隷の屈従思想を宣伝することに没頭していた純粋児童雑誌『オリニ（こども）』と『児戯生活（あそびの生活）』などがあったが、これらは勤労青年から相手にされず、反発を受けるだけだった。

したがって、階級的立場に固く立ち、党性を固守した「カップ」児童文学にたいして、日本帝国主義警察は、ためらうことなくあらゆる野蛮な弾圧を加えてきた。

客観情勢がこのように厳しいものだっただけに、すでに創作されていた、優れた多くの作品が世に出ることができなくなり、またどんな作品も削除のないものはほとんどなく、一年に二、三回の発売禁止に遭うことなど、めずらしくはなくなった。

しかし、このようなあらゆる難しい条件を乗り越えて、『星の国』の総発行号数は八二号となり、『新少年』は七〇号を超えている。それにもかかわらず、この作品集は、わずか十余号をもって編集し、今度の増補版で、さらにやっと五、六部を拾い出し、その中から補充して収録したものになった。

その上で、この作品集を発行するにあたって、ぜひとも言っておかなければならないことは、多くの作品が日帝の検閲の目を巧妙に避ける方法として、伏字を使う時もあり、または直接的に表現できず、あれこれ婉曲に書いた作品も少なからずあったということだ。

なお、童謡、児童詩、童話の中には、象徴的手法で表現したものもあった。鄭青山（チョンチョンサン）作の童話『寄る辺なき姉弟』『土を掘る子どもたち』のような作品がその実例である。

初版よりも若干作品が補充されたが、まだ資料がなくてここに収録できなかった作品も多く、さらに残念なことは、ある作家たちは少なからず作品を発表したものの、その作品を探し出す手がかりがなく、わずか数篇しか載せられなかったり、まったく掲載できないこともあった。また、発見された作品があっても、それが連載物であるため、しかたなく除外したこともある。例えば、当時、児童劇だけでなく童謡でも優れた作品を数多く発表し、児童文学活動に多大な役割を果たした申鼓頌の作品が、初版には童謡『五銭で買ってもらった手袋』一篇だけであったが、今回は数篇をかろうじて加えて掲載できたのである。

そして、宋完淳と安俊植の作品や、ク・チッケとアン・ピョンウオンの作品なども、ほとんど収録できなかったことは、きわめて残念に思う。しかし、この事業は、これから先も継続されるだろうから、いずれ見ることができると思う。

今回増補版を出すにあたり、伏字だったものを再び復元したものもあり、理解しがたい語句にたいしては、いくらか修正を加えたことを言っておく。

「カップ」の児童文学の革命的伝統を受け継ぐ今日のわが児童文学は、党の正しい文芸政策によって、さらにめざましく発展している。

したがって、今日、「カップ」作家を中心とした解放前の児童文学作品集を出版するということは、わが児童文学の発展に少なからぬ助けとなるものと確信している。

この作品集を出すにあたって、当時「カップ」の装丁と挿絵を引き受けてくれていた姜湖同志が、今回も装丁と挿絵を描いてくれたのは、この上なく喜ばしい。

さらにまた、きわめて困難な環境にありながら、最後まで手放さなかった何巻かの『星の国』と『新少年』を資料として提供してくれた李園友同志と、児童文学研究のために蒐集しておいた貴重な資料をすすんで提供してくれたチョ・サンヨプ同志に深く感謝するものである。

一九五八年三月二二日

朴　世　永

崔曙海（チェソヘ）篇

略歴

崔曙海は、本名を崔鶴松といい、一九〇一年咸鏡北道城津に生まれる。城津普通学校五年卒業後、一九一七年から中国東北（間島）で放浪の極貧生活を体験する。一九二三年に帰国して、しばらくの間、揚州鳳仙社に入り、創作に専念する。その後ソウルに行き、朝鮮文壇社などで雑誌記者を続けながら作品を書く。その間「カップ」にも参加している。一九三二年七月九日、三二歳で没した。

児童詩　田舎の少年のうたいし歌

ぼくは、
春になるとすぐに　父さんの後について
牛を引き　クワをかついで
あのひばりが鳴く
野に出かけます

父さんは耕し
ぼくは掘り
まんまるいお月さまが
あの山の頂に昇るころ
小川に足をすすぎ
家路をたどります

母さんが炊いておかれた
あたたかい粟ご飯
妹が煮立てておいた
香（かぐわ）しいチゲに

家中そろって腹を満たします
ねこも、犬も……

夏になると　父さんの後について
クワをかつぎ　鎌を持って
あの日ざしの暑い
畑に出かけます

父さんは　草を刈り
ぼくは　イヌワラを抜き――
炎天の真昼時には
妹が運んでくれる
あまい甘酒にのどをうるおし
柳の木陰すずしい川辺で
釣り糸を垂れます

日暮れて　もどる時――
牛に食べさす飼葉（かいば）を一背負い
ぎっしり刈り取って　帰ります

夕べには
母さん手織りの
こざっぱりとした麻服を着て
家族そろって蚊遣火（かやりび）のそばに
つどって座り
野良仕事の話に
夜の更けるのも忘れます

そのうちに
向かいの山にももみじが色づき――
野には　黄金（こがね）の波が
溢れ流れます

父さんの年老いた顔は
笑いに　赤らみ
母さんは　酒つくりに
いそしみます
妹やぼくまでも
心なごみます

頭を垂れたみごとな稲を
きれいに刈り取ってしまうと
黄色い籾(もみ)で
いっぱいです

ところが
地主のために小作米を幾駄(いくだ)も積み出すと——
あゝ——ぼくたちはもとのように
粟めしを食べるようになります
一年流した血のような汗を
肥やしにして育った稲は
なんと買って食べるようになるのです

そして　雪が吹きすさぶころ——
母さんは木綿を織り
父さんはわらじを編み
妹はご飯を炊き
ぼくは 薪(たきぎ) をとりに……

こうして
父さんも年老い
母さんも年老い
妹は嫁（とつ）ぎ行き
ぼくは嫁もめとれず……

あゝこれが
春から　冬まで
冬から春　また冬
ぼくが送る　生活です

〔一九二五年、『東亜日報』〕

《訳注》崔曙海は、多くの小説を遺しているが、中国東北での自分の生活体験と深く関わる、間島流民や貧農の悲惨な生活を題材にし、飢えと貧困の生活苦のもとで生きる人たちがどのような条件下で暮らし、どんな感情を持ち、どのような行動・生き方をせざるを得ないかを描き出した。批判的リアリズムからプロレタリア文学への橋渡しの位置を占めたといわれている。その代表作の一つ「脱出記」が大村益夫氏の訳で『朝鮮研究』五六号（一九六六年一一月）に掲載されている。

さて、「田舎の少年のうたいし歌」には、児童詩という名称がつけられているが、日本語の感覚で言う児童詩ではない。前にあげた詩の分類名、児童詩・少年詩・童謡がそれぞれどういう意味・内容・形式で名付けられたのか、今のところ私には分からない。この「田舎の少年」は、少なくとも十代半ばを過ぎた少年だと思う。

朴世永（パクセヨン）篇

略歴

一九〇二年七月七日、京畿道高陽郡に生まれる。一九二二年、ソウル培材高等普通学校を卒業し、中国に渡り英語専門学校に学んで、一九二四年に帰国した。帰国後は、焔群社の同人として、また「カップ」同盟員として文学活動を行った。一九二六年から一九三四年までは、少年雑誌『星の国（ピョルナラ）』の編集に責任を持った。解放後一九四七年からは、北朝鮮文学芸術総同盟書記長として働き、朝鮮戦争当時は従軍記者として活動した。この作品集編集時は、朝鮮作家同盟中央委員会常務委員として創作活動に専念している。詩集『岩つばめ』（一九三七年）、『流火』（一九四六年）、『朴世永詩選集』（一九五六年）、『密林の歴史』があり、「愛国歌」（一九四七年）、「人民軍行進曲」（一九四八年）、そしてよく知られている「イムジン河（臨津江（リムジンガン））」の作詞者である。一九八九年に八七歳で没している。

童謡　かじ屋

つち音響くあの小屋は
年寄りじいさんのかじ屋だよ
朝から晩まで
トゥックタック　トゥックタック
チンチングル　トゥックタック

相方が吹くふいごは
プルルドック　ピック　プルルドック　ペック
休まずに調子を合わせ
火はぼうぼう　鉄よ熱くなれ

じいさん手作りのこの道具
処々方々にゆきわたるが
固く、かわいた手が
昔からの友だちなんだ

じいさんのあのかじ屋も
近頃は騒がしくなった
お客とあれば　みな引き止めようと
声が混じって聞こえてくるから

〔一九二七年、『星の国』〕

〈注〉〝お客とあれば　みな引き止めよう〟とは、労働に対する精神を高めると同時に、勤労者たちの団結を意味したものである。

童謡　草を刈るうちに

小川のほとりの芝地で
　草を刈るうちに
鎌に引き裂かれた蛙
　一匹を見て
憎らしい奴らの肥った腹を
　思いうかべた

畦道に腰をおとして
　草を刈るうちに
黄金色の波打つ
　稲を見つつ
地主どもの米倉を
　想った

丘に登って
　草を刈るうちに
鎌を手に　赤い夕焼け
　はるかに望みつつ
北の国の旗を
　想った

〔一九二八年、『星の国』〕

〈注〉「北の国の旗」はソ連の赤い旗を意味する。

童謡　おじいさんと古時計

テックカク　テックカク　音を出す
動いて止まり　また動く　あばたの古時計

三歳十歳　また十歳
私の歳より年寄りの我が家の時計

今の時代でも　まだ動く
あえいで動けず　なぜすぐ休む

病がだんだん重くなる
おじいさん古時計　それでも音を出す

これこそ未来に
駆けてゆく足音　時代の歌

おじいさん　少しでも長生きしてください
私たちの未来を見てください。

〔一九二八年、『星の国』〕

児童詩　川のほとりで

音もなく流れる川の水は
緑の水が入っているよ
緑の山を洗い　流れ下ってきたのか
青い空をちぎって　流れ下ってきたのか

川の水は緑色になったよ
群れ集い来る数千万の子どもの
きらきらする瞳を　抱いているように
おだやかに　勇壮に
川の水は　瞬き　流れてはゆく

風をはらむ帆は　大きく　小さく
高く掲げた旗のように動いて
行くよ　行くよ　波の上にはためいて

光り輝く道を　走ってゆけ
星のように瞬いて　流れてはゆく
〔一九二八年、『星の国』〕

童謡　雲を呼ぶ心

田んぼの畦や畑の畝の間を通るたび
私の心はとても重く沈みます
田んぼの面(おもて)も畑の畝もひび割れて
真夏の照りつける日差しに穀物も枯れます。

雲はやってきても　また戻って行くが
いつも大雨降らしてゆくよ
日照りを追い払い　生き生きと蘇るように
雲よ集まれ　雨を降らす雲よ
〔一九二九年、『星の国』〕

童謡　お客の話

ここに来るお客
　不思議なお客
話しながらも目だけは
　おそろしく光る
村人を集めて
　話するときは
胸から火の玉が
　吐き出されるようだ

時々来るお客
　不思議なお客
その人の話は私が大きくなっても
　忘れることはない
近頃は彼のような
　お客が増え
私たちの心は新しいお客を

ひたすら待ち望む

〔一九三〇年九月、『星の国』〕

童謡　五月の行進曲

僕らは職場で働く仲間
共に笑い共に泣く親しい仲間
すべての仲間よ　みんな進み出よ
××旗の下に　僕らは行こう

晴れ上がった五月の空を見よ
赤く燃えた五月の太陽を見よ
すべての仲間よ　みんな進み出よ
××旗の下に　僕らは行こう

煙の消えた煙突を後ろに残し
木の篭、草刈鎌、稲刈り鎌を投げ捨て
すべての仲間よ　みんな進み出よ
××旗の下に　僕らは行こう

〔一九三一年五月、『星の国』〕

〈注〉〃××旗〃は、赤い旗。

童謡　木陰

エンジュの木陰で
　昼寝ばかりしている
太っちょの腹をちらっと見れば
　豚と同じだ
じりじり照りつける田畑で
　はたらく農夫
太っちょのお腹が裂ける日を
　知って働くのだ

〔一九三一年七月、『星の国』〕

童謡　ツバメ

春ごとに来るツバメ
　草木が芽生えるとやって来た

白い服に外套を着て
　また訪ねてやって来た
おしゃれな　あのツバメたち
　憎らしいほど
金持ちのまねをするんだ
　それは腹が立つけど
一日だけでも　何千何百匹
　虫を捕まえるから
ツバメよ　お前はありがたい鳥
　捕まえはしないよ

ピッピッとかわいらしく
　鳴らすお前の鬼灯（ほおずき）
秋が来て帰って行く時は
　私に残してお行き

〔一九三一年、『星の国』〕

童謡　ソバの花

山のふもとに咲く花は
　雪が降ったかソバの花
ソバ花畑のその中で
　コオロギの声　ころころ
リスは小首かしげ
　あちらこちらくるくる廻り
ソバの花が咲いたなら
　アシの花がそよぐ

おじいさんの白髪頭(しらがあたま)
　見え隠れして
山のふもとのソバ畑
　たったひとりで育ててる

今すぐ花が咲いたなら
　いつでもソバは実るのか
雪降る前のその時に
　ブルブルふるえて実るのだ

〔一九三三年一〇月、『星の国』〕

〈注〉〃ソバの花〃は農民を象徴し、〃アシの花〃は労働者を意味し、労働者階級の勝利が必然であることを示した。

童謡　カモメ

波は　ざぶりざぶり
　光の玉を放ち
百里の道の海には

　銀の橋を架(か)ける
月の光に　ぼうっと
　夢を見る島は
寂しい私を　おいでと
　招きよせる

マストは　ゆらりゆらり
　風は　そよそよ
巣を奪われたカモメ
　飛び彷徨(さまよ)う
飛んで飛んで　また翻(ひるがえ)り
　島伝いに行くが
母さんはどうしたのだろう
　見えるのは波だけ
懐かしいむかしの家は
　トビが住み
温かい母さんの懐(ふところ)を
　思うのだろうか

海の旅人たちは
　漁船を追い
カモメは　あの海へ
　飛んで行きます。

〔一九三三年、『中央日報』〕

童詩　動物園の花

やさしくそよ吹く春風に、
霧のように降る小糠雨（こぬかあめ）に、
深い眠りから目覚める花びら
青々した芽は　春を唱いました。
鳥と一緒に　唱いました。

虹の輝きのように降りそそぐ
うつくしい春の歌を唱いました。

今は赤く東が明け初（そ）める時
鳥たちは、籠の中の鳥たちは
自由な春、うつくしい春が恋しく
緑の枝、色とりどりの花の茂みが恋しく
翼を羽ばたきながら唱い続けます。

遠くインドのオウム、アメリカの金鳥、
北極のペンギン、そしてジャワのシメは
花に驚かされたのか一日中ぐずぐずしています。

ご覧なさい、クマは踊り、カンガルーは跳びはね、
ゾウは長い鼻をぶらぶら
ライオンは吼えることもしないのですから。

午前になるとぴかぴかに磨かれているところに
黄色・桃色・真っ赤・藍色で包まれた
赤ちゃんを連れてお出でになります。
紳士、貴婦人たちがお花見に来られます。

半日も過ぎると　手に手をとって
めいめい包みに美味しい食べ物を入れ
訪れる人の波 ——
人の世界は美しいです。
うらやましいです。あゝうらやましいです。

そして子どもたちは　私たち花房になつき
もみじのような手をひろげます。
人びとがうろうろさまよっているとき
ラジオはジャズで足並みをそろえてくれます。
春そして花に酔いしれる人たちは
私たちを揺さぶり、花びらを飛ばします。
そして笑い、手をたたきます。

しかし日がだんだん暮れていくと
パクソク坂を越えてゆく多くの人影
工場から帰ってくる労働者と少年工たち。

破れた服、油にまみれた服を大笑いしながら
そ知らぬふりで行過ぎるその人たちは
なぜ一度もこの場所に来られないのか、
彼らが生活している所を見たならば、
彼らが働いている所を見たならば。

夜でも多くの人たちでいっぱいなのに
塀を越えて一緒に通り過ぎていったあの人たちは見あたりません。
なぜあの人たちは私たちを見て、腹が立つのか、嫌うのか、
分からないあの人たちの世界、
花はこのようにしきりにつぶやきました。

そんな時風に飛ばされる花びらが
ひとつ二つ　今夜も高い塀を越えて飛ばされて
弁当を抱えパクソク坂を越えてゆく彼らの
顔にかすめる時
やせた彼らの手はうるさそうにふりはらい
みんな通り過ぎて行きました。

〔一九三三年六月、『星の国』〕

童謡　故郷の春

1　小川のほとりで柳がブランコこげば
ゆらゆらと飛ぶ柳絮(りゅうじょ)
ひとつひとつ集めて初物の綿だと
おばあさんに差し上げた春が懐かしいな。

2　柳笛吹きながら川を渡れば
水車がゴトリゴトリひたすら回り
くねくね曲がった田の溝を通ってゆけば
嫁いだ姉さんの家、イチョウの木の家。

3　市の日になるとぼんやりと裏山に登り
米を買ってくるかと父さんを待っていれば
赤い日だけがだんだんと山の向こうに沈み
スットル峠は霧の中で眠りに入ります。

4　ポクスンと山菜を掘り　笛を吹けば
鶯もケッコルコルと森で鳴き
子犬はひよこを追い回していた
ぼくの故郷のむかしの家が懐かしいな。

〔一九三四年四月、『星の国』〕

壁小説　校門を閉ざした日——ある学生の手記

九月二日
　ぼくはこの日を忘れることはできない。それは本当にぼくたちにとってあまりにも惨めな日だったからだ。
　前の土曜日に先生はぼくたちを引き連れて津寛寺に遠足に行った。先生はその時も平然とされ、いつもと変わったご様子はなかった。もっぱら楽しい話と、キルス君のハーモニカ、ヨンスンの童謡、独唱というプログラムで、愉快に遊ぶだけであった。

しかしどうしたことか、今日の先生は顔に悲しみの色を浮かべておられた。あんなに慈愛深く、快活であられる先生が、今日はむっつりと、沈痛になられていた。そうしていると先生は突然このような話をされた。

「私は少しのあいだといえども君たちと別れたくはない。できれば君たちが卒業するまでは教えてあげられたらよかったが、それができなくなったんだ。君たちも知っているように、この村で多少お金を持っているキム・オジャン、チョン・ブウィ、リ・チョシ、ハクソのところはもちろん、今では学校のことなど知らないというふりをして村から学校へ出してきた＊百一税というものをやめてしまった。そして普通学校が建った後は、生活に余裕のある家の子どもたちは皆そこへ行かなかったか。私はどんなに努力しても、君たちとこれ以上協力してやってゆくことができないのだ。院長のキム・オジャンは、就任して一年になるのに私たちの学校に一度でも来たことがあったか。だからといって君たちが月謝を持って来られないから今日学校がこのようになったのではない。

いずれにしても、貧しい私たちの学校も私たちの力だけで支えていかなければならないことは分かりきったことだが、このところ食べることができず学校を辞める子どもたちもだんだん増えてきて三十名まで減ってしまった。だが、今私はやるべきことはすべてやったと思う。ところがこれ以上一日も待てないと日本の警察は校門を閉めろと騒ぎ立てるので、今はもう続けることはできないのだ。それで私は君たちに忘れないでほしい話を遺していく。君たち皆んな、いつでも私のした話は忘れるな。上の学校に行けないからと落胆せず、世の中はこのように捻じ曲がっているが私たちはひたすら戦わなければならないという考えだけは忘れるな。それが、君たちを永遠に死から救い出すことになるのだ。そうしてこの次は立派な人になって必ず会おう……最後に校歌でもうたってお別れしよう」と言われ、最後はどうしても言葉にならずに終えられた。

先生の目には涙がにじんでおられた。僕たちの目も、

皆水に浸かったようになった。さて、どのように歌をうたえるというのだろうか。しかし、ぼくたちはとぎれとぎれに校歌をうたい、先生は半分しかうたうことがお出来になれなかった。

「裏山は 栗の木が 緑陰をつくり
エンボン山は 高くそびえ 永遠に 見守る
破れた窓に 貧しき友
みんな みんな われらの 雄雄しき友
虎に出合っても 恐れず
悪を見れば こぶしを握る
新しい時代の仲間を育てることが
われらがエンボン学園の団結の合言葉」

歌声はだんだん小さくなっていった。しくしくと悲しい声になっていったかと思うと、たちまちみんな泣き出してしまった。ぼくは、メーデーの曲でうたうぼくたち学園の歌をこのように最後にうたうことは耐えられなかった。先生はいつの間にかぼくたちを残して出て行かれた。しかし、ぼくたちは最後まで残って教室を離れなかった。

お慕いしていたリム先生が行かれた後には、ぼくたち三十名は牛のように過ごすだけだった。そして、ぼくたちが勉強した教室はこのように変わった。先生がつぎはぎして繕った引き窓は、今はガラス窓がちかちかしていた。その中からは、リム先生とぼくたちの声に代わってキム・オジャン、ジョン・ブウィ、リ・チョシたちの高笑いが流れてきた。沈む夕日の強まる日差しをあびて『クサン共同蚕室』という看板がはっきりと見えた。

あゝ、ぼくたちが飛び廻って遊んだ校庭を通り過ぎるたび、過ぎさった日のリム先生が思い出され、友達が懐かしく、心が痛くなった。しかし、耳にする知らせは、ぼくをもっと驚かせた。これはどうしたことか。リム先生はなにかの用事があったのか誰かと一度来られたことがあったが、二度と現れることができない身になられたという。

いま考えると、すべてが悔やまれる。ぼくたちは確かに臆病でぼんやり者だった。なぜ学校の門を閉ざせと言われたり、ぼくたちが貧乏で暮らしているのはどうしてなのかというリム先生のお話が、すべて甦ってくるのだ。ぼくはリム先生にお会いできなくなって残念でならない。

（一九三二年八月、『星の国』）

〈注〉「百一税」は、自己の収入の百分の一を差し出すもの。

童詩劇　牛の兵隊

とき：初夏の夕暮れせまる頃

ところ：集団農場が見える丘

登場人物

ポンマン（感化院から脱走してきた子）

ユンジン（牧童）

チョンスン（村長の娘）

ソグン（牧夫のおじさんの娘）

牧夫のおじさん（集団農場のラッパ手）

リ先生（感化院の先生）

舞台

緑の野の向こうに遠く山脈が見える。サクラの木が立っている丘。岡には山の花が美しく咲いている。

×

幕が開くと牧夫のおじさんの前で集団農場の村の子どもたちとポンマンが言葉を交わしている。

チョンスン—（ポンマンを見ながら）
怖い子も世間には、まあいるものだ。
トラか獅子か　悪い子も、まあいるものだ。
お行き　お行き
よそへ　お行き。

ソグン　—　悪い子も　ほんとに多い。
盗みをして　感化院へ捕まえられていったんだ。

ユンジン—　盗みをした子だ。
世の中で悪い子だ。
そんなことをして　何処に来た
行きな　行きな　遠くへ行きな。
ここのポクサ洞がどんなところだと思っているのか。
盗みをする子がなぜ来たんだ。

ポンマン—　かわいい仲間たち
ぼくは今ではよい人になったんだ。
ぼくのような仲間をつかまえ
二十回泣いた　三十回泣いたんだ。
ぼくは涙も増え　雄雄しく正しい心も
今では増したんだ。
君たちも　ぼくたちのように
ひもじさを味わってごらんよ
君たちも　ぼくたちのように
やりきれない社会に生きてごらんよ
それで　牧夫おじさんも
ぼくも今は　新しい人間になったのではないか—

チョンスン—ああ、ひどい話、
ひどい話をまた言うものだ。
私の父さんは村長だし
（ユンジンを指しながら）
あの子の父さんは牧夫だけど
私たちの心があんたと同じなんて、

ひどい子。

ソグン　―　ア、ハハ
ほんとにそうだよ
お前のような子がどこにいるもんか？

牧夫のおじさん―
子どもたち！
人のことをそのように言ってはいけない、
もともと悪い人がどこにいるというのだ。
ポンマンもこの社会にくれば
そんなことをしないはずだ。

ポンマン―（鳴いている牛を眺めながら）
あ、牛たちも多いね、
牧夫のおじさん、
あの牛たちは誰のものなのですか？

牧夫のおじさん―
持ち主がいると言えばいるし、
ないと言えばない。
それぞれの家が何頭かずつ皆もっているの
で、
ポクサ洞が持ち主だろう。

ポンマン―
ああ、ポクサ洞はみんな良い暮らしをして
いるな、
それぞれの家に皆牛がいるとすると、
それならなぜ
あのように一箇所にいるのですか？

牧夫のおじさん―
わしはこの牧場のラッパ手、
ラッパを吹けば
それぞれの家から牛たちが出てくるのだ。
それでひと所に集まり
草を食べ水を飲んで遊ぶのだ。
ここもこのようになってから三年
今は泥棒も欲張りな人もいず、
みんな楽しく暮らしているんだ。

ポンマン―（感心して）
ぼくもこんなところで暮らしていたら
感化院に行くこともなかったろうし、
「小隊長」という言葉も聞くことはなかっ

た。
(胸をたたいて)
あ、、くやしい。
牧夫のおじさん、自分も今からは
ここに来て暮らそうかな?
そうそう、わたしはラッパを学んだのです
よ。
感化院にいるとき
しばらくのあいだ吹いていたんです。
牧夫のおじさんも吹いていらっしゃるので
すから
それならわたしもここにいられるようにし
てください。

牧夫のおじさん―
君がほんとにそうであれば
わしがしている仕事を君にあげよう。
朝になればラッパを吹き
夕暮れになればラッパを吹いて、
牛を出したり入れたりする
ラッパ吹きの仕事を君にあげよう。
緑の野にながれる
あの澄んだ小川の水を飲み、
ふかふかの草原に臥している
牛たちと共に過ごし
君は 君は暮らしたいのかね?
ただ　牛たちを世話するだけの
仕事をするだけだが
たやすい仕事ではないんだよ。

ポンマン―
ありがとうございます、牧夫のおじさん!
牛たちを友達のように愛する
わたしは牧童になります。

チョンスン―牧夫のおじさん
とんでもないことをまたおっしゃいますね。
人手が足りないわけでもないのに
どうしてそんな子を 雇われるのですか。
私たちも悪くなれば　どうなります。

ソグン　―
おじさん、とんでもないことをまたおっし
ゃいますね。

分りもしないでそうされるのですか
牛たちも大騒ぎになりますね。

牧夫のおじさん―
子どもたち、ポンマンをばかにしてはいけない。
この新しい社会になっては
そんなはずはないだろう!
ポンマンは私が話したように。
子どもたち、何も言うな。
泣いているポンマンをごらん。
あの目をごらん、どこが悪いのか。
それも一時の過ぎたことだよ。

ユンジン―
逃げてきた君さあ、それなら君は
ポクサ洞の人になりたいのかい?
牛を守る牧童になりたいのかい?
それならぼくの親しい友だちだよ。

ポンマン―
牧夫のおじさん、子どもたちは皆
思うことは同じようだ。
私も前にそうだったのです

いつでも悪いと思うのです。
（感じ入ったように）
ぼくは恥ずかしいけれども
牧夫のおじさんにみんな話したので
そうでなければ　ぼくは
嘘をついたことになりなります。

ユンジン―　おじさん、それなら
ポンマンを置いてあげてください。

チョンスン―そうしてください。
牧童にしてあげてください。

牧夫のおじさん―
よく言った。
ポンマンよ、それならば明日から
野原全体に鳴り響かせて
ラッパを吹きなさい、私の代わりに、
幸せな新しい日の歌を
全世界になり響かせなさい。

ポンマン―　牧夫おじさんのような方は
世の中にまたといないでしょう。
（とても感激したように）
つらいことだけで育った私は
殴られて育った私は！

牧夫のおじさん―
いや、この村の人たちは
誰でもわしより立派だよ。

ポンマン―　（また驚いた様子で）
この村がそうなんですか？
ほんとにどういう村なんでしょう？

牧夫おじさん―
あんな悪いやつらが　まあ
小さなポンマンを迷わせたんだろうよ！
君はほんとに心ここにあらずだ。
どのように恐ろしい目にあったのか
どれほどひどい暴力を受けたのか
ここはポクサ洞、ポクサ洞だ
真心のこもった務めをしようとすれば
君はすぐに分るだろう。

ポンマン―　（喜びにあふれたようにポンマンの歌）

ポクサ洞 ポクサ洞は 争いのない世界
ポクサ洞 ポクサ洞は　良い人ばかり
広い野を覆うものは黄金の穀物です。
集まっている牛たちは兵隊なんだ。
ポクサ洞の小さな友だち
牛の兵隊といっしょに育ちます。
立派な大人になろうと目覚めたのです。
兵隊というのは集まっている牛のほかには
いないのだ。

牧夫のおじさん―
それじゃ　今日からでも
ポクサ洞にいるつもりならいなさい。
ここがどんなところか　よく知りなさい。
ポンマン、これまで過ごしてきたこと
みんな忘れて
新しいポクサ洞の人間になりなさい。
君にも一頭牛をあげよう。

ポンマン―
いえいえ、私が牛をもらってどうします?
私は牛はいりませんから仕事だけします。
牧夫のおじさん、私は
忘れていたことがもう一つあります。
こんな良いところに
どうして私だけが暮らせますか?
骨だけになった父さん
工場でうずもれている父さん。
飢えておられる私の母さんを
呼び寄せたいのです。
そうして楽しく働きながら
ここで養います。
牧夫のおじさん、そうしてください。
(牧夫のおじさんの服の袖をつかんでいる)

牧夫のおじさん―
君の気持ちはわかった。
チョンスン、ソグンよ、
ポンマンは君たちと変らない。
お気の毒なお父さん、お母さんを
涙ながらに心配して
小さな胸を痛めているんだ。

ユンジン―　君、それなら早く行きなさい。
君の両親をお連れしてくれれば、
ぼくたちは、迎えに行くからね。
ぼくは子牛に乗り
チョンスンとソグンは
ヤギに乗って迎えに行くからね。

子どもたちの歌―
気の毒な友達　集まってきなさい。
ポクサ洞の小川の水を飲むと
幸せになるとみんな言います。
通り過ぎる旅人よ　休んで行きなさい
ぼくらの村を見物していきませんか。
牛一頭引き受け育ててみなさい。
日が昇れば働き　怠ける者はなく
楽しく育つぼくらのポクサ洞
いっしょにここで暮らしていきませんか、
わが友よ。

ポンマン―　それではぼくは行きます。
いとしい友達　またお会いしましょう。

牧夫のおじさん、ぼくは行きます。
急いで行き父と母を連れてまいります。
待っていてください。
それで　親たちが
どれほど喜ぶことでしょうか。
私の胸ははちきれそうです。
私は世の中を恐ろしいものとだけ見てきました
が
このような喜ばしい社会もあったのですね。
誰がこのような社会をつくったのでしょう。
ここがポクサ洞というのですね？
それじゃあもしもポクサ洞を忘れたとしても
牛の兵隊が暮らしているところといえばいいですね？

牧夫のおじさん―
かわいそうな子どもよ
正直なこの子どもたちを
このようにしてしまったなんて。

ポンマン、それでは
これを持って行きなさい。
（牧夫のおじさんは紙を取り出して桃を描く）
これは桃の絵だが
これを見て思いなさい。

ユンジン―　ポクサ洞　ポクサ洞と言いながら。
おじさん、ラッパを吹かれる時間になりました。
早く下りていってラッパを吹いてください。
空いっぱいに夕焼けが燃えて
太陽もあかあかと沸き立っていませんか。

牧夫のおじさん―　なに、もう時間だというのか？（時計を見る）
うん、そうだね、時間になったね。
（牛たちがモーモーと啼く）
ポンマン、じゃあ私は下りてゆき
ラッパを吹かなければならない。
ポンマン、それではすぐに行ってきなさい。
ご両親をお連れしなさい。

ポンマン―　早くラッパを吹きにいってください。
山のようなご恩に
どのようにして報いられるでしょうか。
（舞台の右手から感化院の先生登場）

リ先生　―　（驚いた様子で目を大きく開いて）
ポンマン小隊長！
君はここに逃亡していたんだね。
君が行くなら何処に行くのか？
とっくにみな分って探していたところだ。
さあ感化院に行こう。
今すぐに行かなくてはいけない。
（ポンマン驚いて　少し怖がる。しかしまた勇気を出して）

ポンマン―　あ、リ先生
私は行きません。
考えただけでも涙が出る
感化院へは行きません。
リ先生、私は

もう新しい人間になったので
二度と感化院には行きません。

リ先生　―　そんなことが通じるものか。
自分が行きたければ行き
やめたいならやめられるとでも思っている
のか？
ぐずぐず言わずにすぐに行かなければ。
君が逃げたために
僕まで迷惑してるんだ。
この悪い子、さあ行こう。
（感化院の先生、ポンマンの手を引っ張る。牧夫のおじさん、リ先生を見て）

牧夫のおじさん―　あなたたちは本当にひどい人たちですね。
正直なポンマンを連れ戻そうと
ここまで探しに来たのかね。
ポンマンは私が預かるつもりなので
早くあなただけ感化院に行きなさい。

ポンマン―　（牧夫のおじさんにすがるように）
牧夫のおじさん、
私を連れて行けないようにしてください。
私も今は前と違って
生まれかわったじゃありませんか。

リ先生　―　（話を横取りして）
生まれかわったって？
誰がそれを分るかね。
さあ感化院へ行こう。

ソグン　―　（少し退きながら）
たしかにそうだ。
ポンマン小隊長は逃げてきたんだ。
君が生まれかわったことを
ぼくたちにどうして分るのか。

ユンジン―　（ソグンを見て）
ソグン、そんなこと言うな。
苦労されている両親を思う
ポンマンの気持ちを分ってやろう。
気の毒な友ポンマンを
ぼくたちが助けてあげよう。

（リ先生を見て）
もしもし、先生でいらっしゃいますね？
ポンマンは、今はポクサ洞の人間、
ぼくたちのよい仲間になったのに
なぜ捕まえて行こうとするのですか？
感化院が口出しすることですか。

チョンスン―ははあ
悪いポンマン、小隊長。
あんたのような子が何処に来て暮らすのさ。
早く感化院に行きな。

牧夫のおじさん―
子どもたち、そっとしておきなさい。
ポンマンをふびんに思いなさい。

ポンマン―　牧夫のおじさん、
私をちょっとかまわないでください。
（子どもたちを見て）
ポクサ洞のいとしい友達。
ぼくがここに来て暮らせば
君たちともひけをとないはずなのに。
世の中はなぜこうなんだ！

牧夫のおじさん―
（リ先生を見て）
ポンマンを捕まえてゆこうなど、とんでもない。
このような良い子を捕まえてゆくなんて。
私はポンマンの気持ちが皆分ります。
悔しい思いで暮らした社会
この小さな子どもに何の罪がありますか？
つらい社会がポンマンをそのようにしてしまったことも分ります。

リ先生　―（頭を振って）
分ってもしょうがない。
連れて行かねばなりません。
（ポンマンをぐいと引く。ポンマンが捕まえていかれないようにがんばる）
さあ行こう。日も暗くなる。

牧夫のおじさん―
ポンマンや、

今日ポクサ洞を見た君、
君が今日抱いた思いは
誰も奪うことはできないのだから
君は必ずまた来なくてはいけない。
そうなればラッパの仕事を
君に必ず譲るのだから、
ポンマン、気を落としてはいけない。
そうなるまでがんばりなさい。
私はラッパを吹きに行かなくてはならない。
牛を呼び寄せなくてはいけない。
（牧夫のおじさんはポンマンをしっかりと抱きしめてから沈痛な様子で降りて行く）

リ先生　―さあ、早く行こう。
日が西の山に沈んでゆくよ。

ポンマン―皆さん、それじゃぼくは行きます。
ポクサ洞のお友達、さようなら。

ユンジン―（沈んだ様子で）
ポンマン、ぼくたちは君を待っているから
また来るんだよ。
必ずポクサ洞の人にならなければいけないよ。
（チョンスン、ソグンも同情した表情になる）
（ポンマンが引っ張られていきながらすっくと立ち、野を見渡す）
（やがてラッパの音が野原いっぱいに広がる）

ポンマン―ありがとう、ぼくの大好きな友達。
ポクサ洞にぼくは来てみせる。
（リ先生を見て）
あの牛たちを見てください。
牛たちは皆、散り散りになって
自分の家に入っていきます。
あ―あのラッパの音！
（手で指しながら）
あそこに見える牛たち！
あの牛の背中を見てください。
金色の波が打っているようでしょう。

リ先生　―おしゃべりはやめて早く行こう。

ポンマン―先生！　先生が牧夫の叔父さんだったら

私を放してくれたでしょう。
楽しい社会で暮らす
私は本当に小隊長になるでしょう。
（ラッパの音がまだ響いてくる）
あのラッパの音、
牧夫のおじさんが吹く
あのラッパの音、
あのラッパを私が吹くことになるでしょう。
（リ先生はポンマンを引いて出て行く。『早く行こう』という声だけが、ラッパの音といっしょに聞こえてくる。子どもたちも沈痛な様子でポンマンの行く方を見つめてたった時）

—幕—

（一九二九年四月、『星の国』）

童話劇　赤い蟻（一幕二場）

とき—春
ところ—山のふもと
登場人物
王様蟻
大蟻　三匹
小さい蟻　八匹（または十匹でもよい）
倉庫番　一匹
赤蟻　二匹

第一場
ところ—蟻の巣穴のなか
装置　：　舞台は蟻の巣穴の中である。黒い幕を八の字の形に、前は広く後ろは少し小さくつくる。赤い照明を装置すればよいだろう。王様蟻の衣装はボール紙を少し大きく切り抜き、背中に背負えばよい。衣装は少しきらびやかに飾る。倉庫番と大蟻たちは、ただ小さく蟻の形に切り抜き背中に背負わせる。色は、もちろん黒である。

幕が開くと、大蟻三匹が王様蟻と向き合って、少し腰をかがめてつつましく立っている。

大蟻1―申しあげます。外に出てみましたがなんの知らせもございません。今日は、ただ出て行くだけで入ってきてはおりません。

王様蟻―なんだと。そんなけしからん奴らか。おそらく何か起こったらしいな。

大蟻2―そうでございますね。どうも大事件が起きたようでございます。

大蟻3―今は穀物倉に食料も残りはわずかです。

王様蟻―どうせそんなことだろうよ。災難が起きる前に急がなければなるまい。

大蟻2―おおせの通りでございます。早くなんとかしなければならないでしょう。私がまた探りに出かけてまいりましょうか?

王様蟻―そうだ、お前がちょっと出てみよ。一匹でも来るのか来ないのか。早くさっさと行ってまいれ。

大蟻2―はい、それでは行ってまいります。

△　大蟻2は急いで後ろを向き、舞台の右手に退場。

大蟻3―王蟻様に申し上げます。どうも何か事件が起こったようです。耳に入ったところでは小さい蟻が何匹かぶつぶつぶやきながら腹を立て、騒ぎだしたということです。そして、食料をくわえてこないで、鳥の糞をくわえてきたとのことです。

王様蟻―や、そんなけしからん奴がおったか。それならなぜもっと早くわしのところに知らせに来なかったのか（かっと腹を立てる）。そうしたら、プラク大将に命じ即座に首を切り捨てさせるべきだった。（大蟻3に向かって）あゝ、ではお前が行って早く倉庫番を呼んでこい。

大蟻3―はい。

△　大蟻3　舞台左に退場。

大蟻1―私も最近カマスを見たら咥（くわ）えてくる食料はずっと少ないのです。

王様蟻―ひどい世の中になったものだ。そいつらも死のうというのか。なんで食料を咥えてこないで、誰に食わそうと鳥の糞を咥えてくるというのだ。

大蟻１―王蟻様に申し上げます。今度はとやかく言わずに、悪いやつらを全部殺してしまわなければなりません。先月は三百名を殺しましたが、今度はその倍くらい殺さなければなりませんでしょうね。
王様蟻―さてな。しかしそれはまずい。今回は、悪い奴らを殺す日取りは十五日に一回ずつと決めようか。
大蟻１―本当に我が王蟻様のような賢いお方は、世の中にほかにはございません。それならばおそらくおじけづいてもっとよく働くはずでございます。
△　倉庫番が大蟻３について入ってくる。
大蟻３―わたくしめ、倉庫番を呼んで参りました。
△　大蟻３　少し斜めに立つ。倉庫番が腰をかがめながらおびえている。
王様蟻―お前を呼んだのはほかでもない。二、三日前小さい蟻たちが鳥の糞を咥えてきたそうだが、それは本当か？（王様蟻 顔をしかめる）
倉庫番―（頭をあちこち振りながら）

恐れ入ります。私は思い出せませんですが。

王様蟻―（目をむいて）こいつめ。間抜けたことを申すな。思い出せないだと。小さい蟻めらが間違いなく咥えてきたのにお前が知らないだと？　もし嘘をついたならお前もただではすまされないぞ。

王様蟻―（大蟻3を見て）お前が間違いなく聞いたんだな？

大蟻3―はい、もちろん聞きましたとも。

大蟻2―こいつはもともと間抜けなやつなので、すっかり忘れたようです。

大蟻1―そいつを殴って問いただしてみましょうか？

王様蟻―（倉庫番を見ながら）まてよ、ではお前は小さい蟻めらが騒いだことは知ってるのか？

倉庫番―恐れ入ります。それも知りません。私はその日その日起こることのほかは何も思い出せません。

王様蟻―（大蟻1を見て）こんなやつは、置いとけば大切な食料ばかり減ってしまう。こんなくだらないやつを倉庫番にしておくととんでもないことになってしまうではないか。十五日まで待つことはできない。こやつを直ちに捕まえてプラク大将に送り、首を切らせよ。

倉庫番―（ぶるぶる震えて）王蟻様。今度はしっかり気を付けますので、一回だけお助けください。

王様蟻―（頭を激しく振って）だめだ。だめだ。世の中で何も働かずに食料だけ減らすやつは、そのままにはしておけぬ。

倉庫番―（頭を上げて）私がなんでそのようにぶらぶらしておりましたでしょうか。それは悔しゅうございます。どうぞ今回だけお助けください。

王様蟻―このふとどきなやつめが。私の言葉が一度下されたら再び変えることがないことを知らないのか？

倉庫番―そうなのかどうか、私めは分りません。

△王様蟻、いっそう腹を立て大蟻1を見て

王様蟻―早くこいつを捕まえてプラク大将に引き渡せ。

倉庫番―（口を食いしばりながら）エエイッ。あのう私がどんな間違いを犯したと申されるので。

王様蟻　―（おおいに驚いた様子で）なんだって、こいつは

狂ったのか？　誰の前で口答えするのだ。つまらぬことを言わずに早く出てゆけ。（王様蟻、かっと声を張り上げる）

倉庫番―なんだって、誰が無駄飯を食ったのですか？大蟻たちとあなたが無駄飯を食べたのでしょう。それなのに気の毒な小さい蟻たちをさんざんこき使い、無実なのに罪を着せて殺したんだ。実際に殺されるべきやつはほんとはお前だ。大蟻めらだ。私が死んでも必ず敵（かたき）を討ってやる。（倉庫番が大声でわめく）

王様蟻―（いっそう大きく目をむいて声を更に大きく張り上げる）思い知れ、気違いめ。（大蟻1、3を見て）早く引っ張って行け。

△大蟻1、3同時にわめく。そして襲いかかる。

大蟻1，3―こいつは気がおかしくなったようだ。王様蟻の前でみだりに無駄口をたたくなんて。こいつの首をすぐに斬らねばならない。

△倉庫番が引っ張られて出てゆく。倉庫番がしきりにもがく。

王様蟻―なんとまったくひどい世の中になったのか、変なことがまた多くなったものだ。（にらみつける。そして口の中でつぶやく）

△倉庫番が引っ張られてゆく途中でさっと振り切り、舞台の右手に逃げる。大蟻たちはあわてて追いかける。

―間―

△大蟻2が息苦しそうに小さい蟻1、2を連れて登場する。

大蟻2―王蟻様に申し上げます。いやはや本当に大事件が起こりました。私がオルチ坂を越えて行こうとするとちょうどこやつら二匹がもたもたとやって来るではありませんか。

王様蟻―それで―

小さい蟻1―よくお聞きください。わたくしめが詳しく申し上げますから。今朝、食糧を咥えて来ようと出かけたところ、オルチ坂を越えて行こうとするとそこかしこでがやがやと騒いでおりました。そしたら、そのうちの何匹かが話しているのを耳にしました。「なあ、俺たちが今食料を咥えてきて渡すことはない。咥えてきて渡すのが少くても殺し、咥えてきて渡すのが遅れても殺し、そしてどうだ。やつらは身体(からだ)一つ動かさず、ただ俺たちを死ぬほどこき使うだけのようだ。やたら食べることにかけては、俺たちの十倍も多く食べてるじゃないか？　やつらの腹を見るだけでもうんざりする。だから俺たちが固く団結して、やつらを殺してしまおう。俺たち三万名が咥えて来た食料をやつら数十名にすべて奪い取られ、受ける刑罰はひどく、実に馬鹿げたことだ」とのぼせ上がって話していました。

小さい蟻2―それだけではないですよ。もし誰でも食料を咥えて渡す奴がいれば、裏切り者として容赦なく殺してしまえとそう言っています。

王様蟻―（すっかりうろたえて立ち上がる）何だと。まったく世も末だ。とにかくえらいことが起きたな。

（王様蟻怖気ついた様子でぐるぐる歩き回る）

大蟻2―王蟻様、ところでこやつら二匹はそれでも王蟻様を思いひそかに抜け出して来たのでございます。王蟻様に忠誠きわまりない奴だと存じます。

王様蟻―（うわずった声で）まあお前たちは感心な奴だが、これはなんという話だ。そいつらがどんな大事をしでかすか分らないから、者ども大門を固く閉めよ。

蟻たち―はゝあ。

△　大蟻2と小さい蟻たちが出ると同時に

―幕下りる―

第二場

ところ―山のふもと

装置　‥　舞台正面遠くに山並みが見え、背景の下には草むらが生い茂る。左手に数本の木が立っている。赤い蟻二匹が背景近くに座り松林の方を眺めて話し合っている。小さい蟻たちは黒い色の蟻型を背負い、赤い蟻は赤い色の蟻型を背負っている。

赤い蟻1―（赤い蟻2を見て）ねえ、数日前に会った蟻たちだけど、大丈夫かな？

赤い蟻2―もちろん大丈夫だとも。私はみんな馬鹿だと思ってたが、でもしっかりした者たちもいるのだよ。

赤い蟻1―分るもんかね。しっかりした蟻たちがもっと多くいるのかどうか。

赤い蟻2―そりゃそうだ。今のところは詳しいことは分らない。

赤い蟻1―ところで、そろそろやってくる時刻になったのに、どうしたわけだろう？

赤い蟻2―（松林の方を見やって）なに、来るはずだ。

赤い蟻1―あの子らは拒めば戦争をして死に、食べ物を咥えてきても殺され、それでも何も考えなかったらしい。

赤い蟻2―世の中の事情が分らなければ、そんな風になるんだよ。

赤い蟻1―ねえ、その仲間たちが間もなく来るはずだから、僕らはこれを渡して行こう。

赤い蟻2―だからって、いつまでも待つことはないさ。（松林の方を眺める）ねえ、おそらくあそこにやって来るようだ。さあ、あれをご覧よ。

赤い蟻1―（急いでそちらを見て）ほんとに来たね。それでなんであんなに来るのが少ないのだ？

赤い蟻2―後ろにも沢山来るんだよ。

赤い蟻1―なあ、はっきり分らないことは言うなよ。事態が変わったんだ。あれだけしか来ないのかしらん。

赤い蟻2―さあ、分らないな。かれらはなにしろ大人しい羊のように育った者たちだから、これといった考えはなかろう。

△　蟻八名、松林の後ろから登場。

蟻　１　―赤蟻さん、お待たせしました。

△　赤い蟻立ち上がる。蟻たちは舞台の前に出てきて、握手する。

赤い蟻1―やあ、どうしたのかと思いましたよ。ところで、ことが失敗せずにうまくいったのですか？（座る）

蟻たち　―はい、本当に驚くほどうまくいきました。

赤い蟻2―すべてうまくいったのですねえ。ところで、どうしてたった八名だけでお出でになったのですか？

蟻　１　―ほかの仲間たちは、みな準備しているので、私たちだけ来たのです。

赤い蟻2―それはうまくやりました。

蟻　３　―まあお聞きください。私たちは今こそ救われたのです。たぶんあのままだったら、私たちは殺されるままだったでしょう。二、三日前にも食料を少なく咥えてきたと一度に八名もの仲間が殺されたのですよ。

蟻　１　―それどころか仲間の中で少し年取った者は誰

彼かまわず、私たちに咬んで放り出せと命じます。やつらはいつも遊んでいながら、私たちを一生牛馬のようにこき使い、あとで殺してしまうのです。

蟻５・６―ですから私たちは馬鹿だったのです。

赤い蟻１―もしもし、それじゃあ年取った仲間たちを殺しているのは食料が減るので殺しているのですか。

蟻たち　―そうですとも。

赤い蟻１―それでは王様蟻は、大蟻たちは、なんと一生少しも手を動かさずに食べ物に不自由しないというのか。

蟻　１　―食べるのも少人数でがつがつ食べるんですよ。一人が私たちの十倍も多く食べます。

赤い蟻２―もしもし、だからあなたたちも早くに気づいていたら、とっくに楽に暮せるようになったでしょうに。

蟻　２　―私どもはいつも働いてやらなければいけないと思っていました。

赤い蟻１―つまり、みんな愚かにもそのようにだまされて暮していたのですね。

赤い蟻２―それではこれを見てください。ではこれを持って来たので、この通りに仕事をしてください。（封筒を渡す）

蟻たち　―これがあの時お話になったものですか？

赤い蟻１―私たちも時々参りますが、これも必要です。

蟻たち　―赤蟻さん、このご恩は死んでも忘れません。

赤い蟻１・２―ご恩なんて考えるのはよしてください。みんな私たちがやるべきことではないですか。

蟻たち　―成功は間違いなしです。働いている蟻たちだけで少なくも三万名になります。今、準備をみんなでしています。ブラク将軍がどんなに怖いといっても、それがなんですか？

赤い蟻１―そうですとも。それではそろそろお行きなさい。

蟻たち　―はい、参ります。

赤い蟻２―さて、あそこ（松林の方を見て）に駆けてくるのは誰ですか？

蟻1・2―（急いでそちらの方に行き）倉庫番ではないかな？
（赤い蟻たちを見て）あれは倉庫番です。
△　倉庫番が息を切らして登場。
蟻　1　―どうしてやって来たのですか。なにか大事件でも起きたのですか？
倉庫番　―やあ、ほんとに。危うく殺されるところでした。私を気の抜けた奴だからといってこれまでは殺そうとはしなかったのです。その王様蟻が……みんなが鳥の糞を咥えてきて置いたのを私がどうして知らないのだと。万一分っていたとしてごらんなさい。即座に私を殺すことでしょう。それでとにかく私は知らないで通しました。
赤い蟻1―それでどうなりました？
倉庫番　―私たちがどのようにだましているかを知れば、おそらく私たちの仲間を一人残らず皆殺しにしようと襲いかかります。危うく私が受け持つ仕事ができないでしまうところでした。あ、それで、私に無駄飯ばかり食うつもりかといって、すごい剣幕で脅かそうします。それで大声を出したはずみに、死に物狂いでがむしゃらに歯向かってやりました。「いや、どちらが無駄飯を食っているのか。あなたたちこそ無駄飯食いだろう。私たちを殺しながら無駄飯を食っているのだろう」。このようにわめきました。
蟻　1　―それはよくやりましたね。それで仲間たちとは出会いましたか。
倉庫番　―もちろん出会いましたとも。そして今ちょうど蟻の洞穴に攻め込んだのだと、それで飛んででも来るようにと言っています。あっ、そうそう、ひとつ忘れていたことがあります。今、やって来て見ると、小さい蟻が二匹一目散に蟻の家に入って行きましたよ。
蟻たち　―まったくあいつら、やっつけなくては。
赤い蟻1―あいつらのために仕事が狂う。ああいうやつらはどんな世の中にもいるんだろうよ。

（唇を噛み締める）

赤い蟻2―世の中はいつもそうなんですよ。私たちもあのような者のためにとてもいらいらさせられますよ。

倉庫番　―みんな今首を長くして待っているはずだから、私たちも続いて行きましょう。

△　赤い蟻　立ち上がって

赤い蟻1―では、私たちは参りましょうか。早く行って成功させてください。固く団結さえすれば、失敗することはありません。あいつらがいくら凶悪だとしても固く団結したあなたたちに敵いません。ではこの次私たちがまた会うときには、喜びにあふれた顔でお会いしましょう。

△　互いに握手をして別れる。手を振る。

蟻たち　―赤蟻さん、私たちの勝利を必ず信じてください。

赤い蟻たち―必ず信じます。

蟻　１　―さあ、私たちは少しも遅れないように行きましょう。私たちの胸に長い間積もっていた恨みを今日こそ晴らしましょう。きっと晴らしましょう。

蟻たち　―晴らしましょう。きっと晴らしましょう。

△　みんな興奮して松林の方へ動く時。

―幕―

〔一九三一年三月、『星の国』〕

《訳注》朴世永の上記作品群の背景として、『五月の行進曲』では、その前年のピョンヤン・釜山・大邱・元山・清津・仁川・全州・馬山・金海でのメーデー、さらにその年一九三一年の清津でのメーデーの高まりが浮かぶ。壁小説『校門を閉ざした日』では、総督府の教育政策によって、民族的教育を担ってきた私立学校や書堂（改良書堂）などが廃止に追い込まれ、尋常小学校にあたる普通学校に就学できない貧農層の子どもたちが増えていった状況が背景にある。

　解放前の彼の作品は、窮乏の末故郷を逃れて中国東北で悲惨な生活を送る流浪移民の現実を描き、故郷を奪われた者の喪失感を表すにとどまらず、その現実を克服しようとする精神、自由への渇望が溢れていると評されている。この作品集に載っている彼の作品が、童謡と称する詩が一一篇、児童詩が二篇、壁小説、児童詩劇、童話劇各一篇と多いのは、この作品集の編集に中心的な役割を果したからであろう。ここでも、童謡、児童詩という名称は、日本のそれとかなり違った印象を持つ。

宋（ソン）影（ヨン）篇

略歴

宋影は、一九〇三年五月二四日、ソウルで生まれる。本名を武鉱という。一九一九年の三・一万歳事件は培材高等普通学校の生徒であった武鉱に影響を与える。そこで学生雑誌『私の世界』を発刊したりするが中退して、ソウルでガラス工場労働者、郵便局員、小学校教師などをしながら、文学の修業を始めた。一時日本に渡り、帰国すると最初のプロレタリア文化運動の団体である焔群社を李赤暁・李浩・崔承一・金永八と共に結成する（一九二二年九月）。機関誌『焔群』一号が発売禁止となると、引き続き同社を中心に社会啓蒙活動を行った。

一九三〇年にカップ中央委員会書記局員となるが、一九三一年第一次カップ事件、一九三四年第二次カップ事件で検挙される。

一九四五年八月の解放後は、尹基鼎・李東珪・韓雪野などと朝鮮プロレタリア芸術同盟を結成し、一九四六年に三八度線を越えて北に入る。朝鮮戦争当時は従軍作家となり、一九六〇年代は共和国最高人民会議常任委員会委員、朝鮮作家同盟中央委員会常任委員となった。没年は不明。

小説　ひるがえる裾は旗のように

（1）

それでなくとも寒い北満洲の平原は、降りしきる白いぼたん雪で覆われました。はてしなく降りしきる雪のなかで夜が明け、また暮れてゆくこと三度になりました。

ある日の明け方、風はつめたく吹雪は冷えるのですが、降りしきる雪はしだいにおさまってきます。すると、数日ぶりに姿を現すまばゆい日の光が、灰色の雲を割って差し込みました。

果てしもない平原は、すっかり銀世界になりました。ときおり起こるつむじ風にゆらゆらと飛んでゆく冷たい一団の雪けむりだけが日の光を照り返して、冷やかな銀の柱をつくりました。

（2）

このような銀の大地の上に、突然ぽこりぽこりとへこんだ小さな足跡が現れはじめました。あたふたと乱れた足跡でした。あちこちにつけられた、あわただしい足跡からは、絶え絶えとなった息が洩れてくるようでした。

それよりも全身に広がる真っ赤な血の滴りが、熱く飛びはねているようでした。この足跡の持ち主は十七歳になったばかりのウニョンです。ウニョンは農村少年会員です、そして今、村へ緊急事態を伝えにゆくところです。

このあたりには、時をえらばず、銃や刀を持つ恐ろしく険悪な敵が現れます。敵どもは明るい真っ昼間に何のためらいもなく罪のない村落に押し入って、村人が一年の間苦労して作った穀物や、稼いで貯めたお金を奪い取っていきます。

そして、その代金とでもいうのか弾丸を何発かぶっ放し、さもなければ足蹴りと唾と、そして獣のような笑いでした。このように、どこの村でも、いきなり襲うこの大きなわざわいのせいで、ときどき時ならぬ泣き声のこだまが響きわたりました。

（3）

農村に暮らす少年会員たちは、いつ何時でもこのような差し迫った事件が起こることを探知して、遠くの村々に知らせに行くことを一番大事な仕事と思っていました。「少年も働かなければいけない。世の中の差し迫ったことがらは、大人だけに任せられるものではない」。このように皆それぞれが理解したからなのです。少年会員たちのほとんどは、貧しい農民や木こりたちでした。

ひとたび事があれば、少年会員はあっという間にひと所にきちんと集まってくるのです。そして、会員たちの小さなこぶしが何回か上げ下げされると、元気なツバメのように四方八方に散り散りになって〝屍(しかばね)〟となっても自分のすべきことを成し遂げてみせます。

今も雪の止む日を今か今かと待ちながら、敵どもが各

村落に盗みに押し入って来ようとしているという、恐ろしい知らせを聞き込んで、少年会員はいつものようにひと所に集まり、雪が止むのをひたすら待ちました。

雪が止むとすぐ、彼らは自分の持ち場へと向かってみんな散っていきました。ウニョンも足の指のはみ出たオンボロ足袋（ポソン）を履いたままで、雪の中へ駆けていきました。

「急いで行こう。遅れたら大変だ」。風がびゅうびゅうと吹き、顔と体はすっかり真っ赤に染まりましたが、彼の両唇だけはいっそうしっかりと食いしばられていくのでした。「遅れるとみんなやられる。異国の風土で苦労されていることを思っただけでも、なげかわしいのに」と思いながら、駆けてゆきました。しかし「心の思いは火のようだけど、体はやはり体」だと、そのまま雪の上に倒れざるをえなくなりました。

しかし、また起き上がって進みます。倒れます。また起き上がる。こうして「倒れゆく」回数が増していきます。遠く目的地の村が見えます。ウニョンはますます焦るばかり。日はすっかり高く昇り、遠くに朝餉をつくる煙がかすんで見えます。時おり犬のほえる声も聞こえました。

　村人はこれからどんな恐ろしいことが迫り来るのかも知らないでいました。子どもの笑い声が家々から聞こえてきます。つかの間でしたが、平和な空気が村全体に満ちているのでした。

　このように無用心の村に一秒でも早く駆けつけるべきなのに、しかしウニョンの全身は凍り付いていました。舌も動かず、手の指まで取れそうになりました。思いきって二歩ほど歩こうとしたのですが、思わず雪の中に頭から倒れ込みました。それからしばらくしてなんと死人同然のウニョンがすっくと立ち上がったのです。

　そうして夢のような村を眺めました。「あっ」という叫び声がひとりでに出て、しばし気を取り戻しました。しかし、やはり歩くことが困難になって、しばらく胸のあたりを撫でていて、はっと思いつくことがありました。

　そこで憤然と外套（トゥルマギ）を脱ぎました。そうでなくても氷の塊になっていたウニョンは、普段着になると刃のような風の流れに包まれました。ウニョンはそのまま死んでもかまわないと思い、脱いだ外套を振り回しました。

　輝く朝の日差しにはためく子どもの服の裾は、力強くひるがえる前哨兵の信号のようでした。

×　×

　強烈な吹雪のなかでぴかりと光っていたウニョンの衣の裾は、次第に元気がなくなってきました。ついには、まるで旗のようにはたはたと翻ったのであります。この旗を見た村の若いお兄さん・おじさんたちは、押入れ深く隠しておいた武器を取り出し、自分の村を守る戦いの準備をしっかりとしたのです。

〔一九二九年、『星の国』〕

《訳注》〃北満〃の朝鮮人の村落を襲う敵とはなにか、当時の読者は言わずとも分かっていたであろう。

小説　追放された先生

―ある少年の手記―

　君たち！　こんな事を僕一人の胸に収めておくわけにはいかない！

ひとりで泣いたとてしかたがないし、ひとりで「なぜ？　そうなのか」と考えても解決を得られるものだろうか？

×　×

僕は自分のことは何も話したくはない。もちろん話す必要もない。ただ僕は、僕が一番信じてきた先生のおかげで、いつも世の中がおかしいと一途に思うようになった田舎の少年であるとだけ知ってほしい。

そして、僕は見るからに、ちゃんとした公立普通学校生徒になりきれず、そこから追い出されて現在はみすぼらしい私立学校生徒にすぎないということを分かってくれればいい。

×　×

僕だって机がピカピカで、運動場が正方形の公立普通学校がもちろんきらいではない。しかし僕は、この村の中でも一番の貧乏人の家に生れたために月謝を払えず、仕方なく程度の低い（実際はお金がないため）この学校に移るようになったのだ。

これだけ言えばこの学校の友だちがどんな家の子どもたちか、よく分かるはずだ。髪に鋏を入れないままいつもぼさぼさで、ボロ服にぴったりといった帽子をかぶって歩いている、そんな友だちだった。

これは昨年二学期の試験のときに出た修身の試験問題だ。

「〝教室のなかにはいつでもケナリ（れんぎょう）の花が満開である〟これが一体どんな意味を表しているか、思いのまま簡単に述べよ」

そうだ、もっと話すことがある。僕らの学校は複式の授業をしていて、学級は四学級である。なのに先生は二人だ。そのうちの一人の先生は、以前から僕たちから「変わり者先生」という称号をつけられていた。事実、先生はすべてにおいて変人であったのだ。

どうしてそうかといえば、この学校からさほど遠くないところに村ではすばらしい普通学校がある。僕らの変わり者先生も最初はその学校の先生でいらっしゃったが、その立派な大きな学校を棄てて、小さくて貧乏な僕らの学校に移って来られた。

そこで大人の人たちも「あの先生はずいぶん変わって

おられるな。なぜ月給をたくさんもらえ、立派な紳士服も着て通うそのような良い地位を棄て、よりによって貧乏な学校に来たのか―まったく変わった先生もいるもんだ！」という話がひろがった。

事実なのだ！　僕らが見てもそうだった。第一、何よりもこの学校に来られてからというもの、先生の家庭の暮らし向きは全くひどいものだった。ときどき見ると食事まで抜いて来られるようだった。ところが学校に来られると、どんなに心配事がたまっていても僕らさえ見れば、ただにこにこ笑われながら熱心に教えてくださった。

君たち！　僕らの学校の先生は、およそこんな調子なんだが、とりわけまた変わっていることといえば始業時間にお話になったことなんだ。時々「えへん……」といいながら非常に怒ってもおられた。そうして、無理に我慢されている風情で「君たち！　この時間にはほかのことを書き写して勉強しよう」と言いながら、黒板に何かゆっくりと書いてくださる。

どうしてあっという間に見事につくって書いてくださったのかびっくりした。僕たちは一度読んでみるだけで、ひとりでに涙がじんとあふれた。そして知らず知らずに、こぶしを固く握った。

先生は僕たちのこのように興奮した様子をご覧になって、とても満足された顔つきでしかも沈痛な声で「だから君たちは気持ちをちゃんと引き締めなければいけない。君たちは軽い気持ちで、大金持ちが世の中で一番立派な人だと思うだろうが、実際はそうではない。それに私たちは、ほかの土地の人たちよりもいっそう抑圧されているのだから……」と言われた。

×　×

このような変人の先生が出された修身の問題なので、僕たちはますます訳がわからなくなった。そのときは寒い冬だったのでいっそうふしぎだった。みんな互いにちらちら見つめ合い、わけも分からずへらへら笑うだけであった。

それでその時は、みんな白紙で出すか、そうでなければ愚にもつかない言葉だけを書いて出したが、その後終業式を行った日、先生はこのように話された。

「さて―今度の試験は大体成績が良かったが、修身の試

験だけは良くできた生徒が一人もいない。本当のところ、教室の中のケナリの花は、君たちの顔なんだ。ケナリの花は黄色い。ところで君たちの顔は、その何倍も黄色い。なぜそんなことが分からなかったのか？」と話されながら、しばし微笑を浮べられたが、またいつものように沈痛な顔になられた。

僕たちは早速、「また変な話が始まるぞ」と気持ちをきりりとひきしめた。「本当は君たちの顔は明るく、紅くなければいけないのだ。なのに、明るく、紅くなれないどころか、見苦しくやつれた顔をしているではないか？　それは君たちの暮らしが貧しいためだ！　それならなぜ君たちの暮らしが貧しいのだろうか？　それは君たちのご両親がどんなに努力して働かれても、すべて無駄になってしまうためだ。君たちのご両親は一年中報われない汗を流し、暮らしておられる小作農民なのだ。つまり、無駄な苦労ばかりされている方たちだ。すると君たちも結局はご両親のように〈無駄な苦労だけする人間〉になるために育っているわけだ！　だから考えてごらん。どうしたらよいのか？」

僕たちはまた泣きそうになりました。そしてつくづく考えることといえば、自分の家の心配事でした。父さんと母さん、そして家族みんながいっしょに田畑に出て、一日中働いても結局は秋になると借金だけ増え、父さんは腹ばかり立てられた。

「おいこら、おまえも学校など止めてしまえ。食べて暮らしていけないというのに……」と大声をあげられたが、そのうちため息をつかれ、涙声で「なあ、父親なら誰だって子どもたちにちゃんと着物を着せ、ちゃんと勉強させたいという気持ちは同じなんだよ」とおっしゃった。

僕たちはこういうときには、とても悲しくなった。しかし、その悲しみはいつも先生の話さえ聞き終えると、勇気に変わった。「ちがうぞ。悲しんでなんになる。僕ががんばりゃいいことだ」と思って力いっぱい両こぶしを握ったりした。

冬休みの間に僕は先生を時々お訪ねしたが、一度も会えなかった。奥様の話ではまたどこかへ演説をされに出かけられたということだ。僕たちの先生は、学校だけでなくちょっとでも暇さえあれば僕たちの父母を集めて「農民講話」というものをされ、青年を集めては「青年講話」をされた。

それで僕たちはいつも「先生のような方はこの世の中におられない」と思った。それは、先生が僕たちを実の弟や息子のようにかわいがってくださるところに心が引かれるためである。

× ×

また三学期が始まった。僕たちはすっかり新しく、楽しい気持ちで学校に行った。

おい、君たち！　実際に、僕たちの楽しさも、その日が最後になろうとは誰も知らなかった。以前と同じように鐘の音が鳴ると僕たちは庭に列をつくっていた。しばらくして先生がお出でになり、出席を取られた。僕たちは元気に返事をした。

先生は出席を全部取ったあとで、「この休み中は元気でしたか？」と言われたが、それまで見られなかった悲しみを顔に浮べられ、震える声で「さて、生徒の皆さん、とても残念だけれど、私は今日から君たちと別れることになりました」と言われた。

僕たちは突然心臓がぐさりと刺されるようだった。

「私はみんなをいつまでも連れて一緒に過ごせればよかったのだが、私はやむない事情で辞めることになったのです」と話されながら、とてもやりきれない様子で頭を下げられた。僕たちの中にはいつの間にか涙を浮べる友だちもいた。

まったく深夜のように静かで、重い沈黙が、僕たちの呼吸まで殺したみたいだった。先生はすっと校舎に入られ、代わって他の先生の「前へ進め！」に従い僕たちは教室に入った。しかし一日じゅう勉強も身が入らず、まるで父母でも喪（うしな）ったかのように胸がはり裂けそうだった。

「なんでお辞めになったんだろう？」「ひょっとして、他の学校にでも行かれたのかな？」という疑問が湧いた。しかし、先生の事情を知る子はいなかった。

× ×

その後、僕たちは、先生が追放されたのだ、ということを知った。あんなによい先生をなぜ、どんな理由で、誰が追い出したのか？

君たち！

事実は、「先生の考えはよくないし、資格がない」と、〃皆〃が寄ってたかって相談して、追い出したのだ。むろん、はじめは先生も憤られ、抵抗されたが、なんとその〃皆〃は「それなら学校を止めさせるぞ」と脅したために、先生も仕方なく立ち去られた。

こうして先生が去られた後は、僕らの学校のその寂しさといったらなかった。そして「日本語」の時間が一週間に五時間も多くなり、いったん授業が始まると、朝鮮語を一言でも話せば一日じゅう罰で立たされることになった。

× ×

こうして一年が過ぎ、また春がやってきた。花は咲き、鳥はさえずっているが、先生の消息は永久に途絶えてしまった。引越しもなされ、先生はどこか外国に行かれたという噂もある。ああ、先生の行かれたところは、いったいどこなのか？ 今、何をしていらっしゃるのだろう？ そして、いつまで追放の身でおられるのだろうか？

× ×

君たち！　このような話をどうして僕一人だけの胸にしまっておけるだろうか！

〔一九三〇年六月、『オリニ』〕

《訳注》始業時間に先生が黒板に何を書いたか、内容は伏せておいて生徒が感動したことだけが書かれている。その内容は検閲に触れるか、処罰されるもので、読者に十分想像できるものであった。

少年小説　秤はどこに行ったか？

ポクドンの行動が怪しいので、巡査はもちろん、小作管理人とリ・ソバンや村中の人たちもひどく好奇心にかられて、いっしょについて行きました。ポクドンは地面になにか落ちているかのように、注意深く調べながらだんだん村の道に出てきました。道は二股になりました。ポクドンはこちらの道、あちらの道と見ながら、しばらく立ち止まり、何やら考えていたが、ふと何か思いついたようににこっとしました。そしてリ・ソバンを見やって

「ヨンナムの父さん、こっちに行けばチルソンの家でしょ？」

「そうだけど、どうしてそこへ？」

ポクドンはまたにっこり笑いながら、

「いずれお分かりになります！　さあ、とにかくこの私についてきてください。まず盗品を探しておいて、盗人はそのうち捕らえます……今日の夕暮れまでに捕まえさえすれば十分ではないですか」

と言いながら、その動作の様子はただただださりげないものでした。巡査もたまりかねて、

「なんだお前、嘘ついてないか？」とたずねました。

「私は嘘をついたことはありません。はゝ、とにかくついてだけ来てください。本当か嘘かおのずと分かるはずですから！」

このことばにみんな黙ってしまいました。しばらく行くとチルソンという人の家の前まで来ました。チルソンの家は村から少し離れたところにあり、またこの村でもっとも農作業をよくやることで知られていて、灰堆積小

屋とか堆肥（肥やし）集めなどとてもきちんとしていました。ポクドンはこのチルソンの家の灰堆積小屋まで来るとぴたっと立ち止まり、巡査を見て言いました。

「あれを見てください。あの灰堆積小屋です」

と言いながらしっかりと手をのばして指し示しました。みんながそこを見つめても、薄汚く煤けたように黒い灰の塊が積まれているだけで何の異常もありませんでした。

巡査は「おい、何を見ろというんだ？」と聞きました。

ポクドンが「灰が積もっているのがおかしくありませんか？　とにかく掘り返してみてください！」と言うや否や、すぐさまリ・ソバンは灰の堆積を掘り返しました。

「あっ、見つけたぞ！」。掘り返していたリ・ソバンは大声で叫びました。みんながぎょっと見るとはたしてそこには秤が三つも埋められていました。巡査もようやくポクドンの捜査の腕前が神わざであるのを見て、心の中で感嘆しました。

「お前、ここに隠したとどうして分かったのか？　お前、見たのか？」

「ちがいます。見たものを探しだすなら何が不思議なものですか？　さて、ところで実際こんなつまらんことをした奴をどうされますか？」

「そいつはもちろん、すぐに捕まえなけりゃ！　ところでどこにいるのだ？」と巡査はあわててきょろきょろ見廻しました。みんなはなにも罪もないのにわけもなく顔を赤らめました。

今まで何も言わずについて来た小作管理人が、気味悪く笑いながら「それにしても、じっと隠れていた盗人が、はい俺はここにいますと言って捕まるはずがあるもんか」と言って、独り言のようにつぶやき続けました。

ようやく巡査も気がつき「そうだ、おい、ポクドン、盗人はおとなしく捕まろうと待っているとでもいうのか？」と言いました。ポクドンはいっそう落ち着いた声で「それは何の心配もありません。今度の盗人は普通の盗人とはちがい、そのように逃げることはありません」

「それならどこにいるのだ？」

「どこにですって？　はゝゝ、皆さん大人の方は、私の未熟な二つの目よりずっと弱くなられたようですね」

「えっ、どうして？」リ・ソバンがまたたずねました。

「さあ、皆さん、この秤泥棒は皆さんの中にいます」「なに?」。皆んなびっくりしました。巡査は誰がやったかと周りの人たちをじろっと見ました。「ええつ、誰だというのだ?」

ポクドンは相変わらず落ち着いた声で「まだそんなに時間が経っていません。さあ、皆さんちょっとだけ私についてきてください」と言いながら、来た道をまた戻って行きました。皆は互いに顔を見合わせながら、のそのそとついて行くしかありませんでした。

× × ×

ポクドンは巡査と皆を連れてまたリ・ソバンの家に行きました。ポクドンがすばやく「さあ、ちょっと私について来てください」と言うや、巡査と一緒に、小作管理人が泊まっている部屋に入っていきました。事ここに及んで皆は小作管理人を見つめました。どうしてか、小作管理人の顔が赤くなりました。

しかし、デブの地主の下でこびへつらい、分け前をもらって暮らす小作管理人の奴が、何が不足で、こんなことをするはずがあろうか。それだけでなく、彼は昨晩はリ・ソバンの家で夜遅くまで酒を飲み、そのまま正体なく眠りこんだのだから、片時だって家々を歩き回って、そんな悪戯ができるはずがないという疑いが湧いてきました。

×　×　×

しばらくしてポクドンと巡査はまた出てきました。

「皆さん！　昨日の晩の秤を盗んだ人は、ここにおられるこの旦那です」とポクドンは小作管理人を指さしました。小作管理人は思いがけない言葉を聞いてびっくり仰天し、顔が真っ赤になり、「何だと、こいつめ。お前のその目で見たのか？」とわめきました。リ・ソバンもこの言葉にびっくりして跳び上がりました。「なんだって、お前これはなんとぶしつけな話じゃないか」

ポクドンは少しも臆せずに言いました。「そんなに騒がれることではありません。私が詳しくお話ししますので聞いてください。昨日この方が酒をたくさん召し上がりましたね？」

リ・ソバンは「そうだよ、たくさんだとも。その後でわれを忘れてしまわれたんだ」と答えました。

「そうですが、実際にはこの方は酒をそんなにたくさん召し上がらず、酔いつぶれたのも、実は皆さんに自分が酒に酔ったと見せるためにわざとされたことです」

この言葉が終わるや小作管理人は怒鳴りました。「なんだとこの野郎。ええいっ、まったく人を殺す気か……」と言いながら躍りかかろうとすると、巡査は「ちょっと待て。話を最後まで聞いてから、言いたいことを言え！」と言ってさえぎりました。

ポクドンは、また話を続けました。「この手ぬぐいが証拠です」と言いながら小作管理人の部屋から持ち出した酒がしみた手ぬぐいを巡査に渡しました。「この人は杯を受けては飲んだふりをして、実は後ろ手で手ぬぐいにこぼしてました。これが、みんながお酒に酔って眠っている間に秤が盗み出されたいきさつです」

巡査はさらにたずねました。「それならなぜこの人が秤を盗み出したのかね？」

「はい、それはおいおいお話いたします。私がはじめ秤がぶら下がっていた所を見ると、籾が一面に散らばった地面に灰が少しずつ落ちているのを見て、灰だまりや竈と関係があることが分かりました。そしていちばん初めにリ・ソバンのお宅の秤が掛けられてあったところに灰が落ちていないことを見れば、盗み出すにはリ・ソバンの家のものをまず取り出しそれをどこにも置けないのでもっとも距離が遠いチルソンの家の灰だまりに隠したのです！　それは……」と言うと、巡査は言葉をさえぎり、「それならどうして俵の穴は開けたのかい？」とたたみかけました。

「ええ、それも理由は明らかです。俵に穴を開けておいたり、または秤を灰だまりの中に隠しておくのは、実際は秤を取っていきたかったとか、悪戯したかったからではありません」

「それでは？」

「これは私の考えでは、このようにしておけばかならず大騒ぎになるので、この大騒ぎになったことを口実にして言いがかりをつけて、土地を切り取るとか、〝まぐさ〟をもっと奪い取りたいと考えて、やったようにおもえます」

きちんとした、理屈に合ったポクドンの話には、みんなびっくりしました。それまでずうずうしく立っていた小作管理人もその言葉にどうすることもできず、ただ強引に「ちがいます。こいつが嘘つきなのです」と言いはるばかりでした。巡査はすぐさま飛びつき「嘘つきだとはなんだ？　とっとと行け！」と言いながら、絹のチョッキを着た小作管理人を捕り縄でぐるぐると縛りあげました。

「おゝ、まったくお前は大した腕だ！　この次に賞金でもやろう」と言いながら巡査は犯人を連行して行ってしまいました。みんなも小作管理人がどんなに悪いやつかをその時になってやっと気づかされ、ポクドンの手腕を褒めそやしました。

このように秤を探すには探したが、またどんな小作管理人がやってくるのかわかりません。そして、欲ばり地主が居座っている限りは、秤盗人も無くなることはないでしょう。

〔一九三〇年一一月、『星の国』〕

壁小説　乙密台（ウルミルデ）

※この小説は、工場の門や職場や広廳（コンチョン）（田舎で集まって遊ぶ場所）の壁に貼って読むこと。働きながら眺め、休み時間にも何度も読みなさい。これよりもっと良い事実を知っているなら、文章がうまくてもまずくても、書いて張ること。もちろんもっと良い、勇ましい話が多いはずだ。次の小説は、何かともたつきながら作ったものだ。そのわけは聞かないでくれ。

×　×

平壌平原ゴム工場の女工のおばさんたちは、立ち上がり騒ぎを起こした。工場の主人は、大酒飲みで、女遊びに明け暮れ、絹の着物を思いのままに着て、好き放題なことをしておきながら、利益が上がらないという口実でおばさんたちの賃金を削り取った。

一日中ろうそくのような指を動かし脂汗を流し、どんなに死ぬほど働いても暮らしていけないおばさんたちが、どうして黙っていられようか。

どうせ死ぬ身であるから立ち上がって闘おうと、おばさんたちは前掛けで頭を巻き、職場放棄する一方で食料を備え始めた。その中でハン・ソンフィというおばさんは、年老いた両親に最後の別れとして、悲しくも怒りにもえた手紙を書いておき、乙密台の屋根のてっぺんに上って行った。

目の前の何百尋にもなる絶壁の下には鏡のような大同江の青い水が流れ、綾羅島のやせ細った柳の枝も恨みを抱くかのように揺れていた。おばさんは大声で叫んだ。

「わたしは、今度のことがうまくいくまで降りて行かない。死んでも降りて行かない」

これに感激した数百名の男女職工たちは、すこしもひるまずに固く団結した。男女の職工たちは、悪いやつ（日本の警察）に登らせてはなるまいと、近くのアカシヤの木の上で監視を続けた。

こうすること三十時間！　警官たちの暴力で瀕死のおばさんは、乙密台から下ろされた。しかし、数百名の仲間の心は、みんな一緒に登っていったような思いでいっぱいであった。

〔一九三一年、『星の国』〕

《訳注》一九三〇年八月、平壌ゴム工場でゼネストが起こっている。

小説　新しく入ってきた夜学生

1

父さんはもう還暦を迎えた老人です。髪は白くなりましたが、まだ腰も曲がらず、そのうえ脚と腕は、若い叔父さんにもおとらない太い筋肉が付いていました。それもそのはずです。幼いころから働き続けだったから。父さんは、もともと田舎で小作暮らしをしていましたが、地主に苦しめられ、たまりかねてソウルに引っ越してきて電気会社の雑役夫になりました。いつも掃除をするか、それでなければ荷車を引いていました。雪が降っても雨が降っても一日もぬかりなく只まじめに働くこと、二十年も続けてきました。

家族としては、父さんよりもずっと年は若いが何倍も老けて見える母さんと、今年やっと十三歳になったばかりのマンドゥクと、みんなで三人だけでした。父さんが四十を越してようやく生まれた最初の息子なので、マンドゥク（晩得：年を取って得た子）と名づけました。もともとマンドゥクより先に娘が四人も生まれました。しかしみんな早く死んでしまいました。言ってみれば、暮らしがあまりに貧しく、飢え衰えて死んでしまったのです。牛のように働いても粥の食事にありつけるかどうかというありさまでしたので、万一子供たちが病気になったとしても、薬一服飲ませてやれなかったのです。

しかし、マンドゥクは運よく無事に育ちました。それで親たちはとても慈しみ、大切に思い、それこそ自分の命と同じように考えていました。そしてどんなに少ない月給をもらって暮らしてきたとはいえ、とにかくマンドゥクは今普通学校五年生です。

2

春です。

陽炎の中からひばりの声が夢のように聞こえきて、つつじとカエルは久しぶりに出会って嬉しいとばかりに、にこにこ笑い合っています。コンドク里の山の斜面には、風が強く吹いただけでも消えてなくなりそうなみすぼらしい家が、ぽつぽつと並んでいました。

家とはいうものの、打綿機や鶏小屋にも劣るものが多いのです。それでも春だけは訪れたと雀たちが板塀の上にとまって、暗くてよく見えない家の中をのぞきこんでは、納得しない様子で首をかしげていました。

「おい、かあさん。俺は今日月給が上がるそうだ。ずいぶん長い間黙々と勤めたと社長も感嘆してたそうだ」父さんは、ぼろ靴をはきながら、母さんをみて嬉しそうでした。弁当をつくっていた母さんもにこにこ笑いました。本を風呂敷につつんでいたマンドゥクも口をあけて父さんを見つめました。

「やあ、マンドゥク、わしは今日お前の新しい洋服を一着買ってやるよ。そして来年は中学校に入れてやるからね。月給が増えるからそれくらいは大丈夫だ」マンドゥクは擦り切れた洋服をなぜまわして喜びました。

「わあ、いいな。父さん、ほんとに中学校に行けるの?」

「そうだとも、だから今年6学年に上がってからもっとしっかり勉強しなさい。そうじゃないと入学試験に及第しないだろ?」

「そんな入学試験ぐらいなんの心配もいりません」

父さんはマンドゥクが喜ぶのを見ていっそう嬉しくなりました。

「なあ、母さん、お前さんにもチマ一着の生地を用意してあげるよ。はっはっはっ」

父さんは弁当をかかえ大手を振って町へ出かけてゆきました。マンドゥクも本の包みを振り回しながら父さんの後を追って出かけました。母さんは門まで出て、遠くを見やりました。母さんの顔には弱々しい笑みが浮かんでいました。

3

今日は月給日です。金縁メガネをかけた日本人庶務課長は、父さんを机の前に呼んで立たせておいて静かに言いました。

「こりゃ、いかん。大変すまないが、家に帰って休んでくれ。会社のために長い間ご苦労だった。会社の規則が六十歳を超える人は解雇するということになったんだよ。これはわずかばかりだが受け取ってくれたまえ。じつに残念だ」と言いながら、五十円ばかり入っているお金の封筒を渡しました。

父さんは二の句をつげませんでした。ただ胸がぎゅっとふさがり、目の前が真っ暗になり何も見えず、耳は何も聞こえなくなるばかりでした。なかば狂ったようになったまま、事務所から出てきました。みんな集まってきて名残惜しいと挨拶しました。彼らの心の中もこの老人と同じようにいつかはあのように追い出されるという不安な気持ちでいっぱいでした。

父さんはしばらく口が利けない人のように呆然と立っているだけでしたが、突然大声で叫びだしました。「でたらめだ。こんなことがあってたまるか」言うが早いかさっと駆け出しました。「家に帰ってなんと言えば」「これからどうして暮らしていけば?」「うちのマンドゥクの中学校はどうなるのか?」「いまいましいあいつら。

いつまでのさばっているつもりだ？」あれこれ考えた末、父さんはほとんど泣きそうになり、深いため息をつくばかりあった。

無我夢中でしばらく歩いて行き当ったのは南大門内の太平洞の大きな通りでした。両側には古靴や古服を売る古物商店がありました。「お、そうだ！」と片側に目をやり叫びました。ある古物商店に掛かっている学生服と帽子が目に入ったからです。父さんは、そのままそこへ入っていき、学生服と帽子、そして濃い紺色の木綿のチマを買いました。

4

その一ヵ月後のことです。父さんはまるで月給がもっと増えたかのように、そしてその会社にいまだ通っているように家族をだまして、朝出かけては夕方には家に帰ってきました。ある休日のことです。マンドゥクは友達と一緒に学校の展覧会に出品する絵を描こうと、漢江の鉄橋に出かけました。

暖かい春の日なので鏡のような川面にはボートがいつ

ぱいでした。川の土手の上にはしだれ柳が垂れ下がり、水の上に影が揺らいでいました。「君も鉄橋を描くの?」マンドゥクは横にいる友達の絵をのぞいて言いました。「うん、君は?」「僕も鉄橋を描こうとしたんだけど、ええとそれなら僕はほかのものを描こうかな?」

そう言いながらマンドゥクは一人で土手に登って行きました。水道局のわきには、大勢の労働者が汗を流し働いていました。つるはしを振り上げたり、背負子を背負ったりしていました。マンドゥクは偶然そのなかに父さんを見つけました。

「あ!」いくらよく見ても、それはたしかに自分の父親に違いありません。手拭で頭をしばり、よれよれのズボンに擦り切れた靴をはき、背負子を背負って行き来していました。どんなに考えても、どうしてそうなったのか分かりませんでした。ぱっと駆けつけ「父さん!」と呼んでみたくても、どういうわけか足が地面にぴったり張り付いてしまいました。ひとりでに両眼から涙が流れ落ちました。

しばらくしてマンドゥクは、友達と挨拶もせずそのまま電車に乗りました。マンドゥクの父さんは、家では会社に出かけるように見せかけては、実はあちらこちらと渡り歩き、賃仕事をしていたのです。

5

マンドゥクは、その足で父さんの勤めていた電気会社に訪ねていきました。ちょうど昼休みなので門の中の空き地には、大勢の職工たちがタバコを吸っていました。

「あのう、お聞きしたいのですが」

「うん、なんだい?」

「あのう、こちらでたいへん長く勤めていた老人が今もかわらず勤めておられますか?」

「誰だ? そんな方はいらっしゃらないよ」

その若者たちは、頭をしきりにかしげながら、マンドゥクを見つめました。

「あのコンドク里に住んでおられる老人だな」

「あゝ、あのリのバカじいさんのことではないですかね?」

「そうだよ」

マンドゥクの目がきらりと光りました。

「あゝ、その老人は一月前追い出されたのですよ。齢をとったのでもうこき使えないので……」

つづいてまた別の職工がひどく興奮して言いました。

「いくら長いあいだ一生懸命働いても、無駄なんだよ。やたらこき使った牛が老いて働きが鈍くなると、殺して食べるのとそっくり同じさ」こう言い終わると若い職工たちは、みんな腹が立ってこぶしをぎゅっと握りしめました。

「ところで、きみはどういうかかわりで、その老人の話を聞きたいの?」若い職工はこう聞き返しました。マンドゥクは喉がつまって何も答えられませんでした。目から涙がこぼれました。

「おやつ、君どうして泣くんだい?」若い職工たちは不思議に思って近寄りながら聞きました。

しかし、マンドゥクの耳にはその声が聞こえませんでした。「父さんは、母さんと僕に気落ちさせないために、毎日嘘をつきながらあんなきつい労働をしておられるのだ」このような思いがつのってくるにつれ、マンドゥクはあまりにも情けなく腹立たしくて両目から涙があふれ出ました。

6

マンドゥクは家に帰ると夕食も食べずに部屋の片隅で横たわりました。母さんはどこが具合が悪いのかと言って心配しましたが、マンドゥクは一言もしゃべらず目を閉じていました。日がすっかり暮れてやっと父さんは、わざとニコニコ笑いながら大手を振って帰ってきました。

「おお、今日はどうしてか会社で仕事が多くてこんなに遅くなったよ」土間に入って腰掛けながら父さんは大きく笑いました。

母さんは少し心配顔で「あなた、マンドゥクがさっき帰ってきて、どこか痛いのかああして横になったままなんですよ」

「なんだって? どうしたっていうんだ?」父さんは驚きなら部屋に入ってきました。

「マンドゥク、お前どこが痛いのだ?」父さんはマンドゥクの頭に手をやってみました。母さんも横に座ってマンドゥクを見下ろしました。

「まったく何も言わないのです。突然でどうしたわけか分からないのですよ」

「おい、どうした？　なあ、マンドゥク、どこが痛いのかい？」

二人は代わる代わる、気遣いながらたずねました。そうすると、マンドゥクはこらえきれずに泣き出しました。

「ええっ、なぜ泣くのかい？」

二人はいっそう驚きました。マンドゥクはぱっと起きて座りました。それまで黙ってどんなに泣いていたのだろう、両目が真っ赤に腫れ上がっていました。

「お前、どうして泣いたの、うん？　どこか痛いのかい？」

「ちがいます」

「それでは誰かとけんかしたのかい？」

「ちがいます」

「それではどうしてそうなんだ？」

「父さん、僕はみんな知っています。父さんが会社を辞めさせられ、うその出勤を毎日しておられるのを……」

「うん？」

父さんはもちろん、母さんまでも驚きました。マンドゥクは、声をつまらせながら話し続けました。

「父さん、漢江に通うのはやめてください。いくら見ても、父さんのような年寄りの労働者はいませんでした。そうして怪我をされたらどうします。父さん、僕は中学校に行かなくてもいいです。なに、今学校を卒業しなくてもいいです。僕も明日からは稼ぐために工場に通うつもりです。父さん、漢江に通わないでください」

やっと言葉を終えると、おんおん泣きました。父さんも母さんもつられて泣きました。

×　×

数日後、マンドゥクは夜学生になりました。昼間はある工場の見習い工をしていました。マンドゥクの机の右の壁にはこんな文字が貼ってありました。

「夜学の勉強でも一生懸命がんばろう！」

いつもマンドゥクは夜遅くまでこの文字を眺めながら、本を読みました。マンドゥクが読む本は普通学校で教える本とはずいぶん違うものでした。マンドゥクの本を読む声を聞き、父さんと母さんはひそかに涙を流しました。
窓の外の空の小さな星まで、涙を出しているようにきらめいていました。しかし、マンドゥクの小さな胸の中には、全世界を焼き尽くすような炎が燃え上がっていました。その炎はますます大きく、熱くなっていきました。

〔一九三三年〕

童話劇　山鳥の国

全二場
時：夏
所：村近くの森の中
登場人物
山鳥の王
山鳥1，2，3
カッコウ
コウライウグイス
カササギ
哀れな少年

第一場
舞台
正面は鬱（うっ）そうとした山林。左右は低い林。幕が開くと山鳥の王は正面に座り、小さい山鳥たちは左右に向かい合って並び、左から山鳥1，2，3が踊りながら登場。

一同合唱─季節はいいし日和もうらら
森の国は喜びあふれ
母さん父さん兄弟姉妹みんなして
手に手を取って踊りに踊る

青いお空が素敵だよ
きれいな芝生軽やかに踏んで
松風しずかにピアノを奏で
踊れや踊れ歌えや歌え

王　─　今日はわたしたちの日だ。うれしい日だ。楽しい日だ。偽りのないまことに良い日だ。

鳥たち―（お辞儀をしながら）まことにそのとおりです。
王　―さて、お前たちは、今日出かけてどんなことをしたのだ？
鳥たち―なんでもやりました。
王　―どんなことか？
鳥たち合唱―
大空をすいすいと飛んでいて
そっと農家の前庭に降り
むしろにきれいに干されている麦を
こつこつこつと突いて食べました。

咽喉が渇けばぱたぱたと川辺に行って
ガラスのように澄んだ水を飲んだのです
退屈になればばさばさと木に止まり
ちちちちと歌も唄いました。
王　―ううん。悪いことばかりしたね。盗み食いして怠けて歌ばかり唄っていたんだね。
鳥1　―ちがいます。私はそれよりもっと良いことをいたしました。

王　―　どんなことをだね?

鳥1　―　ほんとうに私もひどく疲れておりましたので、木の枝に止まり、歌を唄いました。しかし、いいかげんに唄っていたのではなく、このように唄いました。ちょうどそのとき、木の下にどこかの木こりの子が食事もできず、ひどく飢えて気力をなくして寝ていたので、このように唄いました。

鳥1の独唱―

お友達 お友達 小さなお友達
どうしてこんなにぐっすり眠るのですか
蜂たちは毒針で刺そうとし
獣は牙で襲います

お友達 お友達 小さなお友達
さあ早く起きて元気を出して
みんな集まり力を合わせ
毒蜂 猛獣 追い払ってください

鳥1　―　あの、そうしますと、その子どもが驚いて目を覚ましたのです。もし目を覚まさなかったら、蜂たちが刺し、ほんとにとんでもないことになるところでした。

王　―　ほんとの話か?

鳥たちの歌―

(拍手と冷やかしで)
はゝゝはゝ　こりゃおかしい
やい　こいつめ　嘘をつくな
一日中どこかで遊んでたくせに
ずうずうしい嘘をつくな

鳥1　―　(憤然として)ちがいます。本当なのです。証拠があります。コウライウグイスがちょうど私の頭の上から見ておりました。

王　―　それならたいへんよくやったってことだ。(見まわしながら)他に……

鳥2　―　私もよいことをいたしました。

王　―　どんなことを?

鳥2　―　私もおなかが空きましたので、ある家に入って行ったではありませんか。もし人でもいるかと。そのあたりに止まり、こっそり庭の中をうかがいますと（驚きながら）、まさかこんなことが？　険しい、恐ろしい顔をした一人の婦人が、手に大きな火掻き棒を持ち、小さな幼児をしきりに叩いています。そしてその子が哀願して、とても悲しげに泣いています。だからとてもかわいそうで、じっとしていられません。それで考えあぐねてふと見ますと、庭の片隅の物干し紐に洗い立ての洗濯物がありました。そこで私は、糞をジャッとかけてやりました。するとその婦人がびっくりして、とび出してきましたのでその子は助かりました。それで私は、こんな歌をうたいながら逃げてきたのです。

鳥2の独唱――

お友達　お友達　叩かれてばかりいないで
元気に 堂々と 立ち向かってください
地主の奥さんの悪い根性
小さなこぶしで殴ってやり

鳥2　――もし私がいなかったら、一体どうなったでしょう。
王　――本当か？
鳥2　――もちろんです。
鳥たち――（鳥2に嘘ではないかとあざける歌をうたう）
鳥2　――ちがいます。本当なのです。証拠があります。ちょうどその家の軒先にカササギが止まっていました。
王　――うむ。それならたいへん立派なことだ。
鳥3　――私はそれよりもっと立派なことをいたしました。
王　――どんなことか？
鳥3　――私はですね。あのう――ある谷に流れる小川に行き、水を飲んでおりました。ちょうどその時、ある子どもが丘のふもとの墓の前にすわり、「母さん　母さん　私も死にます」と言っていたかと思うと、ついに悲しみに耐えられずにそのまま倒れてしまいました。まったく息もできず、真っ青になってしまいました。

そこで私が小川の水をこの羽に浸して、その子の顔を何度も何度も冷やしてあげました。

鳥3の独唱—
お友達 お友達　早く起きなさい
この水は清らかな水です。
清らかな水で目を覚まして
お友達 お友達 早く起きなさい

鳥3　—　なんと、こういたしますと、その子がまたよみがえりました。そして私としばらくの間ぴょんぴょん跳んだりして遊びました。

王　—　本当か?

鳥たち—（鳥3をからかう様子）

鳥3　—　ちがいます。本当のことです。ちょうど木に止まって悲しげに泣いていたカッコウが見てました。

王　—　それならお前たちも、たいへんよいことをたくさんしたってことだな。

鳥たち—そうです。

王　—　それならば、その幼い少年はとても気の毒じゃな。

鳥3　—　本当に気の毒です。その少年は鳥を愛し、虫と花とすべての弱いものを愛し、親切にする善良な子どもです。

王　—　本当によい子だ。それではお前たちは行って連れてきなさい。

鳥たち—はい。

王　—　そしてお前たちは。

鳥たち—はい。

王　—　証人としてコウライウグイス、カッコウ、カササギを呼んできなさい。

鳥たち—はい。

◇鳥たち退場すると　—幕—

第二場

舞台

第一場と同じ所、第一場よりも暗くなった後、山鳥たちが少年を連れてきて、1・2・3はそれぞれ証人としてカッコウ、コウライウグイス、カササギを連れてくるとき幕が開く。

王　―　コウライウグイスさん。

コウライウグイス―
はい。

王　―　（1を指差して）あの鳥があの少年を起こすと
ころを見ましたか？

コウライウグイス―
はい、見ました。

鳥たち 合唱―
本当だ 本当だ
コウライウグイスも見たそうだ
それなら私たち山鳥は
心やさしい善い鳥だ。

王　―　カササギさん。

カササギ―はい。

王　―　（2を指差して）あの鳥があの少年を助けたと
ころを見ましたか？

カササギ―はい、はっきりと見ました。

鳥たち 合唱―
本当だ 本当だ
カササギも見たそうだ
それなら私たち山鳥は
心やさしい善い鳥だ。

王　―　カッコウさん。

カッコウ―はい。

王　―　（3を指差して）あの鳥があの少年を助けると
ころを見ましたか？

カッコウ　はい、見ました。

鳥たち 合唱―
本当だ 本当だ
カッコウも見たそうだ
それなら私たち山鳥は
心やさしい善い鳥だ。

少年　―　王様、皆さん、山鳥さん、本当にありがとう
ございます。哀れな私をこのようにいっぱい
愛してくださりありがとうございます。

王　―　いやいや。あなたは善い人です。鳥を見て石

を投げたり、虫を見て踏み殺す人ではありません。

鳥たち—そのとうりです。

少年　—　山鳥の皆さん、山鳥の皆さんのおかげで私の心はとても嬉しくなりました。「悲しいこと」の代わりに勇気をもらいました。悪いやつをうらむだけでなく、きっと追い払ってやるぞという決心がさらに固くなりました。みんなで一つになれば、その力が大きいってことが分かりました。

王　—　そうだとも。私たち山鳥の国も同じです。（山鳥に）子どもたちよ、皆一緒に力強い歌をうたおう。今日は本当に喜ばしい日だ。

◇山鳥たちは少年を取り囲み、元気に歌をうたい、踊りを踊る。

—幕が　下りる—

〔一九二九年、『星の国』〕

童謡劇　ウサギ

一幕二場

（チョンソン私立学校連合学芸会で上演したことがある）

舞台

舞台左右に銀の臼が置いてあり、ウサギ四匹が杵を搗き、背景近く中央に月桂樹が立っていて、晴れた夜空に星がきらめいている。月桂樹の前にはウサギ甲、乙が少し高いところに座っており、小さなウサギたちが左右に斜めにもたれて座った。幕が開くと歌をうたう。

登場者：

小さいウサギ　1・2・3・4・5・6・7・8・9。

大きなウサギ　甲・乙。

トラ。

場所：　山中の芝の上

時：　春

皆で ― すっとんすっとん これ搗き あれ搗き
すっとんすっとん これ搗き あれ搗き
銀の臼に 玉（ぎょく）の臼に 水晶の臼に
まんまる 白い お餅を 何度も 搗きます。
正月に 十五日の雑煮を食べられない
すべての女子（おなご）に 分けてあげます。
ぺったんぺったん これ搗き あれ搗き
ぺったんぺったん 餅もまんまる みんなで十
三
一歳 二歳 何度も食べる 福餅です。
いつも一人 若いあのお月様に
かならず一つは 食べさせましょう

1 ― おい、みんな、ほんとうに月も明るい。いつでも今時分になると、月は明るいが、今日のような月ははじめて見た。

2 ― なるほどそうだ、まるで水晶のように澄んでいるね。
3―水晶だなんて、まったく白い雪のようではないか。
一同―ほんとに明るい。
5―ごらんよ、こんなによい月夜を僕らはただ普通に過ごすわけにはいかない。じゃんじゃん遊ぼう。
一同―そうだ、じゃんじゃん遊ばなけりゃ。
2―ああ、君はとんでもないことを言う。それじゃ、まったく人間の国と同じじゃないか。
1―へゝ―人間の国、ほんとに人間の国はなんでそんなふうなのか。ただ叩いたり叩かれたり。はっはっは！　おかしくて死にそうだ
一同―はゝゝ
3―ほんとに私たちウサギは、遊んでいる者は無く、みんな働いている世界、ちょっといい世界じゃないか。
ウサギ2の独唱―
私たちウサギの世界 ほんとによい世界
日が昇れば 楽しく働き
わがままに ひとり座って遊んでる者なく
りりしく 楽しく 暮らしてる世界
一同―（拍手）ほんとにそうです。
3―はゝゝ、それだけですか。私たちウサギの世界には泥棒もいない。
一同―そうだとも。
3―さあ、これを見て。（だれかに借金を返すふりをして）ほんとにどうしようもないのです。あと一月だけ待ってください。
2―だめだ。きっちりひと月なのだ、今日はどうしても返せ。
3―お願いです。今度だけ、どうしても。
2―だめ、だめ。（突然、語調を変えて）はゝゝ、まったく人間たちはコケが生えたみたいに古臭くなった。
一同―あゝ―はゝゝ、私たちウサギの世界は実にすばらしい。
4―おお、そうだ。今日は一踊りしよう。

（一同の拍手と歌に合わせて）
1. 踊れや 踊れ
くるり ひらひら 楽しく踊れ
2. 日が昇り 輝く太陽
田に 畑に 仕事に行こう
3. 思いをこめて
楽しく踊れ　仕事に行こう

一同 ― ほんとにうまい踊りだ。

5 ― ちょっと聞いて。私は実は歌もよく歌えないので、演説でもひとつしようかと思う。

一同 ― なんと、それは面白い。

5 ― （真顔になり、観衆にむかって）皆さん、実にわがウサギの世界はよい世界であります。なぜよいかといえば（少し間があって）実になんとも言えないよいよい世界なのであります。実に実に（思わず笑ってしまう）

一同 ― （拍手）お〳〵―ほんとに上手い。

1 ― おや、あちらを見て。（右の方を指差す）

一同 ― （そっちを見る）

6 ― うん、姉さんたちがやっといらっしゃった……。

（遠く歌声が聞こえてくる。だんだん近くなる）
1. すっとんすっとん　月桂樹の下 丸い臼に
ぺったん ぺったん　搗きながら　歌いましょう
いちど搗き 二度搗いて
星の種を ぱらぱら 撒くならば
大空に 星の仲間が 増えてゆく
2. 一日でも 搗かないと 闇夜です
友だちみんな 集まり 搗けば 月の明るい十五夜
天の川に 星の種 撒いて
世界に 流して 送れば
星のような新しい仲間が 日ごとに 増えるそうだ
（いっそう近く聞こえて）

◇姉さん甲、乙登場。

一同 ― や、お姉さん。やっといらっしゃいましたね。

1——おやつ、仕事からのお帰りですか？
甲——そうです。
乙——そう、そうです。
甲——まあ—ほんとにあんたたちは楽しそうですね。
2——もちろんです。どうして、こんなに月の明るい晩を何もしないですごせましょうか？
乙——ほゝゝ—ほんとにそうです。それでどのように楽しんだのですか？
4——どのようにって？　歌ったり、踊ったり、演説もして、大いに楽しみました。
甲——それはいい。ほゝゝゝ。
乙——ほ……。
1——なんだってそのように笑ってばかりおられるのですか？
甲——ほゝ—あんたたちも知っているでしょう。今は私たちウサギの世界だからこのようによくなったのですが、昔はトラがあちらこちらうろつき、その苦しさといったら並大抵のものではなかったそうよ。
2——そうですか。
甲——だけども、私たちがみんなで力を合わせ、トラを追い払っていなくしてしまったために、今はこのようになったのよ。
乙——そんな昔を思うと、とても怖ろしいわ。ふうつ、でも今ではそんな過ぎた話はどうでもいい。今は働いて、よく遊び、よく食べて過せば、申し分ないですよ。
一同——そうです、はゝ……
甲——さあ—私たちまた楽しみましょう。
(月の歌)
(ちょうど終わる前に突然大きなトラの声がする)
声——ウオーウオー
一同——(びっくりして大騒ぎになる)
(すると大きなウサギが現れる)
大ウサギ——(ウサギの面をつけたトラがおとなしげに)やあ—大衆諸君、私はええとあのう—月の都からお前たちを養おうと送られてきた長(おさ)であ

一同　―　る。さっきのあの声は、神様がお前たちにそのことを知らせる声だったのだ。だから今からお前たちは私をこの国の長として仕えなければいけない。

トラ　―　（なんの声もない）

一同　―　（地団太を踏みながら）お前たち、なぜ黙っているのか？　お前たちはこれからは仕事も命ぜられるままにしなければいけない。そして、私によい食事と、きらびやかな着物を供えるべきである。

一同　―　（互いに目を丸くして見つめあう）

トラ　―　エヘン、さあ、おじぎしろ。

一同　―　（ぎょっと驚き、ひっくり返る）

トラ　―　さあ―お前たちはまず私の言うことを聞け。エヘン―

一同　―　（おびえて）はい―

トラ　―　（甲を指差しながら）ほかの者はあっちへ行け。そしてお前だけここに残れ。話がある―さあ早くしろ！

一同　―　はい、（左側に出てゆく）

　　　　　（甲だけ倒れたまま残っている）

トラ　―　さあさあ、ウオー ウオー。

一同　―　（いっそう驚いて逃げ出す）

トラ　―　（その中でウサギ1だけ木の後ろに行き隠れる）

　　　　　（ウサギの面をはずし、甲に飛びかかる）ウオーウオー、わしはトラだ。

甲　―　ひやあ、お助けください。（泣いて頼む）

トラ　―　わしが言ったことは皆嘘だ。今からお前たちをだまして、一匹ずつ残らず捕まえて食べてやる。ウオー―

甲　―　（後ろに退きながら）ああ、トラ様、お助けください。

トラ　―　（飛びかかって噛み付き）ウオー―

甲　―　あゝ。（あお向けに倒れる）

トラ　―　（嬉しがって躍りあがりながら）実に満足だ。今はまた俺の世界だ。

　　　　　（倒れた甲を振りかえり、跳びながら歌う）

　　　　　はゝゝゝ、あゝ満足だ、これはいい。

ウサギの世界 広い世界 俺のものだ
まるまる太った白いウサギ きれいなウサギ
はゝゝゝ どこまでも俺の食料だ。
（甲を引きずって右側に退場）
1―（木の後ろからぽんと飛び出し、憤慨してこぶしを握り）ああ、すっかりだまされた。あいつはトラなんだ。どうしたらいいだろうか？
（狂ったように左の方を眺め）
おーい、おーい、大事件だ。早くここへ来い、うん大丈夫だ。はやく、はやく。
一同―（ぶるぶる震えながら登場）
1―大事件だ。さっき月の都から降りてきた大きなウサギは実はウサギでなくてお面をかぶったトラなんだ。
一同―なんだって？（逃げようとして大騒ぎ）
1―おい、どうした？ 逃げたとしてなんになる？ 逃げれば殺されないとでも思うのか？
2―それならどうしたらいい？
乙―ところで、ああ、大きい姉さんはどこに行ったのかな？
1―（悲しそうに）姉さんは、トラのやつが咥えて行ったよ。
乙―なに？
一同―ううん？
4―ああ、おそろしい。
5―一体どうする？
2―（1を見て）なあ、それならどうしたらいいんだ？
1―さあ、君たちの考えではどうしたらいいのかね？
一同―さあ、さあ、さあ。
（首をかしげて考える）
1―（少し間があって）おい、たったひとつ答えがある。あのトラのやつを殺すほかはない。
2―ええつ、どのように？
一同―どのように、うん？
1―ええと―食べると死ぬ果物があるだろう？
一同―そうそう。

乙　―　実によく思いついた。私もちょうどそんなことを考えていたよ。それだ、それだ。
一同　―　ふうっ―実にうまい話だ。
２　―　さあ―ではさっそく摘みにいこう。
（一同退場）
トラ　―　（腹をなでながら登場）
ああ、うまくいった、もう一匹食べて行かにゃ、あいつらは皆どこに行ったのかな?おそらくきゃつらはまだ俺がトラであるのを知らないようだ。
（面をはずし、またつけながら）まんまとすっかりだまされたんだからな。―

―間―

（大きく）お前たち、憎たらしいウサギども、皆どこに行った?
一同　―　（登場し身を伏せて）はい。
トラ　―　おお―お前たち来たか、それでどこへ行って、何をしてきたんだ?
１　―　（立ち上がり、笑いながら）あのう、果物を取りに行きました。
トラ　―　なんだ、どんな果物か?
１　―　とてもおいしい果物です。
トラ　―　ほんとか?
２　―　（みんな立ち上がりながら）もちろんです。まったくこの世界で一番おいしい果物だそうです。
３　―　ああ、なんと甘くておいしいことでしょう。
トラ　―　ほんとうか?
一同　―　もちろんです。
１　―　ちょっとお手にとってごらんください。
トラ　―　それでどこにあるのか?
２　―　はいはい。ここにあります。おい、君たちも持っているものがあれば、出しなさい。
一同　―　承知しました。（みんな取り出す）
トラ　―　（がむしゃらに食べる）
一同　―　ほんとにおいしいでしょう?

トラ―実に甘くて、さっぱりしているぞ。桃よりもうまいし、梨よりもリンゴよりもほんとにうまいなあ。
2―はゝゝゝトラ様、ほんとにおいしい果物です。
一同―はゝゝゝ
トラ―（あくびをして）あれ、眠たくて。何でこんなに腹の中がおかしくなるんだ？
一同―（緊張。互いにこつこつとつつきあい、目くばせする）
4―えっ、眠いのですか？　さぞかし果物がおいしくて、そうなるのでしょう。はゝ―
トラ―（食べた果物を吐き捨て、ぴょんぴょん跳ねながら）
ああ腹が、ああ腹が、ああ死にそうだ。
ウサギたち―（あちこち跳びはねながら手を叩く）
1―こいつめ、この面をつけたトラめ、お前はぼくの姉さんを食べて行っただろう？
2―こいつめ、お前のようなやつは死んでも当然だ。
トラ―ああ、ああ、ああ、ああ。（身体をもがく）
1―やあ、とうとうやった。悪いトラのやつは死んだ。私たちの世界はまたよい世界になった。
一同―万歳！
2―ほんとによかった、また飛び回って遊ぼう。
（歌と踊り）

―歌が終わる時　幕―

〔一九三二年八月、『星の国』〕

地理劇　地球の話　（一場）

出場者・展示物
地球を回す子ども四名（一つの地球を二人の子どもが回す）。
エベレスト峰（世界で一番高い山）八八八二メートル
ミシシッピ川（一番長い川）六五三〇キロメートル

グランド瀑布（ラプラタ川にある）六〇六メートル
《訳注》イグアスの滝のことか。
エンパイア・ステート（ニューヨークにある一番高い建物） 三八〇メートル
人が多く暮らす国（中国）
一番人口の少ない国（モナコ）
一番広い国（ロシア）
六大州（アジア州、ヨーロッパ州、アフリカ州、大洋州、北アメリカ州、南アメリカ州）
五大洋（太平洋、大西洋、南極海、北極海、インド洋）
紅人種（肌の色が紅い人）
黄人種（黄色い人）
白人種（白い人）
トビ色の人
黒人種（黒人）

舞台

高い山、高い建物、瀑布は中央の後ろの壁に高く立ち、その下には長い川。川の左側には大きな国と広い国、その下には六大州。

川の右側には五大洋と小さい国。川の下には五色人種が座っている。

東半球と西半球を持つ子ども二人がぴったり合わせて丸い地球を作り、両側に立ちぐるぐる回す。

すべて山なら山、川なら川を描いた絵で子どもたちの体を隠す。

かならず高さや深さのメートル数を分かりやすく書いておく。

幕が開くと
一同は歌い始める。自分の話が出るたびに自分の絵をさっさっと持ち上げ観衆に見せる。

かならず歌は一節を繰り返さなければいけない。

(曲は自由)

歌

1 私たちの暮らす大地は地球です。
ぐるぐる回る地球です。

ボールのように回る地球です。

私たちの暮らす大地はまあるいです。

2 私たちが独りで回ると一日なので
二十四時間に一回回ります。
独りで回りながらぐるぐる太陽を回ると
春、夏、秋、冬 一年です。

3 大地は分かれて六大州です。
大小六つのかけら 六大州です。
海は分かれて 五大洋です。
あちこち五つに分かれ 五大洋です。

4 この世界で高い山はエベレスト
ヒマラヤの高峰 エベレスト
いつでも白い雲を見下ろし
大地と海を はるかに見下ろします。

5 千里万里 長い川はミシシッピ川
アメリカの真ん中を貫き流れます。
揚子江と黄河が長いと言うけど
みんな私たちには弟分です。

6 激しく落ち注ぐグランド瀑布
天の川がさかさまに落ち込んだように
どどっという水音は千里も届き

立ちこめる霧はわき上がります。

7
東から西まで果てしのない大地
オーロラが現れる国 ソ連です。
言葉のちがういろいろな民族が一緒に暮らすけど
仲むつまじさ楽しさは ほかのどこにもありません。

8
人が一番多く暮らしていても
アジアの古い国 中国です。
未来を見通して 団結した力が
ようやく驚くほどに 四億万です。

9
島が多くて名高いインドネシアは
石油とゴムを産するが、
国のなかのちびっ子 モナコは
兵隊たったひとり 巡査もひとり。

10
人の顔の色も みなちがいます。
黒人に 黄色い人 紅い人がいて
目の色もおなじ　白人 トビ色の人
五つの色の人たちに分かれて暮らします。

11
私たちが暮らす土地は このようです。
ぐるぐる回る飛行機です
色とりどりがいっしょに暮らし別れて暮らす
いつでも休まない地球です。

〔一九三四年四月、『星の国』〕

《訳注》宋影の本格的作家活動は、一九二五年に雑誌『開闢』懸賞作品に「増えゆく群」が当選し、デビュー作となったことから始まる。自らの労働体験にもとづいて描いたこのデビュー作や、初期の「石工組合代表」などは、労働者の生き方、闘う姿勢を描き出し、その後の「鎔鉱炉」「扇動者」などは一人の闘いから一歩すすめて組織的・政治的闘争を主題とするようになった。

　一九三四年第二次カップ事件で検挙された後の作品には、周辺人物の人間的な心情や家族の哀歓をテーマとする傾向がみられ、カップ解散後の厳しい情勢が反映しているという。

権煥（クォン・ファン）篇

略歴

権煥は本名を権景完といい、一九〇三年一月六日　慶尚南道昌原郡で生まれる。教育は日本で受け、山形高等学校、京都帝大独文科を卒業した。その大学在学中に思想問題で日本の警察に検挙されている。一九二九年三月に大学を卒業すると、五月に東京で『カップ』に加入し、その年に筆禍事件によりふたたび検挙された。一九三〇年七月にはカップ中央執行委員（文学部）に選ばれている。

一九三一年三月、カップの機関誌『戦線』を発行しようとして発行禁止処分を受け、この年の「カップ第一次検挙」では、検挙されたが不起訴処分となっている。一九三四年七月の「第二次検挙」で検挙されたときは『ソウル時報』記者をしていたが、一九三五年一二月に免訴になった。そのご中外日報、中央日報、朝鮮日報の記者、朝鮮女子医学講習所講師などを歴任している。

一九四五年解放後は、ソウルでプロレタリア文学活動を始め、一九四五年一二月、朝鮮文学同盟傘下の全国文学者大会準備委員に選ばれ、翌四六年二月、民主主義民族戦線結成大会に文学者側代議員として参加、中央委員に選出された。同月、第一次全国文学者大会で書記長に選出される。その後重病のため治療に入り、一九五四年七月三〇日　馬山で肺結核により亡くなっている。

少年少女詩　どうして大人になれないの？

わたしが餌を与えて育てた雛（ひな）が
すっかり大きな鶏になって
頭にシャクヤクの花のようなとさかが生えました。
わたしが苗木をもらって植えた
百日紅の花は この雨で袋ごとに
つぎつぎ花を開き　満開になりました。
この春 土を破って伸びてきた
金の柱のような竹の子は いつのまにか
父さんの背丈の二倍にもなりました。
でも　わたしはどうして今の今まで
大人になれないの？

〔一九二七年八月、『新少年』〕

少年少女詩　どうして怖くないの？

どうして姉さんはそんなにちっとも怖くないの？
ゴロゴロドドン　大砲の音のような
雷が鳴り 火の刃のような稲妻が
ぴかっときらめくときでもじっと座って
文章ばかりを書いてます。
虎、狐、角の生えた鬼が飛び跳ね
叫び声をあげている真っ暗な夜の山道
天を突くビルの下で
電車、自動車、大馬が矢のように
行ったり来たりする大きな街にも
ステッキ一つ振りながら出かけます。
山のような青い波が竜の頭のように上がったり下ったりする
大海の中でも 竹の葉っぱみたいな船を一隻漕いで
瞬きもしないで渡って行きます。
それだけでは足りません。
両眼が大きい鈴のような巨人が数万名
集まっている中でも
こぶしを叩き大声で叫びます。
どうして姉さんはそんなにちっとも怖くないの？

わたしもいつかそのようになれるときがあるのかしら？

〔一九二七年八月、『新少年』〕

少年小説　凍ったご飯

―この文を貧しい家の少年諸君にささげます―

ソクジュンは、足がズブリズブリはまる雪原をやっと越えて、日のあたるちょっと暖かい岩の上に背負子(しょいこ)を投げ出し、座って休んだ。力なく射す冬の日差しを正面に受けたソクジュンは、ようやく生き返ったようだった。凍ってかじかんだ手にしばらく息をハアハアと吹きかけ、背負子につけてきた昼飯の包み（コルムジ）を降ろしてほどいた。

黒いそば粉餅を大粒の麦飯で包んで固めたご飯は、すっかり凍っておこしのようにぱさぱさになっていた。大根の味噌漬けも、凍った。空腹なソクジュンは、歯が抜けるほど冷たいこともものともせず、土のついた手でおいしそうにかじって食べている。

この凍った飯を食べながら、ソクジュンはこのように考えた。「僕はこのようなご飯でも食べれらるけれど、母さんと兄さん、そして姉さんは何を食べて、どうされているのだろう？　たとえ近頃のように日が短くても、そば餅麦飯一匙ずつ食べてどうして一日中働いていられるのだろうか？」

そして、今朝起こったことを思わずにはいられなかった。

×　×

今朝のことだった。ソクジュンは何よりも試験を受けることを考えながら学校へ行った。今度も僕は全部甲をもらい、また一番になり、母さんと兄さんが皆笑顔で近所の人に「うちのソクジュンは今度もまた一番になりましたよ。日曜のたびに薪を取りに行きながら勉強しても、家で座って勉強ばかりしている子どもたちより成績が良いのです」と言って自慢する声を聞いていた。

今日の算数の試験はおそらく〝諸等数命法通法〟（度量衡法など）からたくさん出そうだ。一回暗記しておこう。「六尺は一間、六十間は一町、八十町が一里、一年

は三六五日、閏年は三六六日……」理科はたぶん人体から出そうだ。「消化器は胃、大腸、小腸、盲腸、神経系は脳神経、脊神経……」こうして口をぶつぶつさせながら覚えていくうちに、いつの間にか足は学校の門の中に入っている。

始業の鐘がじゃらんじゃらんと鳴り終わると、いつものように校長先生とほかの先生たちが朝礼に現れ、いろいろな注意、さらに特別に試験に対する注意をしたあとで、最後に校長先生がふだんでも険しく見える顔付きをことさらにしかめて、鷹の目のような丸い目でメガネの奥からじろじろと生徒たちを見て、「他のものは皆中に入っていいけども、今まで月謝を納めなかった者は残らなくてはいけません」と言った。この言葉を聞いたソクジュンは、胸がどきんとした。今月の月謝を払えなかったことがそのとき思い出された。

「しかし、まさか、試験を受けられないようにそこまでするのか」と言っていると、数百名の学生たちは順々に皆教室に入って行き、七、八名が校長先生の前に列をつくって並んだ。彼らは皆ソクジュンのように顔が真っ青になった。心配そうな顔をなんとか静めながら、校長先生の口を見つめ、次に出てくる言葉を待っている。

「学校の規則で月謝を出さない者は学校に通うことはできない。ひと月に五、六〇銭になる費用を出せない人が学校に通うのはだめだ。君たちは今から本の包みを持って自分の家に帰りなさい」と、校長先生はいかめしく話す。「そして、月謝を持ってきた後で学校に来なさい」

その言葉を聞いた生徒たちは、しかたなく本の包みを抱えて学校の門をでた。そのなかでも一年生の何人かは、すすり泣きして行く。年長の元気な一人の子がそれを見て「なあ、泣いてどうなるんだ？　早く帰って月謝をもらい、それを持って試験を受けられるようにしよう」と言ってなだめた。

「いったい何を言ってんだい？　金があればもちろん持ってくるさ。ぼくはもう金があれば遊んじゃうもんね」一人の子は興奮をこらえきれないように話す。またある子は、校長先生があんまりだと悪口を言い、ある子は両親があまりにも冷たいとうらみながら家に帰って行く。

ソクジュンは、何も言わずに家に帰って行った。家に入るとすぐに、母さんが庭で何かふるっていたが、ソクジュンを見て持っていた箕（み）を横において「どうして早く帰ったの？　どこか悪いのかい？」と言う。ソクジュンはそれまで我慢してきたが、堰（せき）を切ったように突然泣き出した。

「そうじゃないよ」と、わんわん泣いた。母さんはしばらくじっと見ていたが、そのとき思い出したように「ああ、月謝のことで帰されたのかい？」という。「そうです」とソクジュンは言ってしきりに泣く。ヘンス姉さんが部屋の中で機を織っていたが、その声を聞きいきなり出てきて「この子は、どうしたの？」と聞く。母さんは半分泣き声で「月謝のことで学校から帰されたのだよ」と答える。

「えっ、試験も受けられないの？　ほんとに先生たちも……」「まったくだよねえ。試験でさえなければ、それでも……ところでお前の兄さんはどこに行ったのだい？」「裏の家の稲を背負ってあげようと出かけましたよ。それですぐに帰るよと言ってました」

そんなところにソクジュンの兄さんが背負子を背負っ

て帰ってくる。ソクジュンが本の包みを前に置いてめそめそ泣いているのを見て、「この子はどうしてもう帰って来てここにいるの?」と聞く。「月謝とかなんとかで、試験も受けられず帰されたのよ。どうしたらいいのかねえ? 父親のいないあの子を文字でも読ませるようにしようと思ってたのに……」

母さんはチマに顔をつけてしくしくとすすり泣く。ソクジュンの兄さんは、しばらくじっと立って何ごとか考えていたが「だから、学校をやめろと以前からそう言ったろうが、今日から薪でも取りに行け。学校に通う奴は他にいるよ。誰でも行けるってものじゃないんだよ?」と言う。

「どうしてそんなことを言うのかい? それもあと何ヶ月もたたずに卒業になるというのに。それでねえ、キョンジュン、裏の家から報酬をもらわなかったの?」「そんなものどこにありますか? とっくに先日食糧を商おうと一円すでに持っていって使わなかったですか?」「ほんとにそうだったね」「僕はいま、借りてくるところも、もらうところもありません」

母さんは何かしばし考えていたが、いきなりすっと立つとチマの端で涙をぬぐいながらソクジュンを見て「お前、そんなことでなにを泣くことがあるの? 私がいまどこかに行って借りて、お前が試験を受けられるようにするから、心配しないでおいで」と、母さんは外に出て行った。三人はうなだれ向き合って座っている。小さな貧しい小屋のなかは、しばらく静かになった。裏の家で犬のほえる声がワンワンと聞こえる。やがてソクジュンの母さんが失望した顔で戻ってきて「どうしてもダメ。ソクジュン、今日から学校をやめなさい。いまパク・クアチョン宅に行ったが一円もないと言うのだよ」と力なくぺたりと座る。

「あの家に五〇銭のお金がないはずがない。私らが貸してくれと言うのでそう出たのよ」とヘンス姉さんが怒った声で言う。「そりゃあ、そうだとも」母さんと兄さんが同時に言う。「私が織っているあの布が仕上がったらどこかの家にでも持って行き、お金を少し貰えるんだがね」「じゃ何かね、今少々織ったもので何とかなるのかい?」

こんな当てもない心配をしているうちに、ソクジュンの心にはさまざまな蜃気楼が浮かんだが、最後にこんな決心をした。今日山に行って薪を取り、それを売って月謝を出して明日からの試験を受けるほかはないと。そして、背負子を背負って出かけた。しかしソクジュンには自分の家が所有する山林がなかった。だから人があまり来ない、この遠い山へ来るほかはなかったのだ。

× ×

ご飯を食べ終わるとあごが疲れ、全身が震えた。冷たい吹雪は遠い山間から吹いてきて、やわらかいソクジュンの頬を削ぐように通り過ぎてゆく。あちらの野の真ん中にはソクジュンの通った学校が見える。鐘の鳴る音が遠くに風間をぬってかんかんと聞こえる。その音はソクジュンの全神経を突き刺すように振動させた。学生たちは運動場にあふれ出てくる。ボールを受ける子、飛び跳ねる子、ブランコに乗る子、リボンをひらひらさせながらブランコをこぐ女学生たちがポプラ林のなかに点々と見える。

ソクジュンはそれを見て「君たちはなんという幸運なんだろう。そしてそんなにはしゃいでいるのか、温かい着物を着たり、おいしいご飯をたべたりしてさ?」と言って、また背負子を背負った。

あちこちの谷の残雪を踏んで、枯れた松の枝をひろって背負子半分ほど詰めた。そのうち日は山の端にかかろうとする。谷間がだんだんと暗くなるにつれ、ソクジュンはいっそう寒くなってくる。

ちょうどその時、ソクジュンは半分ほど折れた一本の大きな松の木を見た。しかしそれは、たった今折れたみたいだ。枝も葉も、生きている。ソクジュンがそれを折れば背負子がいっぱいになりそうだった。「あの松は僕が折らなくても、そのうちに枯れて死んでしまうので、山の持主が監視していても何も言わないだろう」と、一つ一つ折って背負子に入れた。あっという間に一杯になった。ソクジュンはそろそろ家に帰ろうと山間を恐るおそる下りてきた。

山のふもとまですっかり下りてくると、薪を取る子どもたちが歌をうたいながら下りてくる。「アリラン　アリラン　アラリヨ　アリラン峠を越えさせてよ　力のあ

る子は炭鉱へ　おしゃべりな子は×××へ行くよ。アリラン　アリラン　アラリヨ　アリラン峠を越えさせてよ」

このように歌っているうちに、ソクジュンを見て前に来た子が聞く。「やあ、ソクジュン、今日も休日なの?」「ちがうよ」「それじゃあなぜ、学校に行かないの?　君の兄さんがまた具合が悪いのかい?」「悪いことをどこで知ったのだい、そうなんだけど今日は……」

「君が担いでいる生木の松の枝はどこで取ったの?　ずいぶんたくさん取ったね」「ヤンサン様の山で折れてたものを取ってきたんだ」「君、だけど枯れた松の枝でなければだめだよ。それでは早く行きなよ。さあ、その家の主人がやって来る。見つかるとまずいぞ、なあ!」「何を言っているんだい。君、折れていたものを取って来たのだから、何の関係があるのだい?」

ソクジュンはこう言いながらも、内心すこしどきどきした。そのとき後ろから誰か「おい、ソクジュン」と呼ぶ声が聞こえる。くるっと振り返ると、ソクジュンと同じ村に住むヤンサン宅の若旦那だった。ソクジュンはどぎまぎして「はい、なんでしょうか」「やい、その薪をよこせ」

山の持主の息子たちは大声をあげながら、駆けてくる。ソクジュンはしかたなく背負子をおろした。「その生木の松の枝をどこで取った?」「あのー、この上の方で折れていた松の枝を取って来ました」ソクジュンは、わざと罪のないように見せようと、やや笑い声で話した。山の持主は突然飛びかかりながら、「何をいうのか、こいつめ!」と言うと、わけも聞かずにびんたを食わし、足蹴にした。そして、背負子をばらばらにこわし、鎌を奪い取り放り投げる。

「やい、こいつめ、他人の山の生木の松を折ったな?」「ちがいます、ちがいます。折れていたのを取って来たんです」と泣きながら哀願した。「嘘を誰に向かってつくのか?」「ちがいます。本当のことです」「つべこべ言うな。やい、折れてた松の枝をどうして取ってきたのだ?　そしてお前。分かっているだろうな、他人の松の生木を一株切れば罰金五円ずつ払うことを?　あしたお前の母さんのところに罰金を受け取りにゆくので覚えておけ。こいつめが」と手帳をひとつ取り出すと、めんどくさそうに何かを書き記す。それを見たソクジュンはどうしたらいいか分からず、大声で泣くばかりだった。「やかましいぞ、お前、大きななりして、なぜ泣くんだ?」「二度といたしませんから今度だけは堪忍してください」「だめだよ、お前。いつも見ていると、お前がここに来てあれこれ拾って行く。学校に通う者が勉強もしないで。それから、お前、この松の枝はそのまま置いておけ。あした家の作男が持って行くからな」と言って、薪を一目見ると行ってしまう。

子どもたちみんな、じっと立って見ていたが、「君、だからさっきぼくがそう言ったじゃないか?……」と言う。「君、泣いてどうなるの? 早く行こう、日も暮れてくるし……」ある子は同情に耐えられない様子でソクジュンの腕を取り、立ち上がらせながらなぐさめる。しかし悲しみをこらえきれないソクジュンは、つかまれた腕を振り切ってただ泣くばかり。じわじわ涙があふれる目で、ばらばらに壊れ、あちらにひと切れ、こちらにひと切れと散らばっている背負子を見ると、悲しくて泣き声がさらに大きくなった。

寒い日にこんなにも長くやったむだ働きも惜しかったし、明日どうして学校に行こうかということも心配だった。しかしそれよりも、どうやって罰金五円を出せるかが、もっと心配だった。母さんと兄さんになんと言えばいいかも心配だった。前に立っていた子どもたちも、みな行ってしまった。山間は暗く、冷たい。夜のフクロウのように暗い山の中でひとり泣くソクジュン少年の泣声だけが、しんとした向こうの山にこだました。

〔一九二五年一二月、『新少年』〕

童話　乙女のバラ

ヒバリの鳴き声がさわがしい、いろいろな春の野草が生い茂る、ある深い山間にバラの花が一輪ぽつんと咲いていた。その花は美しく、きれいで、かわいい乙女のようで、その名を乙女のバラと呼んだ。しかしどのバラの花でも棘があるので、このバラの木にもやはり棘があった。その棘は錐の先のように鋭くて、誰であろうとそれに触れさえすれば、たちどころに刺したが、とりわけいたずらっ子たちをよく刺した。

ある日一人の子どもがその山間にやって来た。その名はマンナンといい、年はまだ幼かったがいたずらで、きれいな草花を見ればすぐに折ってしまう子どもだった。その子が、草原の中に朝の露を含み咲いているバラを見て喜んで、「あ、ほんと。バラの花がきれいに咲いてるぞ。あれをぼくが折って持っていこう」と、大急ぎでバラのあるところに駆けていった。そして、そのバラのそばにぴったりと寄りそってみると、きれいだし、香りも鼻をついた。

そうしている間にも、その鋭い棘が青い葉の間につんつんととがって見えた。「バラの花、バラの花、ぼくはお前を折るぞ。折ればどうするつもりだ?」と言った。

「マンナン、お前は折ることができない。もし折れば、私はお前を棘で刺してやるよ」とバラの花は答えた。

「ぼくはお前の棘なんか怖くないぞ。それに、おいバラの花、お前ひとりでこんな深い山間にいても何になる?ぼくがお前を折れば、我が家に行き、きれいな水をいっぱいに満たしたきれいなガラス瓶に挿してやるぞ。そうすれば、お前の葉っぱと花は、幸せに開くよ」

「だめよ、だめ。私がそんなことを分からないとでも?水差しに挿されれば、五日も経たずに枯れてしまうのを分からないとでも思うの? また、たとえそうならないとしても、不良のお前に折られるわけにはいかない。私はこのように朝の日の光にキスをし、あたたかい春風に抱かれて踊っているのがいい。お前が折ろうとすれば、私はお前をかならず刺してやる!」と叫んだ。

しかし、そのいたずらっ子は「そんなことを言ったってむだだよ」と言って、両手で乱暴に花の首をつかみ、鼻と口でキスをした。そうするとバラの花は腹立ちのあまり、棘がほとんど砕けるほど刺しながら、「さあ、さあ、どうだ?」と叫んだ。

ところがそのいたずらっ子マンナンは、その声を聞き流して、そのうえ少しも可哀相に思わず、むしろ嬉しくて笑いながら、とうとうその美しいバラの花を折ってしまった。それで、気分よくキスしながら家に持って帰った。帰ってみると、うるわしいバラの花は、すでに黄色く薄汚れてしぼんでしまっていた。鼻を突いた香りも、どこかに行って消えてしまった。落ちた花びらは、ひとひらふたひら風に飛ばされ、人の足、鶏の足に踏まれ、なくなってしまった。あゝ—可哀相なバラの花よ！

〔一九二六年五月、『新少年』〕

《訳注》権煥の作家活動について『韓国近代文人大事典』では以下のように評されている。『病んでいる霊』（一九二六年在日留学生雑誌の『学潮』第二号）が処女作品であり、始めの頃の作品は、労働者と農民にたいする政治的扇動に力点を置いた、公式主義の傾向が強く、芸術としての文学の特殊性への認識が薄かったとされる。しかし、今回取り上げた作品は、いずれも一九二〇年代後半の作品であるが、児童文学であるためか、そのような極端な傾向は感じられず、その後のかれの作風に通じるものがある。

　一九三四年カップ第二次検挙事件に連座して治安維持法違反により拘束された後、それまでの公式主義的立場を改め、時々詩評を発表しながら詩作生活に打ち込んだ。一九四三年に出版された詩集『自画像』に載っている一連の詩篇は、現実と鋭く対決し、そのなかの詩『明日』では、明日という未来に向かって自分の現在の立場を乗り越えようとする意志を見せている、と評されている。

　さらに、『家』『追憶』などでは、幼い時代の記憶の中に残っている故郷を描き、『アリラン峠』では、伝来の民話的要素を詩の中にとりいれ、資本主義化で崩壊していく故郷、あるいは伝統社会にたいする郷愁を表している。『カップ詩人集』（一九三一年）から『倫理』（一九四四年）にかけての彼の作品の変遷には、暴圧的なファシズム体制という時代状況が反映しており、一九四五年の解放を迎えると、初期『カップ詩人集』の原点に回帰していったと思われる。

申鼓頌(シンゴソン)篇

略歴

申鼓頌は、本名を申孤頌という。一九〇七年七月一八日　慶尚南道彦陽郡で生まれる。一九二九年、大邱師範学校を卒業した後、教員生活をしながら『カップ』に参加して文学活動を行った。この年、評論「童心から―童謡詩人に与えることば」を『朝鮮日報』に発表する。一九三〇年、日本に渡り東京で『日本プロレタリア演劇同盟』に加入して演出を研究した。

一九三二年、帰国してから初めは雑誌『新少年』『子どもの生活』を舞台に文壇の地位を確保し、社会主義的階級意識に基づいた児童文学の創作活動を展開した。一九三三年には『カップ』直属の劇団『新建設』創立に主導的役割をはたし、プロレタリア演劇運動に関わった。一九三四〜一九三六年、『カップ』事件により投獄されている。

解放後、一九四六年から朝鮮北半部に行き、五八年三月まで創作活動をしながら国立演劇劇場総長として働く。その後、朝鮮作家同盟中央委員会常務委員となり、国立演劇学校校長として活動していた。このように解放後は、北朝鮮（共和国）において、文学・演劇の分野において指導的役割を果たしたと思われる。

童謡　五銭で買ってもらった手袋

ふた月も待ち焦がれて買った手袋なんだ。
僕の父さんが五銭で買ってくださった。
毎日徹夜して封筒張りする
ピオネールの僕の手の指は
ぽかぽかと暖かいんだ

金さんの家の三男坊の絹の手袋が
真っ赤な僕の手袋に敵うかな。
冷たい風がどんなにひどく吹いても
真っ赤な僕の手袋はぽかぽかなんだ。

〔一九三〇年二月、『オリニ』〕

童謡　臼

夏の日　時を知らずに　臼を搗き
臼は　月夜に　ねむります。
　前の田んぼで　ジムグリガエルが　合唱します
が
臼は　疲れて　ねむるのです。

いついつまで　搗いても　お腹ばかり空く
トルセのことを　夢に見ながら　ねむります。
　うしろの森で　蛍火が　踊っていても
臼は　疲れて　ねむるのです。

児童詩　かれらの力

ぼくの父さんは
地下坑で石炭を掘り
きみの父さんは
高い煙突にのぼって働き
もう一人の友だちの父さんは
巨大な発動機を回します。

かれらの力は実に大きいです。
その工場がかれらのおかげで動くのですから。
こうした人たち数千名が
腰が曲がるほど働いても
ぜいたくするのは資本家だけとはなぜでしょう?
かれらの力なしでは工場も止まります。

〔一九二九年一一月、『朝鮮日報』〕

童謡　朝

みそ甕(がめ)の上には
霰(あられ)がこんもり
鶏は長くコケコッコー
牝牛はモーモー
鶏小屋を開けよう
お粥を炊こう。

〔一九三〇年、『朝鮮日報』〕

童謡　横丁の大将

母さん　僕に
　小言を言わないで
着物のひもを切ったのが
　そんなに悪いの

〔一九二九年、『オリニ』〕

こう見えても　横丁では
　　力がつよいと
横丁の大将　横丁の大将と
　　呼ばれてるんだ。

母さん　僕のこと
　　叱らないで
弱い子の味方をしたのが
　　何で悪いの？
こう見えても　横丁では
　　肝っ玉が太いと
横丁の大将　横丁の大将と
　　呼ばれてるんだよ。

〔一九三〇年、『朝鮮日報』〕

《訳注》この作品集『星の国』に載らない申鼓頌の作品には次のような作品がある。

詩

「姉が嫁いだ日」（『オリニ』一九三〇年五月）「眠る乞食」（『新少年』一九三〇年八月）「コチュジャン」（『音樂と詩』一九三〇年八月）「我ら」（『新少年』一九三二年八月）「妓女圖」（『風林』一九三七年二月）「我が家の柿の木」（『週刊小学生』一九四六年四月）「アボジ」（『新しい友』一九四六年四月）「輪回しの輪」（『新しい友』一九四六年六月）「留守番」（『新しい友』一九四六年八月）

戯曲

「利口なウサギ―童劇」（『オリニ』一九二七年二月）「結実」（『新建設』一九四五年一一月）「ソウルに行った父」（『ウリ文学』一九四六年一月）「太陽が沈むわけ」（『週刊小学生』一九四六年四月）

評論

「〃童心から〃―童謡詩人にあたえる言葉」（『朝鮮日報』一九二九年一〇月二〇～二九日）「童心の階級性―組織化と提携」（『中外日報』一九三〇年三月七～九日）「児童文学復興論―児童文学のルネッサンスのために」（『中央日報』一九三一年一二月二〇～二三日）「文壇時感―カップ解散後の文壇協

調と文藝家協会」(『朝鮮中央日報』一九三五年一一月一四〜二三日)「朝鮮演劇の進路」(『文化通信』一九四五年一一月)「演劇運動とその組織」(『人民』一九四五年一二月)「童心の形象—尹石重『三日月』」(『獨立新報』一九四六年六月二日)

李東珪（リドンギュ）篇

略歴

李東珪は、一九一三年九月八日ソウルで生まれる。ソウルの普通学校を卒業後、自由労働をしながら文学を修業する。一九二八年から「カップ」に参加し、雑誌『野談』の社員として勤務している。一九三二年二月に小説「掲示板と壁小説」を『集団』二号に発表した。一九三四年から一九三六年にかけて「カップ」事件により投獄されている。

一九四五年解放直後、朝鮮プロレタリア文学同盟に参加する。一九四六年から北朝鮮において『民主朝鮮』編集局長、北朝鮮中央通信社書記長、平壌師範大学語文学部講座長を歴任しながら、創作活動を行った。一九五〇年六月に朝鮮戦争に従軍作家として参加し、一九五一年に戦死した。

童謡　イーヨーロチャ（えんやらや）

十本の綱を
　おじさん十人が分け持って
イーヨーロチャ　イーヨーロチャ
ヨンギヨロチャ　ヨンギヨロチャ

百斤の重い大きな鉄の塊
　上がったり　下ったり
どっすん　どしん　柔らかい地面も
石のように　搗（つ）き固められる

土台を搗いて固めるおじさんたち
　歌声ひとつに合わせ
イーヨーロチャ　イーヨーロチャ

ヨンギョロチャ　ヨンギョロチャ

〔一九三一年一二月、『星の国』〕

童謡　歌をうたおう

僕らの歌は　血湧き躍る歌
こぶしを握らせ　歯ぎしりさせる
友よ　うたおう　力強いこの歌
未来も　僕らのもの　僕らの世界

油まみれの工場の機械を回し
黒い手にしっかりハンマーを握って
僕らの歌を力の限り　うたおう
機械の音に合わせ　大きくうたおう

僕らの歌は　力強い歌
弱い心を強め　血湧き躍らせる
声張り上げて　しっかりと　うたおう
未来は　僕らのもの　僕らの世界

〔一九三一年九月、『星の国』〕

童謡　稲を植えて

エッサエッサ　稲を植え
夏の間に　育て上げ
秋になったら　刈り取って
腹いっぱい　食べようとしたのに

地主の家に　持って行き
小作管理人に　借金返し
あちらこちらに　みな取られ
籾殻一粒　残ったよ

小さな釜で　煮て見るか
大きな釜で　煮て見るか
欲張り　地主に　えーい
みんな食べろと　ぶん投げてやろうか

〔一九三二年一月、『星の国』〕

童謡　職場の歌

太いセメントの煙突が　にょっきり立っているところ
大きなベルト　小さなベルト　入り混じり回っている場所
ここが僕たちの工場なんだ。

がらがらごろごろ　機械の音が　節を取り
僕らは大声で　歌をうたう。
輝かしい未来の歌をうたう。

日差しが届かない　工場の中にも
僕たちの心の中には　炎が立ちのぼり
太陽のように明るい光が　いっぱい満ちているんだ。

〔一九三二年四月、『星の国』〕

童謡　行列

お姉ちゃん　旗を立て
あたしもあたしも　旗を立て
ずんずん　進む
ざっく　ざっく　進む。

旗の波　はたはたと
空の下　いっぱいに広がって
鬨(とき)の声　ワァワァと
この世界に　とどろく。

あたしらの仲間　千の仲間
みんな揃えば　百万の仲間
一つに団結し　進む。
ひと固まりになって　進む。

〔一九三三年六月、『星の国』〕

童謡　電信柱

ひどい風が　びゅうびゅう　吹きつける日
町中の電信柱が　泣いています。
僕にも　どうぞ服を着せてくださいと
うぉんうぉん　声を上げて　泣いています。

夜昼となく　このようにすっくと立ち
ひと時も休まず　働いているんだ
みなさん　僕に　服をどうぞくださいと
うぉんうぉん　電信柱が　泣いています。

〔一九三四年二月、『星の国』〕

小説　木こり

氷が緩んだ。雪が溶けた。人々は春だ春だと言って騒いだ。木には緑の新芽がだいぶ芽吹いてきた。つつじの花はすでに咲き、いち早く春だということを木こりに知らせてくれた。キルナムと子どもの木こりは、背負子を背負い裏山に登っていった。

「薪もしょっちゅうかき集めていってしまうんだから、なんとかしなきゃ……」背負子を下ろしながらキルナムは力なくつぶやいた。

「キム大尽の家はそのまま腐らせようとするのか、山にある木を一つも切らずほうっておいて何をしようというんだろうか。そして僕たちがこっそり鎌を少しでも入れてごらんよ。それこそ大変なことになる。金持ちの欲は限りがないようだ」

子どもの木こりも、背負子を下ろし、熊手をつかんで座りながらこのように言った。

「君は金持ちの欲ばりを今わかったのかい？　ただかき集めることがいつものやり方なんだから、ふん。他人はどうなろうと、死のうと生きようと、自分だけ全部手にできりゃいいってのがあいつらのやり方だということよ」

「その通り！　でも考えてごらんよ。この村の山がほと

んどみなキム大尽の山ということだ。それをだよ、その山に生える木のことだ、それを村人が等しく分け合い、火にくべたとしたら一年くべても十分余る。そうじゃないのか？　君も考えてごらんよ。ところが、三分の二はみなキム大尽のところに運び入れてしまい、残りを多くの村人たちが分け合い、くべようとするので、このように薪が足りなくてあわてふためく……」

「まったくそうだ。そのことはすべて君の言うとおりだよ」

「さあ！　はやく薪をかき集めよう」

彼らは立ち上がり、熊手で薪をかき集め始めた。薪をひと所でかき集めながらゆくと、一つの熊手にかかる薪といったらごくわずかだった。彼らは話をしながらせっせと働いた。

「なあ、木こりさん。僕らの取った薪をひと所に集めて、後で同じに分けないか？」

「どうして？　自分はすこしだけ働いておいて、僕がたくさん取ったものと合わせて、それで分けようというのかい！」

「まさか僕がそんなことを？　そういうことではないよ。なあ、夜学の先生がそう言わなかったかい？　金持ちが自分の欲だけを満たそうと、たえず自分の腹だけを満たそうというのは、まちがっていると！　彼らがそうなら、僕らはそれと反対になることができれば、その時、お互いに分け合う作法を持つべきだと。だから、僕らはだよ。同じように働いて、僕のものが多いとか君のものが多いとか、そんなことは止め、一ヶ所に集め公平に分けよう」

「そうだ、それがいい。僕らは皆家族みたいに生きるのが良いと思う。君のものだ僕のものだと言うのは止め……」

　キルナムは自分の薪の束を子供の木こりの薪の束のところに持って行き、ひとつにした。彼らは皆一家の友だちである。金持ちの子どもたちが学校に行き、飛び回って遊び、楽しく勉強する時、彼らは背負子を背負い山に行き、薪を取る。あちらの人たちが父母のふところに抱かれ、温かく眠る時、彼らは本と鉛筆を持って夜学に行く。「一字でも多く学ぶべきである。勉強ができず、理解できないと他人から見くびられる」と、夜学の先生は彼らの頭が痛くなるほどこの言葉を言い聞かせた。夜学の先生は遠いよその土地から来た若い方だった。青年会の人たちががんばり、村人たちが材木を一本ずつでも出して集め、力を合わせて家一軒を建て、どこからかこの先生を連れてきて村の農民を集めると、毎夕文字を教えるようにしたのだ。

　面事務所の面長は「無学だとだめだ。学ばなければいけない」と口先だけで言い立てるけれど、どうしたわけか、八年間に夜学一つ設置しなかったのだ。しかし、青年会の人たちは力を惜しまず、あちこち駆けずり回っては、材木のようなものをもらって来て、自分が大工になり、左官になって、家を建てた。しかし彼らはこの家を建てるのに、金持ちの家に行き縄一尋（ひろ）もらおうとはしなかった。それで、村のキム大尽も、夜学校の建設いかんには知らん顔をしていた。自分の子供は学校に通っているので、夜学と関係がないからだ。

　しかしながら、村人たちは、この村に暮らしながらしかも金持ちであるのに、どうしてあんな態度がとれるのかと批判した。

　それを青年会の仲間に言うと、「彼らは彼らであり、私たちは私たちです」という力強い答えが返ってきた。それを聞いた村人らは、一斉に「そうだ、そうだ！」と声を上げた。

　昼飯時になった。子供の木こりとキルナムは熊手を置き、包んできたご飯を開いて食べ始めた。

〔一九三一年九月、『星の国』〕

《訳注》李東珪の作家活動についてみると、カップが文壇の主導権を握っていた時代に「掲示板と壁小説」「雹」「自由労働者」「夏」「ある老人の死」などを発表している。「カップ」第二次検挙事件で投獄された後、統一新羅の英雄金庾信を小説化した長編「大角干　金庾信」を発表している。一九三〇年代後半には、過渡期知識人の現実を反映した「神経衰弱」という作品も書いた。

　評論には、初期の「少年文壇の回顧と展望」（『中央日報』一九三二年一月一一日）、「カップの新

たな転換と最近の問題―主に朴英熙氏の問題について」(『東亜日報』一九三四年四月六〜八日)、カップ事件による獄中からの釈放後の「李光洙論」(『風林』一九三七年三月)、「文壇廓清論」(『批判』一九三八年八月)、一九四五年の解放直後の「プロ芸術と創作技術の問題」(『芸術運動』一九四五年一二月)、「女性と文化」(『女性公論』一九四五年一二月)、「文学運動の新方向―正しい路線のために」(『朝鮮日報』一九四六年一月一四〜一九日)、「革命期の朝鮮文学」(『民聲』一九四六年五月) などがある。

洪九（ホング）編

略歴

本名は、洪長福。一九〇八年三月、ソウルで生まれる。一九三〇年　京畿商業学校を卒業。

一九三一年から「カップ」に参加し、少年雑誌『新少年』を編集しながら、創作活動を続けた。一九三四〜一九三六年　「カップ」事件により投獄される。

一九四五年解放後は朝鮮文学家同盟広報部長となり、ソウルで創作活動をしたが、一九四七年に病没。

一九三一年からカップの一員として文学活動をはじめ、一九三三年に短編小説「馬車の行列」、「犀先生」、「忘れた子守歌」などを発表して、文壇に登場した。一九三四年二月から一二月までカップ会員八〇余名が検挙されると、洪九もこの新建設社事件に連座して投獄されている。カップがこのような危機に遭うなかで、文壇の流れも純粋文学時代に転移していき、現実批判が難しい状況もあり、洪九の作品にも、階級意識とは関係なく男女の愛情関係を扱うものが多くなった。

しかし、ここで紹介した児童文学作品には、カップ作家としての面目が発揮されていると思う。解放後の作品として、「鸚鵡」（『新建設』一九四五年一一月）、「石榴」（『新文学』一九四六年六月）、評論「安東洙の創造的世界」（『百済』一九四七年二月）がある。

《訳注》新建設社は、カップ指導下にあった移動式小劇場である。その公演ビラを学生が所持していたことが発覚し、演劇公演によって赤化をはかったとされ、一九三四年から三五年にかけてカップ中心メンバーの一斉検挙が行われた。これが第二次カップ事件である。

童謡　杭（くい）

畔に　新しい杭が　打ち込んであった。
実った穀物　みな奪われる　標識だ
父さんの顔を見あげ　泣くのはよそう
みんな集まり　杭を引き抜こう。

畔から　新しい杭を　抜いてしまった。
父さんが　さっさと刈り取ってしまうように
僕らは集まり　穀物を守ろう
汗を流した野良仕事　僕たちだけで取り入れよう。

〔一九三二年一一月、『新少年』〕

小説　豚の餌の中の手紙

スンドウクは、この数日、豚の餌を運ぶのがとてもいやだった。豚の餌桶をかついでその紡織工場の前に来るだけで、からだが震え、腹立たしくて、背負子の棒で憎

い奴らを手当たりしだいやたらに殴りたかった。でも、スンドウクは我慢した。我慢したというより、そうするほかないと感じた。

スンドウクはなすこともなくそうしたのではない。その紡織会社では、多くの職工と会社との間に争いが起こった。その談判では、もちろん職工たちの言い分が正しかった。しかし、この会社の主人たちは、その言い分を聞き入れなかった。そこで職工たちは、自分たちの言い分を聞き入れないのなら働くことはできないと、みんなで約束をし、仕事をしないようになった。むろん職工たちと約束する時には、若い職工たちもそうしようと、固く誓ったのである。

このような職工たちも、年は若いが、この会社の主人たちと自分たちとにどんな関係があるかということを、よく分かっていた。そして、なぜ働かないかということも、はっきりと。

しかし、このように固く約束したその次の日から、おかしなことに若い職工たちは、ふたたびその固い約束を破り、会社に来たのである。その中には、スンドウクの妹ナムスンも加わっていた。その日から若い職工たちは、会社から家に戻れず、飯を与えられ強制されて仕事をさせられたのだ。

もちろん、それら若い職工たちを来させたには、いろいろ巧妙な手を尽くしたはずだ。だからといって、その巧妙さにいつもそのようにだまされることはないと思う。スンドウクはこれが腹立たしかった。今、工場から家に帰って来れず働かされていることより、奴らのその巧妙な計略にだまされたことが悔しかった。

× ×

スンドウクは、最後に豚の餌をひと背負い担いで来て、フーッと息を一つ長くついた。スンドウクは自分の家の豚の餌なら、あえて担いで来なかっただろう。いや、できなかっただろう。若い職工たちが、強制労働にやむを得ず従事しながらも、悔しく悲しくて、与えられたご飯を食べず、全部そのまま豚の餌桶に棄てたそんなご飯をどうして持って来れるだろうか?

しかし、スンドウクは仕方がなかった。もしこの役柄をこなさなければ、彼のお母さんは飢えて死んでしまう。

「早く分けてやり、さっさと休もう」スンドウクはさっきやれなかった豚小屋の餌桶に餌をぶちまけた。桶についた餌をすっかり空けてしまおうと、桶の中に手を入れた。桶の底で何かがしきりに手に引っかかり、餌がよく落ちない。何なのかと桶の底に引っかかるものをつまんでみた。ところがそれは、小さなタバコの箱紙だった。「どうせ、どこかの横着者めが」と、スンドウクは無造作に投げ捨ててしまい、その餌をみんな落として餌桶に空けてやった。「ああ、肩が痛い」と、スンドウクは肩をとんとんと叩きながら、そのまま地べたに座り込んだ。スンドウクはいたずら気分で、さっき捨てたものをまたつまんでは放り投げた。

するとその紙箱が破れて、その中から小さな紙切れ一枚が現れた。「これはなんだ?」と、スンドウクはいぶかしく思い、急いで駆け寄りつまんでみた。その紙をつまみあげたスンドウクは、ハッと驚いた。緊張した目つきで周囲をぐるっと見回してから、開いて手に持った。その豚の餌の中から出てきた紙には、このような言葉が記されていた。

――私の兄さんだけ、これを見てください。

あの、私があの日何も知らずに、会社で呼んでいるというので、そのまま行ったのでした。私はどんなに悔しいか分かりません。兄さん、兄さんは事情を知っていながら、なぜ私が会社に来る時そのことを知らせてくれなかったのですか。兄さん、それなら兄さんも私たちがこのようにここから出られないことを知らなかったのですね。

すでに私たちがこの状態でここにいるのが、十五日にもなりました。ここには、私たちだけでなく多くのおばさんたちも苦労しています。兄さん、私たちは毎日一食でも干葉クッパ一杯を食べたことがないのよ。どうしてご飯を食べることができますか。胸がむかつき、身体が震えて!　でも、そんなことはまだマシ。家に帰してくれと泣き騒ぐ子どもたちもいますよ。しかし兄さん、私はひどく泣きました。泣いてどうなる―それで私は泣いている子どもたちを見て、こう言いました。

「みなさん、私たちは馬鹿です。悪い奴たちがだましていることも分からずに来て、何を泣いてるの。泣けば出

してくれると思うの。出してくれるはずはない。何としても私たちは飛び出して行くべきなのよ」と。

兄さん、ところでこれまで三度も、外にいるおばさんたちが私たちを自由にしようと試みて出来なかったのですが、出られなかったのは私たちがダメだったからなのです。私たちは事情をまるで知らなかったの。前もって知っていたら、どうして飛び出せないことがあったでしょうか。

兄さん、この工場の煙突から毎日煙がもくもく出るでしょ？—すべて嘘の煙。私たちはこのところ仕事をしていません。この間二日働いてからは、私たちは皆決心をし、働かないことにしました。私たちが働かないというと、それならさっさと出て行けと言う。それでみんなで出て行こうとすると、とんでもない、門を開けてくれない。

兄さん、ところが最近は主人側からやって来て、また何ともややこしい。おかしいったらありゃしない。おい、仕事をするなら……［以下、日帝警察により削除］

兄さん、そこで一つお願いがあります。外にいるおばさんたちに私たちは現在まで仕事をしていないと―そして煙突の煙は嘘の煙だと、そして私たちが出ようとしているので、どのようにすればよいのかと、聞いてください。その返事をなんとか伝えられませんか？

兄さん、どうせ汚い着物です、私の着物を持って来るときにその中にうまく挟んで持って来ればよいでしょう。

兄さん、これを書くのに三日かかりました。兄さんは毎日豚の餌桶を運んできましたね。どうしようもなく、考えあぐねて豚の餌の中に忍ばせたのよ。

母さんはご無事ですか。私が元気だと伝えてください。この文は兄さんだけは必ず見るはずだと思いつつ――。

○○○○にて　ナムスン

手紙をすっかり読んだスンドウクは、分かったというように一度笑った。そして、下唇をぎゅっと噛みしめてみた。さらにまた、両こぶしを力いっぱい握りしめた。スンドウクの目は最も賢い人の目のようにすごくきらめいていた。

〔一九三二年、『星の国』〕

児童劇　涙

出場人物

親父（おやじ）さん（令監（リョンガム））― マルドンの父さん

母さん　― マルドンの母さん

マルドン― イップンの兄さん

イップン― サムドウクの姉さん

サムドウク― イップンの弟

男

子どもたちの声

舞台

それほど裕福でない農夫の家である。右側に小さな部屋、そのわきが土間、土間には親父さんがチプシン（わらじ）を編んでいる。母さんとイップンは、むしろに藁を干そうと広げている。イップンは静かに何か歌っている。日差しが明るく射している。

幕が開くと、マルドン、サムドウクが駆け込んできて、泣く。

母さん　――（ぱっと、起き上がり）おや、また、どこに行って殴られ、情けなく泣いているんだい。
マルドン――（泣きながら）あの子らがひどくからかって、殴るんだ。
母さん　――誰だい？
サムドウク――みんななんだよ。
イップン――それで、その子たちはどこにいるの？
サムドウク――あそこから今追いかけてくる――
イップン――どこだ、その悪童どもは（出て行く）
母さん　――何だとからかわれ、殴られたの？
マルドン――お前の親父は、チクリ屋だって言うんだ。
サムドウク――それで石でひどく殴るんだ。
母さん　――で、そいつらはどこにいるんだい？（このとき、幕の後ろから子どもたちの声が騒がしく聞こえる）
――チクリ屋　犬畜生
――チクリ屋爺さん　死んじまえ。
――チクリ屋の娘　イップニ　ヤーイヤーイ死

んじゃうぞ

チクリ屋の娘　別嬪だ。

イップン——（幕の後ろから）この子たち、なにチクリ屋だと？

——この尼、チクリ屋の娘

親父さん——（しばらく聞いていたが）おい、行ってイップンを呼んでこい。この子はまたどうして殴られて泣いとるのか？

母さん——あいつらをどうしてやろうか（出て行く）

——チクリ屋のかみさん　出てきたよ。

——なぜ死なぬ？

母さん——（幕の後ろで）この悪童めら、あっちへ行け。

——人を売るチクリ屋め、なんで行くもんか——

——娘も売って　子どもも売って。

母さん——（依然として幕の後ろで）お前たち、父さん母さんに言いつけるぞ。

——へっちゃら　へっちゃら。どうだ、死ぬのかい？

イップン——なんだって（追いかけようとする様子）

——小生意気な。これでどうだ　このあま。

イップン——こいつめ、痛くなんかないよ。

——痛くないだと？（何人もで殴る様子）

母さん——こいつら　誰を殴ってるのだ。

——（イップンの泣声が聞こえる）

——泣け　泣け、銭一文くれてやる。

——イップンが泣いた。

——お前のようなやつなんか——

親父さん——まったくあいつらをどうしてやろう。（立ち上がって）こいつめ、ほら　あっちへ行け。

——（二人の子を一回ずつこづいて）えい、あいつらを。（出て行く）

——（マルドン、サムドウクやはり泣く。舞台は、二人のほかいない）

——チクリ屋爺さん　出てきたぞ。

——チクリ屋爺さん　きたないぞ。

——ぺっ、ぺっ！

親父さん——（幕の後ろで）入って来い！

イップン— あそこで　あの子が　ひどく殴ったのよ。
母さん　— ねえ、あいつらをどうしよう。
親父さん— お前たち　あっちへ行け（追いかけてゆく様子）
　　　　— チクリ屋爺さん　追って来る。
　　　　— チクリ屋爺さん　よーろよろ
　　　　— そら今ここに　追って来る。つぶてを投げろ—
（この時　ぼんぼんとつぶての音が聞こえる。家の中にも石が飛んでくる。母さん、イップン、急いで隠れる）
母さん　— あいつをどうしよう。（この時　石が飛んできて母さんに当たる。さらに当たる。母さん土間に身を隠す）
イップン— ねえ、当たりました?
母さん　— いや、だいじょうぶだよ。（当たったところをさする）
（親父さん、走って来る）
親父さん— おゝ痛（いた）。頭が切れたよ、見て—
（母さん、イップン、マルドン、サムドウクが親父さんの頭を見る）
イップン— あら、ほんとに血が出てる。（この時　石が床に落ちる。子どもたちの声がいっそう近くに聞こえる）
　　　　— 親父さん　へたばった。
　　　　— わあ—
　　　　— チクリ屋　みんなで飛びかかれ。
母さん　— イップン、そう。綿を持っておいで・
マルドン— 父さん、行って悪かったと言いましょうよ。
サムドウク—父さん、そうしようよ。そうしたらあの子ら、おとなしくするって。
親父さん— 何だと！　これしきのこと。
マルドン— それでも何度もこんなに打たれたらどうします。
親父さん— 黙ってろ。おお痛い。（痛む声を出す）
　　　　— ほんとに　チクリ屋　へたった。
　　　　— 僕らの父さんを　チクった。
　　　　— やーい、チクリ屋　へたった。

――また来てやるぞ――
（子どもたちの声しだいに遠ざかる）
母さん　――あなた、こんなありさまじゃ、おちおち暮らせません。大人より子どもたちがもっとひどい。人様の言うとおりすればいいのに、なぜ見境のないまねをし、この苦労ですか。
親父さん――黙っていろ。
イップン――早く行って、悪かったと言ってください。
親父さん――何が悪かったと？
（この時、男が入ってくる）
男　――親父さん、お変わりないですか。あれ、どうして頭がそんなに。
親父さん――ええと――（言おうとする時、マルドン、サムドウクが父親の口を手でふさぐ）
マルドン――（泣きながら）父さん、父さん言ってはだめだ。また言えば、またこんなことになる。
サムドウク――（泣きながら）言わないでください。
男　――（にっこり笑って）何の話なんですか？
イップン――（マルドン、サムドウクを見ながら）だめよ。
母さん　――なに！　あの子たちがいたずらをしたのですよ。
男　――そんな道理がありますか？
親父さん――さあ、こうしよう。（子どもたちの手を口からはらいのける）
サムドウク――父さん、決して言わないで。
マルドン――言ったらいけません。（子どもたち、父親と男の顔を代わる代わる見つめる）
男　――何事があったのです？
サムドウク――なんでもありません。うちの父さんは話しません。話してはだめです。
母さん　――何事もなかったのです。（親父さん、何も言えず）
男　――何でも話してみてください。この前はたいへんありがたかった。
親父さん――………
母さん　――今日は何事もありません。
男　――おやっ。何も話すことがないって？　今来てみたら、子どもたちの一群が親父さんのお宅から立ち去って行ったようだが。

親父さん― あのう―（マルドン、サムドウク、父親の口をまた手でふさぐ）

マルドン― 何事もないです。

男　― お前たち、じっとしてろ。

男　― 静かにしろ。（恐ろしくてマルドン、サムドウク、イップンみんな、部屋のほうに元気なく行って座り、泣く）

サムドウク―父さんは何も知りません。

男　― 静かにしろと言っただろ！

イップン― はいはい、静かにします。

マルドン― でも、父さんは知らないそうです。

男　― それならお前が知っているのか？

マルドン― 僕も知りません。

男　― 親父さん、その後何かありませんか？

親父さん― いや、何もないようです。

男　― さて、それならまた来ます。（出て行く。マルドン、サムドウク、イップンは、男が出て行くのを見て、安心したように父親の方に来る）

マルドン― 父さん、もうあの人が来ても何も言わないで。

親父さん― ……

イップン― あのう、父さん、これから子どもたちがチクリ屋とからかわないようにしてください。

サムドウク―僕は父さんが繰り返しそうするなら、父さんと呼びません。

マルドン― 父さん、あそこの石の家に行き、悪かったと言って来てください。

親父さん― （ため息をつきながら）どうしてどんな顔をして行って、悪かったと言うのかい。わしがあんなことをしたのもお前たちのためにそうしたんだよ。もしそれがお前たちをこんなにやっかいな目に遭わせると分かっていたら、やらなかっただろう。（親父さん、涙を流す）

母さん　― そうなんだよ。このようにお前たちの立場を悪くすると思っていたら、親として誰が

イップン―そんなことを。（涙を流す）

マルドン―母さん、泣かないで。母さんが泣いたら私たちも泣いちゃう。母さん、泣かないで。

サムドウク―父さん、泣かないでください。それで僕たちが行って、悪かったと幾度も謝れば、からかいもなく、石を投げることもしないだろうと思います。

マルドン―そうなれば僕たちはまた夜学にも少年会にも行けるんでしょう？

イップン―父さん、どうします？

親父さん―父さん、マルドンが言うようにしてください。

マルドン―よし、そうしよう。（涙を交えた声）

イップン―ほんとに（泣いた顔に笑いを浮かべる）

サムドウク―父さん、本当ですか？

母さん　―（母さんを見て）父さんが石の家に行くんだって。

―そうさね、行かなくてはねえ。（またも泣く）

親父さん―まったくそうだ、嘘じゃない。わしが行き悪かったと言えば、お前たちもまた夜学に行くことができ、少年会に行って唱歌もうたって楽しく遊べる。そうしよう。そして、わしは二度とそんなことはしないよ。それはいちばん悪いことだ。今度のことも、わしのためにこのように遅くなったのだしな。わしはこれからは皆といっしょに同じ仕事に参加するよ―（立ち上がる）

母さん　―そうなさい。この子たちのためにも。

マルドン―それじゃあ父さん行きますか？

親父さん―今行く。お前たちも行くか？

マルドン―僕も行きます。行って友だちに僕も今はチクリ屋の息子ではないと言います。

イップン―私も。

サムドウク―僕も行って子どもたちと話します。

親父さん―よし、いっしょに行こう。行って、皆同じ友だちとして、今日のように悪いことをした人にはわしにしたようにして、その人が悪かったと分からせるんだ。

マルドン―　はい―それなら今日子どもたちがしたことは、多くの人のために良いことだったのですね。

親父さん―　そうだよ、間違いと分かってたよ。あのように子どもたちは、父さんや兄さんの手がとどかないところで、子どもたちができることをしなければいけないと思う。わしもやっと気がついていながら。ただ食べることのためにやってしまったのだよ。（涙をぬぐう）

サムドウク―父さん、泣かないで。

イップン―　それでは父さん、早く行って来ましょう。

親父さん―　じゃあ、母さん行ってくるよ。（子どもたちの手を握って出てゆく。子どもたち、嬉しそうに母親を振り返って見て笑う。その顔にはまだ泣き顔が消えていなかった。母親は笑って眺める。が、涙は消えない。）

「行ってきます！」という子どもたちの声で幕が下りる。

〔一九三三年六月、『星の国』〕

〈注〉〃チクリ屋〃―密告する者を指すことば。

鄭青山（チョンチョンサン）篇

略歴

一九〇九年六月一三日　京畿道水原郡で生まれる。

一九二五年、ソウル・リョンサン（龍山?）普通学校を卒業したのち、印刷労働と御者などをしながら、創作修行に励んだ。

一九三一～一九三二年には、「少年運動」事件により日帝の監獄に投獄される。

一九三二年から『星の国』誌に勤務しつつ、創作活動をした。

一九三四～一九三六年には、「カップ」事件により再び日帝の監獄に投獄された。

一九四五年解放後には、南半部において党活動をしたが、一九四六年六月に北半部に入った。

一九四七年からは、北半部で党活動をした。この作品集出版当時は、朝鮮労働党出版社初級党で工作活動しながら、文学活動をしていた。

童謡　現れた

堪忍袋の緒が切れて　今日になってやっと現れた。

こっちの工場のちびっ子が　こぶしを握って現れた。
あっちの工場のちびっ子が　ハンマーかついで現れた。
こっちの生徒 ちびっ子生徒　ビラをかかえて現れた。

こっちの木こり　鎌を持って現れた。
あっちの作男　つっかえ棒を持って現れた。
我が家の姉さんも　大きく叫んで現れた。
ぼくたちの友だち仲間たち　今日になってやっと現れ

た。

〔一九三一年三月、『星の国』〕

童謡　水かけ合戦

水浴びするたび　水かけ合戦が始まるね
手ではじいた　水玉が　空に白く
炎の刃のように　虹はきらめき
あちらこちらで　叫び声は雷のようだ。

キム大尽のデブが　だんなの子ども組
どの子と　どの子が　その子たちの仲間
土方の〝たけちゃん〟は、ぼくらの組で
料理屋の子〝にいあ〟も、ぼくらの組だ。

最初の日も　いつの日も出合えば　威張りかえり
ねちねちと　悪さする　向こうの子どもたち
よし大丈夫　今日こそ　水をちょっぴり飲ませてやるぞ
ざぶざぶ　ぼくらの仲間　びっしょり浴びせかけてやれ

〔一九三一年三月、『星の国』〕

童謡　夜学の門は閉ざされたのだから

夜学の門は閉ざされ　出てゆかれる小父さん
僕らの仲間　群がる仲間　どうしようか
手首をつかみ　大声あげて　泣いてみようか
連れて行かれる小父さんに　ついて行こうか。

×

夜学の門　組合の門　みんな閉ざされたのだから
僕たちは　どんどんと　他の道を行こう
小父さんの残してくれた　箱を持って
くねくねとした　野道をたどり　山の中へ行こう。

×

夜学の門　組合の門　開けてみようか
うらみとくやしさ　すべて晴らしてやろうか
僕たちが　固く団結する時まで

じっと目を閉じ　忍んでみよう。

〔一九三二年八月、『星の国』〕

童謡　兄弟になろう

真っ赤なもみじの葉に　手紙を書いて
友よ　日本へ　便りを伝え
金色の枯葉に　手紙を書いては
友よ　中国へ　便りを伝えて
高い山に　旗を立てて　歌をうたおう。

山と海　越えて　隔たり
あちらこちらに暮らす　見知らぬ仲間たち
仲間を愛し　心を信じ
一つの道を歩む　若い仲間たち
固くしっかりと　手を握ろう　兄弟になろう。

〔一九三四年二月、『星の国』〕

児童詩　「子どもの日」は「宣伝の日」だぞ

今日は　五月最初の日曜日だぞ
五月最初の日曜日は　こどもの日だって
私たちだけで守る　こどもの日だって
子どものための　宣伝の日だって

この路地あの路地　こどもの日の宣伝
この通りあの通り　白い旗がひらめくよ
子どもよ　りっぱに育てという　宣伝の白い旗
そんな旗を見て　だれが行くのか。

田舎の仲間　農民の仲間
都の仲間　工場の仲間
宣伝の旗　その旗が
僕たちに　必要だ。

僕らの仲間　味方の仲間

鍬 金槌 たずさえて
僕たちの日を 迎えよう。
××の旗 はためくその日は
僕たち同士で 迎えよう。

〔一九三一年五月、『星の国』〕

〈注〉××旗―赤い旗。「子どもの日」は金持ちの子どもの祝日。

《訳注》「子どもの日」は、児童文学者方定煥(バンチョンファン)などによって、一九二三年五月一日にはじめられた祝日であり、民族意識を教え込もうとした意図があったとされる。「〇子どもは大人よりもっと新しい人です。〇子どもを決して叱りつけないでください。〇子どもを大人より大切にしなさい。〇子どもの生活を常にたのしませてください。〇子どもは常にほめながら育ててください。〇子どもの体をいつも注意して見てください。〇子どもに雑誌をつねに読ませてください」という子どもの日の宣伝文が、世界教科書シリーズ『韓国の歴史』新版（明石書店）に載っている。

児童詩　行きなさい

大きくて重ければ それが一番よいと
大きく大きく作った その看板「少年会」
うんうん持ち上げ 担いで
君たちは どこに行くのかい。

やっと担いで 持って来た看板
組合に行けば 君たちを歓迎してくれるって？
たとえそうでも 君たちをそこに送らない。
僕たちが集まる その真似なのだから。

行きなさい早く 君たちは行きなさい
遠くはるかに 君の仲間を探しに行きなさい
ぺこぺこ 媚びへつらわず
行ったり来たりせず、戦場で会おう。

〔一九三二年四月、『星の国』〕

〈注〉「少年会」は反動的少年たちの団体。組合はわれわれの労働組合と農民組合。

児童詩　春を迎えながら

みんな出て来い
土手に　作った旗竿をもち
春が来た
山に野に姿を見せる　春が来た。

広々とした　肥沃な野に
牛追い　田を耕す父さん
畑を起こす　姉さん　作男たち
蒔いていこうと　さらに蒔く

温かい春風は　準備する力となり
姉さんたちの笛の音
木こりの子供たちの　うたう歌も
この春へ　準備をやくそくする。

田を耕し　畑を起こし　帰ってくれば
真っ暗な部屋の中　アシの茣蓙に座り
一つひとつ　端をつかんで
しっかり固く　作っておくと
これが　秋　秋への準備だ。

こわばった手には　犂　鎌　鍬
頭には　破れた布の切れ端
昨年秋　旗を作った時の脚絆の布地
秋にあったことが　この春思い出す。

一度のことで失敗を知り、過ちが分かるから
この秋には　よもや　僕たちが ―

〔一九三四年四月、『星の国』〕

童話　大きい牡牛（黄牛）

牛小屋につながれていた大きな牡牛は、春が来たと言

って庭での足慣らしに出てきて、ぽかぽかとした日差しと暖かい春風を浴びていました。牡牛の主人は、先の擦り切れた箒を持って出てくると牡牛の背中をこすってやりました。牡牛は、冬中むしろに覆われて悩まされてきて、擦り切れ箒を体に感じると、あまりにも気持ちよいのか今にも走り出しそうでした。それでしっぽをびゅんびゅんと振りながら、後ろ足をぱっぱと上げて喜びの笑いを見せました。

とっくに村人たちは裸足で牛小屋の肥料をさっさと運び出し、前の麻畑を耕し、苗代、水の取入れ口を見ます。そうです、今日からは、大きな牡牛も背に肥料の荷籠を乗せ、荷鞍を担ぎました。そう、自分がひと冬出した糞尿、敷いて寝ていた藁を背に乗せて山を越え、畦をよぎり、苗代の田に行きました。

帰り道で大きな牡牛は畔と畑の土手に青々と生えた柔らかい草を見ました。そして大きな目をぱちくりして、首を長く伸ばし草をむしり食べようとしました。そのとき草は、「もし、大きな牡牛さん、私をむしって食べないでください。私も今春の姿を見ようとちょうど出てきたところなのです」と哀願しました。しかし大きな牡牛は、真っ赤な舌をぺろりと出して、食べたそうでした。

草はみんなで哀願しました。牡牛の主人は、「この牛めが」と言って、手綱でぴしりと叩きました。すると牡牛は主人に言いました。「私は青い草が食べたいのです」「だめだ。今から草を食べていると、食べてばかりいて仕事をしないはめになるから、食べてはいけない。野良仕事をすっかりやってから、休む時に食べなければいけない」と、手綱でまた叩きました。

大きな牡牛は、恨めしそうに草を横目で見やりました。青い若草は、手をたたいてよかったと笑いました。大きな牡牛は、腹を立て、ふうふう言いました。「ようし見ていろ！　休む時草を食べ、豆畑の豆さえむしり食べるぞ」とぶつぶつつぶやきました。

一日中肥やしを運び、暗くなると、その牡牛は牛小屋に入って行きました。主人の奥さんは、飼い葉と豆のさやを米のとぎ汁でぐつぐつゆでてくれました。大きなその牡牛は、腹を立て、夕食を食べず横たわっていました。そこでまた主人が豆をゆでてくれました。しかし、牛は食べませんでした。

〔一九三四年三月、『星の国』〕

童話　寄る辺なき姉弟（未完）

海の彼方から押し寄せてくる激しい風は、青い波を抱いたまま砂浜までざあっと覆（おお）ってしまいます。とどろく波の音は鳴いていた水鳥たちを驚かせもします。空高く走る怖ろしい波濤と激しい風だけが生きている広い海には岩を垣とし、水鳥の声を子守歌とし、魚取りでその日その日を暮らしている小さな藁屋がありました。

その藁屋には、ウンドンとクムスンが年取った父さんと母さんに仕えて暮らしていました。朝早く父さんと母さんは小船に白い帆をとりつけ、青い海に櫓を漕いで魚を取りに出かけました。ウンドンとクムスンは留守の家で、ままごとやかくれんぼをしたりして、楽しく遊びました。

いつのまにか真っ赤なお日様が西の海にだんだんと沈もうとするとき、ウンドンとクムスンは門のうちでぼんやりと立って、果ても見えない海の向こうだけを眺めていました。そうするといつも間違いなく、傾きながら入ってくる小船が見えるのでした。その度に、ふたりは手をたたいて喜びました。

このようにして、ウンドンは十年、クムスンは十三年を過ごしてきました。今日もウンドンとクムスンは父さんと母さんが帰って来られるのを切ない気持ちで待ちながら、門の前に立っていました。しかし、父さんと母さんを乗せた魚取りの小さな船は、日が暮れる頃になっても帰って来ませんでした。海の向こうの空には、黒い雲が山のように湧きおこり、激しい風が吹き始めました。

黒い雲はいつの間にかクムスンの家まで押し寄せてきました。その黒い雲はこぶしのような雨粒を吹きつけ始めました。風もさっきより騒がしくなり、家も飛ばすばかり吹き寄せ、海は一面にひっくり返るような騒ぎでした。今は向こうの海も見えず、雨は篠突くようです。風ははね上げ窓を勝手気ままに開け閉めします。それでウンドンとクムスンはあまりの恐ろしさに部屋の中でうずくまっていました。それでも、父さんと母さんがなん

とか帰って来られるならば、と心の中で待っていましたが、帰って来ませんでした。ふたりの姉弟は泣きくたびれてそのまま眠ってしまいました。

夜が明け激しい風もおさまり、青い波もゆらりゆらりと踊ります。けれども父さんと母さんは帰らず、海辺の青い波の上に一枚の長い幅のある厚板がぷかぷかと流れてきました。姉弟は駆け寄ってみました。それはまぎれもなく父さんと母さんが乗って出かけた小船の底でした。しかし誰一人なぐさめてくれる人もなく、水鳥が青空高く浮かび、さびしく鳴きながら飛んでいくだけでした。依然として静かな海にはふたりの姉弟の泣声だけが聞こえるばかりでした。このように何日か過ぎましたが、父さんと母さんは帰って来ませんでした。

そして姉弟は船底板に乗り、父さんと母さんを探しに行くようになりました。青い波の上で心細い船底板が風に吹かれるまま、波でざぶんざぶんと押されるまま、姉弟ふたりは広い海をさまよっていました。しかし、会いたい母さんと父さんは見えず、行けば行くほど青い水と真っ白なカモメの群れが見えるだけでした。一枚の船底板は、うねる波のまにまに漂ったが、ふたりの姉弟は濡れた船底板を懸命につかんで、まだ温かい頬を互いにくっつけていました。そうして死と戦いながら、父さんと母さんを探して流れていきました。

波に乗って流れて、すでに三日になりました。青い水だけが見えた海にいつの間にか大きな島が見えます。姉弟ふたりは大声をあげました。「あ！　島が見える。島が―向こうのあの島に父さんと母さんがいらっしゃるようだ」と両手を挙げてぐるぐる振ったり、喜びにあふれて手で漕ぎもしました。父さんと母さんに会ったかのように懐かしい島の前に来ました。水の中から険しく顔を出した岩をつかみ、丘に這い上がりました。そこにはしおれて生えた草が風になびき、聞いたことがない鳥の声が聞こえてきました。

何日も食べていないふたりの姉弟は、丘を越え、林の間を抜け、父さんと母さんを探し回りました。けれども鳥の声と荒々しい獣の声のみが聞こえるだけです。どこに行けば恋しい父さんと母さんに会えるのか、姉弟ふたりは互いに手を取り合って泣きました。何日も腹をすかし腰を伸ばす気力もなくなり、二人の姉弟は力なくへなへなになりました。しかし気を取り直し、また林の中を歩いていきました。しばらく歩いていったふたりの姉弟は、大きな木にこぶしほどの真っ赤な実がなっているのを見つけました。

嬉しさのあまり、駆け足で果実の木の前に行きました。そしてだらりと垂れ下がった果実の木の枝をつかまえ、果実を夢中でもいで食べました。その果実は、どんなにおいしいかわかりませんでした。ひもじいお腹は、ぷっくりふくらみ、元気が出てきました。そこでふたりの姉弟は、ふたたび歩いていきました。歩いてゆけば行くほど、険しい岩があり、猛々しい獣の声も聞こえてきました。しかし、少しもこわがる様子を見せず、そのまま歩いて行きました。

しばらく歩いた姉弟は、足を止めました。そこには非常に大きい岩が前をふさいでいたからでした。ふたりの姉弟は、どうしたらよいかとまどいました。そのとき、ウンドンが「がんばろう！　そしてこの岩を登っていこう。父さんと母さんを探そう」と声を張り上げ、クムスンの手をつかんで引き上げました。するとクムスンも元気を出して大きな岩を登って行くようになりました。

ふたりの姉弟はしばらく登って行き、前を見下ろしました。登ってきた海辺が、下の方に見えました。しかし登ってゆこうとすると、半分以上も残っていました。そして、クムスンはがっかりして泣くばかりでした。

〔一九三四年一二月、『星の国』〕

〈注〉この童話は終えることができなかった。後半の内容について話すと、ふたりの姉弟はあらゆる困難を克服し、ついに父母をさがし出してふたたび自分の家に帰った。そして海辺は平和で、幸せになった。

童話　土を掘る子どもたち

カチカチに凍った地面が、暖かい春風に解け始めました。前の山のオキナ草も咲いて頭を垂れ、裏山のナズナも、門前の田畑のニガナも青々とした葉を出し、野草摘みの子どもらを手招きしました。このときでした。村の子どもたちは草刈り鎌と鍬を持ち、山と野にナズナ、シラヤマギクの根、シメニラなどを掘りに出かけました。

こうして集まってきた子どもたちは、暖かい陽だまりに寄り合い、おしゃべりを始めました。ポクドンがはじめにこんな話をしました。

「昨日、僕の母さんが話していたけど、この土の中にも人が住んでいるのだって。そしてそこはとても良い所だって。とても良い所だそうだ。それで僕の母さんはあとで土の中の国に行こうと、今せっせと針仕事をしているんだけれど、とにかく土の中の国の話はほんとに面白いんだってば」

しばらくポクドンの話を聞いていた子どもたちは、不思議な話だなあといった表情で、もっと話をしろとせがみました。そこでポクドンはぱっと立ち上がると「話なんかするのでなく、みんなでこの土を掘ろうよ。そして、土の中にある国を見物しよう。それがいいんじゃない?」と言いました。子どもたちはそうだとうなずき「それはすばらしい」と賛成しました。

そしてみんな上着を脱ぎ捨て、地面を掘り始めました。

土を掘れば掘るほど固い石と泥が出てくるだけです。しばらく土を掘ってた子どもたちは、あまりにも疲れ汗を流し、息を切らしました。しかし、見たい土の中の国は現れませんでした。どうしたことなんだろう、もっと遠くなのかなと思い、ふたたび土を掘ろうと穴に入って行こうとすると、どこからか「坊やたち、こっちに出ておいで」と呼ぶ声がしました。それで子どもたちは、土地の持主が他人の土地を掘ったと叱っているのだと思って、みんな穴から出て座りました。

けれども呼ぶ人はいず、老いた松の木が手招きをしました。子どもたちはどうして松の木が呼んだのかと思い、そこへ歩いていきました。そして松の木の下に行って座りました。

松の木はとても親しげな声で「君たちは今、何をしているんだね?」と聞きました。ポクドンがさっと答えました。「僕たちは土の中の国を見物しようとしているのです」「土の中にどんな国があるというのかね?」「いや、でも僕の母さんがあるとそういうのです」「いや、いや。土の中にはどんな国もない。土を掘ればどんどん暗くなるだけだ。あの石炭掘るところを見たかい。そこでは君たちよりもっと力のある炭鉱のおじさんたちが、毎日毎日何年にもわたり掘っても、国や、人は見えない。ただ真っ黒な石炭と土が出てくるだけだ。そここそ土の中の国だ……」

〔日帝警察の検閲により以下五行削除〕

このようにしばらく話しました。子どもたちは驚きました。みんなしょぼんとしました。そっくり信じて掘っていた土の中の国がないというので、どんなに残念だったことでしょう。子どもたちは、まだ松の木を信じられません。そしてふたたび土を掘りに行こうとしました。

すると松の木はまた話をしました。

「私たちが暮らしている大地は、地球というのだ。ところで、大地は球のように丸くて大きい。そしてぐるぐる回っている。あまりにも大きくて、ぐるぐる回っているのが私たちには分からないのだ。そういうわけで、私たちがここから船に乗り、ぐるりと周って来れば、またこの場所に来るのだよ。だからこの土の中に、国があるとか、人がいるはずはない。私たちが暮らしているここのまあるい地平には、私たちと異なる人が沢山暮らしており、またあるところでは君たちが思っている国のような、歌と喜びの笑いで過ごす人たちが暮らしている国があるというよ」と、親切に話しました。

子どもたちは、老いた松の話にだんだん興味が湧き、我を忘れてしまいました。それでもっと話をしてくれとせがみました。しかし日が暮れ、松の木は話をすることができないので、明日また来るようにと言いました。それで子どもたちは、しかたなく野草を採りもせず、空のかごで家に帰りました。そして、松の木の話のように丸い地球と石炭を掘る暗い国を見物に行くよう約束しました。こうして、土の中にはどんな国も人も暮らしていないということが分かりました。

〔一九三四年二月、『新少年』〕

厳興燮（オムフンソプ）篇

略歴

一九〇六年九月九日　忠清南道論山郡に生まれる。

一九二五年　慶尚南道師範学校を卒業（『韓国近代文人大事典』では一九二六年）。

一九二六年からは教員生活にはいり、一九二九年に「カップ」に参加し、文学活動を展開した。

一九二九年五月　『朝鮮文藝』一号に詩「三叉路で」発表。

一九三〇年、漢城図書鋳植会社に勤務。

一九三一年、『郡旗』事件後、カップ離脱（この項『韓国近代文人大事典』による）。

一九三四年、「カップ」解散以後は出版社、女学校、新聞社などに勤務しながら、創作活動をする。

一九四五年解放後は、朝鮮プロレタリア芸術同盟、朝鮮文学家同盟に参加し南半部で活動したが、一九五〇年に北半部に入る
（『韓国近代文人大事典』では越北は一九五一年）。

一九五六年当時は、朝鮮作家同盟平安南道支部長として活動していた。

児童詩　冬の夜

冬の夜　わらじを編みながら
つくづく　考えると
炭鉱の中の　父さん
痩せたあの顔、黒いあの顔、
目の前に　ちらちらし

にっこり笑うよ、ぷんぷん怒るよ。

冬の夜　ひとり横たわり
思えば、目を閉じると
米選びする　母さん
むくんだあの顔、黄色いあの顔、
枕元に　ちらちらし
ため息ついてる、すすり泣いてる。

冬の夜　一晩中
夢を見ては、目を開けては、
新しい街に　こぶしを振り上げ
躍り込む思い、腕まくりする思い
冷たい部屋に　僕の心が
火鉢の火になる、　焚き火の火となる。

〔一九三一年一二月『星の国』〕

童謡　じまん壺

前の家のポクスンは
絹のリボンが　自慢だが
通りがかりの荷車　落とした糞で
リボンのしっぽは　犬のしっぽに
あーれ、まあ　ばっちい
じまん壺に　火がついた

裏の家のプキルは
自転車乗りが　自慢だが
牛乳配達　自転車に
ぶつかるとたんに　わかめ汁
よいさよいやさ　いい気味だ
じまん壺が　丸焼けだ

荷車のわだち　ガタゴトリ
自転車のベル　チリンチリン

ポクスンの母さん　かんかんかん
プキルの父さん　ぷんぷんぷん
ポクスン　スチョル　揃いのラッパ
じまん壺は　燃え尽きた。

〔一九三二年一一月、『新少年』〕

《訳注》〝わかめ汁〟は、「滑る」とか「びしょ濡れ」などの状況を示す言葉か。

童話　仔猫

一

一匹の斑（ぶち）の仔猫が全身をかまれて、ニャンニャン鳴いていましたが、そのうちに垣根の下に横たわり死んでしまいました。

夕方、日が沈むころ、母猫は血まみれの仔猫のそばにうずくまって、土を掻き上げ大声で叫びながら、ただ泣いてばかりいるのでした。

二

その日の夜！

月がまあるく昇ってきました。天井板の下の棚にチュウチュウと、ネズミの兵隊たちはこの夜はいっそうやかましく出歩きました。

土の中の真っ暗なネズミの国では、数百名のネズミたちが集まり、さかんにしゃべりあい、手をたたいてました。

「やあ─ほんとにすっきりした。あいつをやっつけたんだから……」

「やあ─じつに爽快（そうかい）だ。あいつをやっつけたんだから……」

こんなことばを交わしながら、たくさんのネズミたちは、楽しいパーティを開きました。

「みなさん、今日私たちが勝ったのは、私たちが力を合わせたからです。ひとりの力では、何百年経っても勝つことはできません。それどころか、ゆくゆくは、あの猫のやつに捕らえられ食べられて、根絶やしにされたことでしょう。ごらんなさい。昨日まで私たちが力を合わせず、あいつを恐がってばかりいたときは、仲間が二三匹ずつあいつの鋭い歯にかまれ、毎日つかまえられて食べられちゃったでしょう?」

一匹のネズミが演壇に立ち登って、大声をあげ今日の喜びを歌いました。もう一匹のネズミが後に続き登っていき、「今日私たちが勝てたのは、あの若い勇士タルナン(ネズミの名)君の勇敢ながんばりによるものです」と言うやいなや、「ちがいます。私の小さな力でどうなりましょうか? 皆さんの大きな力が合わさったからです」

タルナンはこのように謙遜しながらも、自分が夕方、前の家の前に座ってうとうとしていると、ぶつぶつ言いながら歯向かってきた仔猫の首に噛み付き揺さぶった記憶が目の前に浮かんできました。タルナンは、心中震えが起こるのを感じながら、数百万の仲間が喜んで躍り上がっているのに酔いながら、「さあ! みなさん! これからは、私たちは今日のこの勇気を忘れないようにしましょう」と言って、固く決心して壇を降りてくると、数百名のネズミたちは手のひら、足の裏を騒がしく打ち響かせ、大地が壊れるように大声で叫びました。

三

仔猫がネズミにかまれて死ぬ前に話はもどります。

仔猫はまだよく駆けることもできないのに、荒々しい母猫の性格に似てすごく悪らつでした。タルナンとその友だちが食べ物を探して木の下や、家の柱の間でうろつくたびに、あの子猫めは目をむいてうなりながら、争おうと立ち向かってきました。タルナンのような大きく元気なネズミにも、恐れを知らず立ち向かってくる子猫めは、幼いネズミの子が現れさえすればことごとくつかまえて食べました。

こうして、ネズミの国では、幾日も身動きできず、ぶるぶる震えながらお腹を空かし、目をぺこんとくぼましていました。数百名のネズミの中には、勇気があり、力が強いネズミも少なくありませんでした。「あんな猫の奴(やつ)に! 私が行って奴の首に咬みつき殺してきてやる」

パンウルというネズミが勢い込んで猫と戦おうと出て行きましたが、そのままいつまでたっても戻って来ませ

んでした。パンウルのあとにつづいて、チョルチョルもまた勇気を出して飛び出していきましたが、一日中待っても帰って来ませんでした。その次もまた、幾匹かの勇気のあるネズミが後に続いて出かけ戦いましたが、一匹も勝って戻って来るネズミはいませんでした。

ある日、タルナンが何かしばらく考えた末、自分と同じ力のある、元気者を三十名呼び集めました。「さて、私たちがひとりずつ出かけ、あの猫の奴と戦って死ぬより、私たち三十名がみんな大勢で押しかけ、一気に戦ってみよう！」と声高らかに叫びました。

こうして、三十名の先導者は数百名のネズミを率いて門前へ、門前へと出てきました。「誰かひとりが咬まれて死んでも、うろたえるな」先頭のタルナンが大きく叫んで進んで行くと、もう穴の外でした。

この時でした。あの斑猫の奴は、向こうの日の当たる垣根の下に半ば倒れこんで鳴いていました。三十名の元気なネズミは、死にもの狂いに力を合わせ、そっと近づいていき、首筋、のどくび、腹、わき腹、胸を問わず真っ黒に取り付いて、しばらくの間夢中にかじりつきはじめました。仔猫は必死に騒いでじたばたしました。

この時でした。どこからか稲妻のように走ってくる奴がいましたが、それは怒髪天を突く勢いの母猫でした。母猫が飛び込んできたという急報を受けた後続の者は、歯ぎしりして、わあっと駆けつけて行きました。

数百名の真っ黒なネズミの群れが、母猫の全身をくまなく咬み尽くしました。母猫は、死にもの狂いでやっと脱け出し、逃げてしまいました。

四

仔猫のほうは完全に死んでしまいました。数百名のネズミの群れに引っかかれ、咬みつかれた母猫は、足を引きずり、目からだらだら涙をながしました。こうして、数百名のネズミをあなどり、さまざまな悪らつな仕業をやり尽くした猫は、ネズミたちの一つに団結した、大きな力についに負けてしまいました。

母猫はそのままどこかに逃げて戻って来ず、土の下のネズミの国では毎日、太鼓と鼓を鳴り響かせて、楽しく暮らして過ごすようになりました。

〔一九三〇年一一月、『星の国』〕

児童劇　車引きの少年

（一幕劇）

登場人物
車引きの少年　　両班
貴婦人　　学生
紳士　　少年職工
区長　　牧師

舞台　山中の坂道

車引き―えいくそつ、人でなしの旦那め、こんなに無理やり俺に仕事をさせやがって！

（ふうっとため息をついて）

犬っこ一匹見えないじゃないか。こんなに重い荷車をどうして引いて登れるっていうんだ！

（ふたたび車を引き）

―車が動かない―

あ！　もう夕方だ。（腰の後ろあたりをさすり、苦しい表情をする）

あ―腹が減った。（紳士登場）

車引き―もしもし。たいへんすみませんが、この車をちょっと押してくださいませんか。

紳士　―なんだって、私に押してくれと？　えいっ、けしからんやつめ！　私は立派な紳士だ、お前のような車引きの荷車を押してやる筋合いはない！

車引き―えっ、あなたは紳士だからこの車を押してくださされないというのですね。冗談はやめてください。はは……

紳士　―（もじもじして退場しながら）

ふん、けしからんやつだな！　紳士に向かって礼儀知らずにも。

―合　間―

両班　―（笠をかぶり、ひげがある。ゆっくりと登場）

車引き―もしもし！　すみませんが、この車をちょっと押してくださいませんか。私は今腹が空いて、この車を引くことができないのです。
両班　―（しばらく見つめていたが）このろくでなしめ、両班を見そこない、車を引けだと？　やい、けしからんやつめ。
車引き―えっ―両班だから車を引いてくだされないと言うのですね。それなら結構です。早くお行きなさい。
両班　―（車引きを横目でにらみながら退場）あーあ、ゆうべの夢見が悪かったので、とんだ災難だ。

―合　間―

牧師　―（ゆっくりと登場）
車引き―あ―もしもし、牧師様！　すみませんが、この車を押してくださいませんか。
牧師　―えっ！　神様の恩恵であなたは今生きているのですよ。その重い車をあなたの力いっぱいがんばって引いてごらんなさい。そうすれば、神様はあなたを助けてくださるはずです―（突然目を閉じお祈りをする）聖なる万能の神様、この車引きに力を与え給え。この車引きに幸せを与え給え―（目を開け車引きを見て）神様があなたを助けてくださいますから、その車を引いてごらんなさい。そして、どんな不幸や満足できないことでも、じっとこらえてください。そうすれば、父なる神様はあなたを天国に導いてくださいます。
車引き―牧師様、私は牧師様の話がぜんぜんわかりません。私は神様も天国も知りません。死んでどうなるかという話を私は知りません。私は今腹がとても減っています。（腹をぎゅっとつかむ）牧師様、どうしたらよいのですか？（車引きは興奮して倒れる）
牧師　―（傍(かたわ)らで父なる神様を求め祈りながら、ゆっくりと退場―）

―合　間―

学生　―(本を抱え、元気に登場)
車引き―もしもし、学生さん！　大変申し訳ないが、この車をちょっと押してください。
学生　―(足をちょっと止めて)だめです。僕は明日学校に持ってゆく図画の宿題があり、英作文の宿題があります。そればかりでなく、僕は立派な学校にかよう学生として、車を押してやろうとは思いません。
車引き―はは―そういうわけですか。ご勝手に。紳士がなんだ？　両班がなんだ、牧師なんてなんだ、学生が一体なんだというんだ？　そうだ。私たちには何の役にもたたない。無用の長物さ。
(車引きはふたたび車を引くが、少しも動かない)
貴婦人―(かたことと右手から登場)
車引き―(必死で引こうとうんうんうなっていたが、絹のチマの裾に車輪の油がつかないよう避けてゆく貴婦人を見て)もし、あなたも人ならこの車を押してください。
貴婦人―えっ、お前にも目があるのかい？　私は貴婦人だよ。私は立派な工場支配人の貴婦人だよ。お前のような者は、ハエほどにも思わない立派な貴婦人よ。貴婦人をなんだと思って、こいつめ！　車を押してくれだと？
車引き―ほう！(興奮しながら突然笑って)えいっ、ご勝手に！　この車を一体どうやって引いていけってんだ！
貴婦人―何だって？　ただ引いてけばいいものを、くだらない！
車引き―あなたが人であるなら、後ろに行ってちょっと押してください。でも、あなたのような者は千人万人いても何の役にも立ちませんよね！　行ってください。
貴婦人―ああ悔しい、あんな汚い車引きに恥をかかされたなんて！　ああみっともない！あ、もーし。
(遠くを眺めて大声で呼ぶ)もーし、区長さん、

ちょっと来て！（車引きと貴婦人、互いに横目でにらみ合って、立つ）

貴婦人―こいつめがなぜ私を横目でにらむの？　もし、区長！　これをちょっと見てください。（区長登場）

区長　―（貴婦人に会釈してから、車引きに）お前、気は確かか。どうしてこんな道の真ん中に車を押し込んでどけないのか？　さっさとどけなさい。自動車、人力車がどうやって通れるというのだ？　さっさと引いて行け！

車引き―これは馬鹿げてるにもほどがある。糞が首までつまってる役人めが。この重い車をちょっと押してごらんよ。

区長　―なにを、なんだって？（車引きに食ってかかり、その胸倉をつかみながらびんたをくらわす）このやろう、大人をばかにしやがって、生意気なやつだ。

車引き―（区長の手をさっと振り切り、どんと押し飛ばす。区長あわてて大声で怒鳴り、また車引きに立ち向かおうとする時、少年労働者四、五名が肩を組んで登場）

少年1―一体どうしたのですか？（役人を見て）

少年2―どうしたのですか？（車引きを見て）

少年3―（車引きを見ながら）おさらくこの荷車が重いので引いてゆけないためにこうなっているようですね。

車引き―そうです。（嬉しそうな表情で）もう二時間も過ぎたのに、ここを通る人は一人もこれを押してくれません。

少年3―やあ！　みんな、僕たち力を合わせて、この車を後ろから押しましょう。

少年一同―うん、そうしよう。

車引き―（とても嬉しそうな笑みを浮べ）みなさん、とても嬉しいです。ところで、あなたたちはいったいどなたなのですか。

少年1―はい、僕は鉄工所に通っています。

少年2―僕はタバコ工場に。

少年3―僕は木工所に。

車引き―はい、よくわかりました。それでは僕たちはみんな働く少年ということですね？
少年一同―そうです。
少年1―さあみんな、押しましょう。
少年　―（声を出して車の後ろから押す。よいしょ、よいしょ、声を合わせていると車はあっさりと押され峠を越えて行く）
区長と貴婦人も手前側に姿を消し、ゆっくりと幕が下りる。

〔一九三一年二月、『星の国』〕

〈注〉この作品はドイツの作家オットー　ミラーの一幕劇「荷車」を翻案して児童劇風にしたものである。

《訳注》厳興燮の代表作としては、洪水で流されてしまった悲惨な村での階級的抗争を描いた『流れた村』、七歳になった子どもを残して高利貸業者の乳母になったひとりの女の悲劇を描いた『乳母』、行方不明になった夫の消息を待ってさまよう妻を主人公とした『鈴の中の本当の消息』があげられている。カップ盟員として活動し、『郡旗』事件以後離脱しても、評判作の『番犬脱出記』を発表するときまで、ずっとカップに近いところで活動した。『番犬脱出記』は、〃のんびりした農村気分と情感を表現する反面、貧寒の生活を温かい同情と涙で、しかもきわめて現実的な問題として読者に提示している〃と評価された。そのほか、都市の華やかさの中に隠されている裏面の醜悪さを抉り出した『有閑青年』、芸術に強い執念を持っている夫と、夫の執筆する苦しむ姿に高潔さを感じ、芸術家を大切にしない社会をうらむ妻を描く『黎明』がある（『韓国近代文人大事典』参照）。

朴芽枝（パクアジ）篇

略歴

一九〇五年二月二日、咸鏡北道明川郡で生まれる。

一九二六年、日本東京の東洋大学を卒業し、自由労働にたずさわった。

一九二七年、帰国後はカップに参加して少年雑誌『星の国』編集同人として文学活動を行った。同年一月、『習作時代』に「白い国」を発表し文壇に登場。

一九三三年から一九四五年八月一五日までは、農業に従事した。

一九四五年、解放直後、朝鮮プロレタリア芸術同盟に参加。

一九四六年、ソウルで朝鮮文学家同盟の機関誌『われら（ウリ）の文学』の編集に従事したが、一九五〇年、北半部に入る。いわゆる越北。作品集『星の国』が出版された当時、朝鮮作家同盟中央委員会機関誌『朝鮮文学』編集員として働いていた。

童謡　豆腐売りの少女

北国の　雪降る小さな街で
夜明けから　声張り上げて巡り歩く
豆腐売る　隣家のスネの声は
一声ごとに　いじらしく聞こえる
おいおい　スネや　こちらにお出（い）で
火にもおあたり　熱い汁飲んで　お行き
いえいえ　私はいりません　お気持ちだけでありがとう

老いた母さん　お待ちです。
スネや　監獄に行ったお前の兄さん
いつ出てこられ　工場に行くの
寒い冬が過ぎ去るころ　出て来るそうだが
工場では　二度と働かせはしない。

スネや　元気にお行き　急いでお行き
元気に声上げ　巡った後で
雪に包まれた　夜明けの街に　小さな足跡
足跡ごとに　血がしみる。

〔一九三一年四月、『星の国』〕

童謡　姉さん待つ夜

秋の空　星が　ちらちら
　ちらちらと　瞬く
野面(のづら)に　蛍の光が
　ぴかりと　瞬くとき

門口の踏み石の下で　こおろぎ
　もの悲しく　鳴いて
母のない幼い妹
　乳恋しく　泣くの。

兄さんは　この春に
　××られて　行き
姉さんは　野に出かけ
　まだ帰らない頃

村はずれで　犬が吠え
　聞こえてくると
妹からの　もらい泣き涙
　ぬぐい落とすよ。

〔一九三一年九月、『星の国』〕

〈注〉〃××られて〃は、捕らえられて行ったということ。

童謡　牧師さんとツバメ

この村の　ひげづら牧師の旦那さん

子どもらが　ツバメの子に手を出すと
良いツバメ　幼い鳥に手を出したと
とても可愛がるふりして　大声立てたよ。

この間　牧師さんを辞められ
蜂を飼って　蜜を取って集めるんだと
蜂を奪うツバメを　にらみつけ
無慈悲に銃を撃ち　見事に落とすんだ。

良いツバメ　幼い鳥を　なぜ殺すのか
僕らが　旦那さんを冷やかせば
顔が赤らみ　言葉も出ない
あはは　可笑しい　そのざま　可笑しい。

〔一九三三年九月、『星の国』〕

童謡　母さんを待つ夜

鼓動が　どきん―
電燈が　ぴかり
天井で　ネズミの子
かさこそ。

母さん　まだ
なぜ　帰られぬ。

×

目張り　ぱたぱた
白い雪が　びゅうびゅう
幼い弟　ああん―
母さんのふところ欲しがる。

今日も　夜の仕事を
またなされるようだ。

〔一九三三年一一月、『星の国』〕

童謡　雪降る夜に

おぼろ月夜に
白い雪がちらちら

村の外の辻ごとに
　立っている仲間たち。

静かだった里に
　犬たちが吠えるので
集まっていたおじさんたち
　散って行ったようだ。

手足が凍えて
　ふうふう息吹きかけながら
今晩　僕たちは
　やるべきことはみんなやったぞ。

〔一九三四年二月、『星の国』〕

小説　坊ちゃんと「米（コメ）」の字

一

「こいつめ、なんてざまだ？　早く起きろ。今日は行かないつもりか。おいヨンナム、起きないつもりか？　生意気に本なんぞを。手につかんだまま寝るとは……まったくあきれたもんだ。他人（ひと）の家で飯をもらい食いしているやつが、本なんか……生意気に……」

朝、便所に行ってもどって来た主人の旦那は、火もたかず、冷たい風が舞い込む玄関わきの部屋で腰を曲げエビのように丸くなって寝ているヨンナムを、いじめるのだった。

昨日の晩、労働夜学に行ったが、掃除当番になり少し遅く帰ってきたヨンナムは、実はいつもより遅く寝たのだった。

「おい、すぐに起きろ」

雷のように大声を上げ戸をたたく拍子に、ヨンナムはびっくりして目を覚ました。

「はやくこっちへきて、飯を食って柴刈りに行ってこい」

「はい」

主人が入っていった後で、ぶるぶると震える体をやっと落ち着けて起きると、ヨンナムは明り取りの戸を開きそちらへと二、三歩足を移した。しかし、明かり取りの目張りがぱたぱたと揺れ、細かな雪の粉がさっと吹き込む拍子に思わず足をはたと止め、つばを飲み込んでしまった。

「早く入って来い」

中からまた呼ぶ声が聞こえてきた。ヨンナムは両手で目をこすりながら、やっと中に聞こえるくらいに「はい」と声を出して、あわてて中に入って行った。

「こいつめ、十四も年を食っているやつが、そこまで聞きわけがないというのか？　その労働夜学とかなんとかとうものは、思想の悪いやつどもが集まってするところだと、行くのはよせと、何べんも言い聞かせたのにきかないのだから、どうするつもりなんだ？　どうしても勉強がしたければ、セボンに教えてくれと頼めば、ちゃんと教えてくれるだろう？　夕方になれば、そんな良くないところに行って騒ぐのはやめ、家でおとなしく勉強して、早く寝て……早く起きて……困ったものだ……また、こいつめが！　他人の家で飯のもらい食いしてるやつが、ずうずうしく学問をしてどうするというのだ？　身分不相応なことはやめて、自分の仕事をおとなしくやり、ちゃんと飯を食い、寝てればいい」

飯を食べているヨンナムを見て、しばらく小言を浴びせていた主人は、最後に独り言のようにつぶやいてみせた。

この言葉を聞いたヨンナムは、口の中でかんでいたご飯がのども通らず、引っかかりそうになった。腹が立ついっぽうで、可笑しくもあった。

「セボンみたいなやつに、なにが教えられる？」ヨンナムはこう思った。実際、主人が一番可愛がっている一人息子のセボンは、今年十六歳で、ここの普通学校六年生だった。「ふん、自分の子どもだからって優秀だと思って。ふん、あんな馬鹿に何が教えられるって……」

ヨンナムは、胸のうちでこのようにつぶやいて、箸をおいて立ち上がって出かけた。

「坊ちゃんのかばんを学校まで持ってさしあげて、たきぎ取りにお行き！」主人の奥様の命令だった。「はい、たきぎ取りにゆく道すがら、背負子に載せて行き、お渡しいたします」

二

ソボン山から吹きおろす吹雪に、
木こりの僕たちは耳たぶが凍りつき、
氷の穴で洗濯する母さんたちは
手足がほとんどかじかんでいった。
アリラン　アリラン　アラリヨ
アリラン峠を　越えて行く

背負子をかつぎ、川の氷の上を滑ってゆく木こりの子どもたちの一隊が、このような歌をうたっていた。主人の家の坊ちゃんのかばんを学校まで運び届け、息せき切って駆けて来たヨンナムは、「早く行こう！」と大声で言った。

「ハイ！」［原注・「ネ」にあたる日本語］

一同はこう約束でもしたかのように一斉に応えて、山へ一緒に向かっていった。これは、昨日の晩、夜学で学んだことをやってみたのだった。

「ヨンナム、君はセボンのやつと日本語をちょっと話してみたりするだろう……どちらができるんだい？」

「おい、やめてくれ！　あいつはそれでも六年も勉強したのに、僕はやっと一年余り勉強したところだろうが？」

「あんなやつらに、何が分かると思う？　くだらんよ」

「本当にそうさ！　時々あいつの父さんが何かを聞くと、ただもたもたして何一つ答えられないのさ」

「そのとおりだよ」

「それでヨンナム！　君はあの家とどんな関係なの？」

「僕も詳しくはよく分からないんだ。隣り村にお嫁に行った姉さんに聞いたのだけど、うちの父さんは僕が五歳の時に亡くなられ、母さんはひとりで暮らせないので僕を置いたまま、どこかへ行ってしまって今も便りがない。それで、そのとき六歳になる僕をあのセボンの家が連れていき、育ててくれたんだ。遠い親戚の叔父さんに当たるのかな！」

「じゃ、あの太っちょが君の叔父さんなんだ。なのにあんなにひどい目にあわせるの？」

「まるで話にならないよ」

「じゃ、あの家から出てしまえよ」

「だけど今すぐ行けるところなどどこにもないし」


こうした話を交わしながら、彼らは山へ登って行った。

三

冬の太陽が西の山にだんだん沈んでいくころ、薪を一背負いずつ担ぎ、かれらはそれぞれ家に帰ってきた。ヨンナムは、薪の荷をおろしてご飯を食べようと、内に入っていった。坊ちゃんと主人の旦那は、もう夕食をすまし、明かりの下に机を寄せていた。

「セボン」

「はい」

「あのヨンナムのやつが、他人の家で飯をもらって食べ、薪取りをする身でありながら、勉強もしておこうと毎晩夜学に行くのは、生意気であるが、一方で考えてみるとかわいそうでもあり、また感心なことだ。だから、あの悪いやつらだけが集まる夜学に行かせず、毎晩暇を見て家で教えてやりなさい。人というのは、学んだ字をちゃんと書いてみることもしなければいけないのだよ」と、主人の旦那は言い聞かせるように話した。

坊ちゃんも黙り、ヨンナムも黙っていた。

「ヨンナム、お前も今日からは夜学に行こうなんて思わず、坊ちゃんから教われ！」

「はい」ヨンナムは、笑いをやっとがまんして答えた。

夕食は終わった。

「飯を食べたなら、本を持ってこちらに入って来い」

ヨンナムは、本の包みをかかえて、向かいの部屋（コンノンバン）に入っていった。

「このように坊ちゃんと同じ部屋で勉強させるのも、すべて親のないお前をかわいそうに思って特に目をかけてやることなのだから、深く肝に銘じてその恩を忘れるなよ」

「はい、ありがとうございます」

胸のうちでは、また笑った。そして本を開いた。しばらく本を見つめていたヨンナムは、米の字を指して訊ねた。「坊ちゃん、これはなんという字ですか？」

坊ちゃんは顔がすこし赤くなり、心のうちでもじもじして答えが出なかった。

「それは何という字なのか？　教えてあげなきゃ」

親父さんの言葉に、坊ちゃんはしかたなく答えた。

「それはコメの字だ」《訳注》コメの音をもつ朝鮮語はない。正しい答えは〝サル（朝鮮語の米）〟の字。

ヨンナムは、こみあげる笑いをやっとこらえるため、手で口をおさえた。主人は、あきれかえって、顔がぱっと赤くなり、唇がぶるぶる震えた。

「こいつめ、〝コメ〟の字とは一体何だ？　あきれたぞ」

ヨンナムは、胸のうちでさらに笑った。主人は、いっそう怒鳴った。

「なんだ〝コメ〟という字だって、ソッ（釜）という字か？　ホミ（鎌）という字か？」

坊ちゃんは今度は非常に大胆に、それも自信をもって、元気に答えました。

「ホミ（鎌）という字でございます」

そばに座っていたヨンナムは、こらえきれないまま吹き出してしまった。これを聞いた主人の白い手は、思わず自分の可愛いい坊ちゃんの頬を叩いていた。ぴしゃっと―

〔一九三二年四月、『星の国』〕

理科劇　人（人体）はどのようにできているか

（一場）

舞台

中央には、大きなパネルが立っている。

右側には、腕、脚、顔、頭脳、皮膚、神経、血管。左側には、五臓六腑。

　みなそれぞれ、自分たちのもの（腕ならば腕、脚ならば脚）を持って座ったが、順番に出て行き、自分の話をしたあとで、持っていたものをパネルにくっつけてから自分の席に戻って座る。このようにすると、あとに立派な人が立っているようになる。

　言葉は、演説調で—

×

（四肢が立ち上がり、舞台の前面中央に行き集まって立つ）

右足　—私たちは、四肢といいます。

四肢　—私たちは、四肢といいます。

右足　―私は、右側の足でございます。

（左足、右腕、左腕が、右足と同じように自己紹介する）

右手　―私は、右側の手です。字もこの手で書き、ご飯もこの手で食べます。みなさん、私がなければ、独楽回しもできず、金槌も打てないことになります。おそらく非常に不自由をされます。

左手　―私は、左の手です。いくら右手が立派だと騒いでも、私がなければ腕が不自由になりませんか。私があればこそ、大きな物を軽々と持ち上げられるのではありませんか？

右足　―みなさん、どうしてこんなに多くの方がお出でになりましたか。飛行機に乗って来られましたか？『いいえ、私は歩いてきた』こうお答えになるのでしょう？　そうです。みなさんが、どんなに行きたいと望んでも、私がなければかなえられません。

左足　―みなさん！　ほんとに右の足は威張りすぎです。私がなければ、みなさんがお出でになれないのもそうですが、もし私がなければ、みなさんは「足の悪い人」になられます。

（五臓も、四肢と同様、中央正面に進み出て、自己紹介をすます）

肺　―みなさん。私は肺臓ですが、世間では普通〈ホパッ〉といいます。私は人の胸の中で左側と右側に一つずつ付いていています。それで、私は心臓を包んできれいな空気に取り変え、血をきれいにします。

心臓　―おききください。私も五臓（のうち）の一つである心臓です。真っ赤な〈ヨムトン〉です。私がないと、みなさんの体には血が巡らないでしょう。私がつかの間でも休めば、皆さんの体は氷のように冷たくなるでしょう。

肝　―みなさん！　みなさんは毎日きまって食べものを召し上がりませんか。わたしは、みなさんが召し上がる食べものを消化してさしあげ、体全体にぐるぐる回る血の中から「胆」だけを取り出して胆嚢のなかに送ります。
みなさん。私の名前が何であると思いますか？
私の名前は、肝です。

脾臓　―みなさん。私は脾臓です。みなさんが食べものの匂いに吐き気をおぼえられたら、「脾胃」が痛んでおります。私はまさに、その「脾胃」です。
血の中にある「赤血球」という真っ赤な小さな球を、私が生かしたり、殺したりします。もし私がなければ、血はただの水になってしまうでしょう。

腎臓　―みなさん。私は〈コンパツ〉です。そして、また腎臓ともいいます。私は、血の中から汚れた不用なものだけをより分け、膀胱に送り出します。
みなさん、もし私がなければ、すぐに小便をすることができず、てんてこ舞いすることでしょう。

△（六腑）前景と同じ。

大腸　―みなさん！　私の名前は大腸です。馬に乗った大将なぞではありません。大きな腸ということです。《訳注》朝鮮語では大腸と大将は同じ発音。私は腸の中で一番大きな大人です。私は、人が食べる食物のうち、要らないものだけを便にして出すでしょう。とても臭くてたまらないでしょう。

小腸　―私は、ちょうど胃袋の下にぶら下がっている十二指腸から始まり、くねくね曲がっていって大腸につながります。私の中には小さな穴がたくさんあります。皆さんの召し上った食べものを消化してあげる仕事をします。

胆　―みなさん。私はお聞きになるだけでも苦い「胆嚢」なんです。しかし私がなければ、腑抜けた人間だとあざ笑われます。私は肝と一番親しく、いっしょにくっついています。それで肝が作ってくれた黄色い水分を貯めておきます。

胃　―みなさん、いろいろな五臓がひとしきり喋りまくっていきましたが、私がなければみな死にます。みなさんがどんなにお食事を召し上がりたいと思っても、召し上がれません。私はみなさんが召し上がる食べものをこなして、消化してさしあげる〈パプトン〉です。近頃の言葉で、胃といいます。みなさん。私が少し休んだだけでも、みなさんはお腹が苦しいとウンウン訴えて医者を探し回り、大騒ぎされるはずです。

三焦　―みなさん、私は三焦といいます。一つは腎臓の下に付いていて、もう一つは胃の中に付いていており、もう一つは膀胱の上に付いています。私は、皆さんの体になくてはならない水分を作ったり、取り除いたりします。

膀胱　―みなさん！　よろしいですか。私の名前は膀胱と申します。腎臓から送られてくる尿を、私はしばらく私の袋の中に入れておいてから外に出します。私がもしなければ、所かまわず尿を垂れ流していくことになります。

（顔、頭、血管、神経、腹の皮）

顔　―みなさん。私は耳と鼻と口と目から成っています。なんといっても私が一番です。耳がなければ聞こえず、鼻がなければにおいをかげません。口がなければ話もできず、食べることもできませんし、目がなければ何も見えない盲人です。私は、すべてこうしたものを備えている顔です。

頭脳　―世の中で最も立派な人は、みな頭の中がしっかりしていなければなりません。私は、みなさんたちの前に先ほど現れた者たちのように、自分が一番だと自慢はいたしません。みなさん！　世のなかのすべてのものを目で見るだけで、耳で聞くだけで、口でご飯をたべるだけで、それでどうなるというのですか？　人というものは、深く深くすべてを考えることができないと。もし私がなければ、どうしてすべてのことを考えられるのでしょうか？　汽車、電車、ラジオ、これらすべてのものも私の頭の中から出てきたものです。

血脈　—異なる、たくさんのものたちが現れ、あれこれとおしゃべりしました。みなさん、だいぶ耳が痛くなられたと思います。
みなさん、私が血管です。少しも休んではならない人間の体をぐるぐる回る血！　その血が通る道が、すなわち私です。みなさん、私の上を手で触れてごらんなさい。どきんどきんしていませんか？　それが血が通っているということなのです。

神経　—（銃を置きながら）みなさん。驚かないでください。いきなり出る銃の音にびっくりされましたか？

みなさんは、どのようにしてこの銃の音が聞こえたのかご存知ですか？　みなさんは、耳があるから聞こえたとお答えになるでしょう。ところが、神経である私がなければ、聞くことができないでしょう。

みなさんがいたずらに心配をいっぱいされたり、仕事をしすぎたりすると、私はひどく弱ってしまいます。これが、神経衰弱です。


腹の皮—みなさん、ほんとにあきれて言葉も出ません。ご覧ください。あの者はどんな人間ですか？

あのように五臓六腑が透けて見える人間がどこにいますか？

みなさん、わたしは皮膚です。もし私がなければ、全身はばらばらになるでしょう。

えへん、どうですか？

〔一九三四年四月、『星の国』〕

《訳注》『韓国近代文人大事典』には、朴芽枝の作品について次のような記述がある。

「白い国」についで東亜日報に発表した小説「目を開く時まで」は、女主人公スンフイが空想的恋愛観を清算して、地に足の着いた価値を生む人間関係を自覚するようになる過程を描いて、彼のカップ加入に照応している。

初期の彼の詩は、農村を基盤とした抒情的な牧歌を歌い上げ、さながら田園詩に感じられるような安らぎを歌っている（「農夫の贈り物」など）。それが後期になるともう少し具体的、現実的な舞台をとりあげ、詩「明朗な人生」では、初期の抒情性が工場労働者の視角から眺める世界と交差し、リアリティを獲得しようとする様子が見られる（「春を想う心」「世界に向かって」「異国の詩調」）。さらにこの詩人は、〝新しい世界〟を模索し、叙事詩「晩香」になると、〝母（オモニ）〟の濃縮された相貌が提示されており、この〝母〟のイメージは強い現実変革とつながる可能性を見せている。

　以後十年近く絶筆期を過ごして解放を迎え、また彼の詩を見るようになる。「お聞きですか」には、解放の喜びに合わせてかれの持ち前の思想が押し出されている。

安俊植（アンジュンシク）篇

略歴

一九〇一年一二月一三日、京畿道水原で生まれる。

一九一六年に普通学校を卒業し、ソウルで印刷工として働く。

一九二六年六月には『星の国』社を創建し、その主筆を務める。

一九二七年には朴世永、宋影と共に『星の国』をカップ児童文学部の機関誌に改編させ、プロ文学出版物発刊に専念した。

一九三二年には劇団『新建設』事件で日帝の監獄に投獄される。

一九四五年の解放後は、ソウルで地下活動をしていたが、一九五〇年六月二八日以後は文化宣伝省直属国営ソウル第一出版社副社長として働く。

一九五一年三月に北半部に越えてきたが、黄海道金川郡で敵の爆撃により死亡。

童話　引越しするリス

秋でした。裏山はもう紅葉しました。それは色とりどりに美しく、刺繍（ししゅう）したみたいな見事さです。そして枯葉が落ちて風さえ吹けば、落ち葉はあちらこちらにかくれんぼをします。このようにいっぱい積もった枯葉もすぐに消えてしまうことがあります。それは村人たちがかき集めて行くからです。

それで山の持主が怒って大騒ぎをしますが、枯葉は積もる間がありません。ふと見ると子リスが、ブナの木の根もとからしきりに首をかしげながら出てきました。い

つだってリスというのは、現れさえすればドングリなどをひと抱えずつ持っていきます。ところがどうしたことか、今日はドングリが目につきません。こそこそいくら動き回っても、ありません。

子リスは急いで母リスのところに行き、「母さん、大変だよ。ドングリが一つもないんだ。行って、見てごらんよ」と言いました。「なんだって、おかしな子だね、とんでもないことを言って。どうであろうとドングリがないはずはない」と、母リスが出ていって見ました。

ところがほんとにドングリがありません。これはどうしましょう。幼いお友だちも皆、ご飯を一回抜かしてご覧なさい。お腹が空いて我慢ができないでしょう。

こうなってリスたちもようやく目を丸くし、わけが分からなくなりました。それでしかたなく虫の食ったドングリを何粒か拾って食べましたが、お腹が空いて眠ることもできませんでした。

その次の日から風がひどく吹きました。それで枯葉がぱらぱら落ち、ドングリもたくさん落ちました。これはどうしたことかと様子を見ていた母リスは、今がその時とぽいととび出そうとしました。

と、そのとき、人の足音が聞こえ、大人と子どもたちがかごを抱えてやって来て、鶏が餌をついばむように拾っていってしまいました。一方では枯葉をかき集めます。そして見ると、裏山はまたまた何もなくなってしまいました。リスたちは、もう大変。前にはこんなことがなかったのに、人間たちがあまりに腹が空いていて、それで私たちの食べものをみな持っていくのだ。

それでは自分たちはどうして生きていくというのか。しかたなくあの深い山の中に引越ししなければならないだろうと話し合いました。次の日の晩、母リスは子リスたちを引き連れて深い向こうの山に引越しました。

月は山の峰の出鼻にかかっており、あちこちに杭が突き立てられていました。リスたちはわけも分からず先になり後になり、深い山の中にひたすら入っていきました。

〔一九三三年一二月、『星の国』〕

宋完淳（ソンワンスン）篇

略歴

一九〇七年六月二三日、忠清南道大徳郡に生まれる。

一九二七年から故郷で農業に従事しながら「カップ」に参加した。

一九三四〜一九三六年に、「カップ」事件により日帝監獄に投獄される。

一九四五年解放後には、ソウルで「朝鮮文学家同盟」常務として勤務しつつ、主に児童文学を創作した。

一九五二年に北半部に入り、平安南道粛川郡で創作活動をしたが、一九五三年に重病により死去した。

少年少女小説　惜別

雨が上がった秋の夜、月はことのほか明るかった。鮒のうろこのような白い雲の塊が青い空をまだらに覆った。この明るい月は、地上すべてを笑顔で静かに照らしていた。しかし今、縁側（粗末な崩れかけた家）に座って話しているふたりの少女には、なぜと知られぬ悲しみをさそうような光を寂しく放っていた。

「ねえ、ヨンヒ、あなたの家はどうして西間島（ソガンド）に行くの？」

「知ったことじゃないわ？　食べるものがなくて行くのよ。今年私たちが耕した五反の田んぼで取れたのっていうと、やっと籾（モミ）四俵—」

ヨンヒの目には涙がじんとにじんだ。この話を聞いて座っていたホアスクも涙がじんとにじんだ。しかしすぐにソット襟のあたりで拭いて、いっそう落ち着いた声で

「あら—それならそれでもってなんとか暮らせないの？

それで冬になったらあなたのお父さんはわらじを編んだり、かますを作ったりして、市場に持っていって売り、あなたは学校に通っては針仕事でかせぎ、そうすれば私も手助けしてあげるつもりだから、どう？」

「そうなればどんなによいことか？　だけど、その田んぼにも小作料が五俵だというじゃない。それで地主がその四俵をみな持っていき、さらに一俵足りないと言って、衣裳と釜のたぐいを全部持って行ったのよ。それどころか、野良仕事が下手だと言って田んぼまで取り上げ……」

「あら、そんなひどいことがどうして？　本当に人の事情を知らなすぎるのね」

「私も慣れ親しんだ故郷で暮らしたいし、もっとあなたといつも一緒に遊びたいけれど、でも。ここにいれば飢え死にしちゃうでしょうし、行くしかないの」

「私もあなたといつでも一緒に遊び、そして一緒に学校に通いたいわ。あなたが行ってしまえば、私は寂しくてどう過ごしたらよいのか、わたしたちもひどく貧しいので、似たようなものだけど」

「まあ、さんざんよね。金持ちってどうしてそんなにひどいのかしら、まったく……」

　ヨンヒはそれ以上何も言えず、すすり泣いた。ホアスクも同情の涙をながしながら、それでもやっとがまんしてヨンヒをなぐさめた。秋の月はさらに明るくふたりの少女の顔を照らした。悲しみにみちた光で。

「ヨンヒ、泣いたってどうなるっていうの、ねえ……」

「私は分からないのよ、西間島のあの気味の悪い中国人がいるところに行き、どうやって暮らせって……」などと話す。

　なぐさめる言葉も聞かず、ヨンヒは泣くばかりだった。ホアスクも今はヨンヒの手を握り、もらい泣きした。

　このふたりの少女は、とてもとても親しい、同じお腹から生れた姉妹のような友だちだった。同じ普通学校六年生として勉強もふたりとも、いつも優等だった。そうして互いに行ったり来たりする彼女たちの離れられない友情に何で悲しみがないことがあろうか？　そのうえ、慣れ親しんだ故国の山川を後にして、血涙を落としながら見知らぬ満州国（ママ）の平原をぼろを着てさまようヨンヒは、どんなにか不平がたくさんこみあげてくるこの世の中をうらんだことだろう！

×　×

　ヨンヒが出発するようになったいきさつはこうだった。

　彼女はもともと貧しい家の娘で、幼くして愛する母親を亡くし、たった一人の父親と寂しくその日その日を過ごした。彼女の父親はひょっとしてヨンヒが悲しむのではないかと思い、再婚しないで苦労しながら暮らした。その村のある金持ちの田んぼを借りて、一人身で野良仕事をしながら、それでもヨンヒに勉強をさせたいという気持ちからなんとか学校に通わせるようにした。ヨンヒは学校から帰ると、自分の母親がしていた仕事をすべて幼い身一つでしていたので、勉強もそれほどする暇はなかった。しかし、彼女は非常に優れた才能を持っていて、いつも五番以下に落ちてしまうことはなかった。それで学校の先生もたいへん可愛がり、またヨンヒの家の暮らし向きを気の毒に思われて、月謝も免除してくださった。

　だけどヨンヒの家はこの場所を離れなければならない状況になったのだ。今年も長い間日照り続きだった。地面はかっかとほてり、木は燃え、水は干上がった。それで、田んぼでも水がからからに干上がってしまい、ヨンヒの家が耕していた五反の田んぼはもう水一滴引き入れることができないために、わずか痩せ籾四表が取れただけだ。当然一人で野良仕事をするので、水を引き込むこともできなかったのである。こうしてつくった痩せ籾まですべて地主に小作料として納め、それでも足りないと所帯道具まで取り上げられ、田んぼも横取りされたので、ここではとうてい暮らしていけないありさまであった。そこでヨンヒの父親は、死ぬも生きるも西間島にでも行って稼ぎ暮らそうと心に決め、家を売って旅費をつくり、明日旅立つつもりだった。彼はこの期におよんでも、元々おとなしすぎて、一言の反抗もしなかった。いや、それが当たり前だと思っていた。

×　×

「明日行っちゃったら、あなたとこれからもう会えないのね」と泣いていたのを止め、愛らしいふたりの少女は、顔に涙の筋が曲がり流れて跡をつけているとも知らず、ぼうつと座り、また話し始めた。月はいよいよ明るかった。

「そうしたら私は一人でどうするの？　ヨンヒ、行かないで、ねえ」ホアスクはそんな聞分けのないことを言って、じっとヨンヒの顔を見つめた。

「行かなければどうなるの？」

ヨンヒはまた泣き始めた。心なし憂いでおぼろな秋の月は、悲しみに満ちた光をふたりの少女に降り注いだ。ホアスクはなにかと慰めてあげてから、もう夜が更けたので、明日は日曜だからヨンヒが発つのを見送るため停車場にいっしょに行くつもりだと言って、家に帰っていった。

あくる朝、停車場の待合室の片隅には顔に憂いをたたえたふたりの少女が、向き合って額を寄せて立っていたが、それはまぎれもなくヨンヒとホアスクであった。行き来する人々は、騒いだり笑ったりしていたが、年がおよそ四十歳を超えたくらいの父親とふたりの少女は、寂しく悲しげに見えた。ヨンヒと彼女の父親の手には、中国の撫順までの切符が握られていた。

時間が来た。ヨンヒが発って行く時間、涙の惜別の時間が来た。ヨンヒは父親と車内に入り、席を取って座った。ヨンヒは列車の窓からしょんぼりと涙ぐんで、改札口に立っているホアスクを見て、「それじゃあ手紙をたくさん！　ね」と言った。

「それじゃあお元気でね」

「今度いつかまた会えるときが……」

ヨンヒは咽喉がつまり、言葉を最後まで言えず、真珠のような涙がピンクの頬に筋をつくって流れ落ちた。

「また来て！　手紙もたくさん！　ね？」

ホアスクは胸に悲しみがこみ上げてきて、その場に倒れ伏して大声で泣きたかった。笛がピリピリッと鳴ると、汽車は重そうに動き出した。あゝ、ヨンヒを乗せた汽車は発ってしまうのだ。

「ごきげんよう」

「あなたもね」

ふたりの少女は、別れのつらさに耐えられない。胸は塞がれたようにいっぱいになった。かわいい二つの顔は、心配に満ちていた。しかし無常な汽車は、ヨンヒを乗せたまま、山の角に姿を消してしまった。

ホアスクはしょんぼりと家に帰ってきて、友と別れたことが悲しくてつらく、こっそりと目が腫れるほど泣いた。しかし、泣いたとて別れたヨンヒがまた来ることはなかった。いつの日かヨンヒがふたたび戻ってくることを願いながら、遠く去った友の面影を心で祈るばかりだった。

〔一九二七年八月、『新少年』〕

少年小説　金(キム)君へ

友よ！

久しぶりに筆を取り、これまで気にかかっていた僕の過去を記すことにする。

実は、これほど長い間一字の便りも出せなかったのは、ただ遊んでいたというのではないのだ。近頃、幼い僕の過ごしてきたすべてを話そうとすると、本当に涙が自然にこぼれる。

このように幼い身ながら貧しい暮らしのなかで両親の面倒を見、朝から晩までちょっとの間も遊ぶ暇なく働き、夜は疲れて床に横になればすぐに寝入ってしまうので、好きな雑誌一冊だって読み終えるのに何ヶ月もかかる。だから、ましてや手紙のようなものは書く暇など少しもないのだ。だから、なかなか手紙が来ないなどと怒ったりしないで、そして手紙一文字書く暇とてない、幼く哀な僕の境遇をよくよく同情してくれたまえ。

愛する友　金君！

実のところ、この話は誰にも話さないでおこうと思ったのだ。しかし、このことだけはいつも忘れられず、考えれば考えるほど悲しく、悔しさが九天に徹するようで、訴えるところとてない私のこのやるせない恨みを、信頼し愛する金君！　君だけにはしっかり話しておこうとおもう。

実際、考えてみると、それほど大きな問題とも言えないが、それでも僕にとっては前途を無慈悲にばっさり切り捨てられたと同様なことなので、大問題だとおもった。それで、話したところで過ぎたことがどうなる訳でもないけれど、あまりにつらくて書かないではいられない。

金君！

さて！　それではこれから簡単に話しましょう。

なぜ僕が今年普通学校の卒業ではないのか？　君も僕が今年卒業であることをよく知っていたろう。このように僕は優秀な成績で今年普通学校六学年をすべて終え、懐かしい友と互いに抱き合い、嬉しくも悲しい気持ちで校門を出るのではなかったか？　ほんとに六年間共に過ごした友達と互いに別れてしまうのは、とても名残惜しかった。どんなにか一番親しい李君と離れるのが切なくて、泣けてしまうほどだったろうか。むろん僕が泣くのは単純に友と離れ離れになるということだけではなかったのだ。僕が試験を受けてきた××師範学校に落ちたらどうなるか？　という子供心の心配から湧き出る涙も混ざっていた。

しまった！　李君と泣いたとき恐れていた、入学できなければどうしよう？　といった涙が笑いに変わるだろうと思っていたのに、ああ！　ついに涙に変わろうとは、誰が思っただろうか？

三月二三日―つまり僕たちの学校ではすでに卒業式をすませた二日後だった。この日は僕が試験を受けた××

師範学校から入学の合否を通知してくる日なので、僕はそこはかとなく胸騒ぎがして、朝早くから学校―僕の通っていた普通学校―に行き、郵便配達が来るのを、それこそ、遠くに日雇い仕事に出かけた父さんが夕食に帰って来られるのを待つ気持ちよりずっとじれったい、不安な気持ちで待っていたのだ。果たして手紙の配達が来ないとなると、僕の前途が永久にとざされるのだから、配達夫の来ることが考えようによっては嬉しくもあり、はたまた恐くもあった。

もし配達夫が手紙を届ければ師範学校から来る―入学ができるものであり、通知がなければ落ちたことに疑いの余地がなかったのだ。しばらくの間、校庭であちらこちら歩き回って、卒業したあとたった二日間でも変わったことがないか？　と歩いていると、待ちに待った配達夫が来た。

僕は跳び上がるように喜んだ。

あゝ！　だけど、だけど、飛び上がるように喜んだその瞬間、僕はそのまま頭ががあんとなり、気が遠くなって、顔は何日も患った病人の様に蒼白になった。これだけ言えばもう分かるだろう。そうなんだ！　あゝ―僕は落ちたのだ。書類が来なかったのだ。

そうしてしばらくぼうっとして立っていると、僕を一番可愛がってくださった朴先生がこの様子を見られて、「やあ！ほんとに残念だった。しかし、貧しい家に生れた身だから……」と言葉じりをにごされながら、目には同情の涙をにじませておられた。

このことばをきく僕の気持ちは、はたしてどうだったのだろうか？　僕はこの瞬間、ただ恥ずかしくて、顔が熟れたりんごのように赤くなるのが分かった。しかしやがて恥ずかしさも消えて、悲しみがこみ上げ胸がふさがるようだった。そのうち、ずっとがまんにがまんをしていた涙が一時にあふれて、三歳の幼児のようにしくしくすすり泣いてしまった。

すると朴先生はまた僕の頭をなでられながら、「こうして泣いたってどうなるのだい？

だからもう泣くのはよして家に帰り、お父さん、お母さんのためにまめまめしく働きながら、合間を見て勉強しなさい。貧しい者は今の世の中で、いつもなすことがむずかしいと知るべきなんだ。しかし君たちが努力して家であっても勉強し、働いて立派な人になっていき、良い世界をまたつくったなら、そのときには貧しい人もなくなるだろう」と、なぐさめてくださった。

この朴先生の言葉を聞いたとき、僕ははっと頭に浮かぶものがあった。それは、僕が落ちたのは、どうしてか？　ということであった。たずねるまでもなく、朴先生の嘆きを聞けば、どうやら財産調査で落ちたようだった。事実、僕自身としても試験に落ちそうに思えず、先生方もみんな僕だけは信じておられたので、なにか勉強がだめで落ちたようには思えなかった。

そこで僕は涙をぬぐい、朴先生にたずねてみた。

「先生、それで私はなんで落ちたというのでしょうか？」

「分からないよ。むろん君のことだから学科試験で落ちたのではないだろう。おそらく財産調査で落ちたのかな？」

「それでは、財産がどれほどだと書いて送られたのですか？」（僕たちの学校では、入学試験についてのすべての手続きを校長先生が引き受けるので、財産調査も校長がして送ったのだ）

「おそらく百ウォンだと書いて送ったのだろう！」「百ウォンですか？」

僕は驚いた。あゝ、いくら貧しいからといっても恥ずかしすぎる、たった百ウォンだけと記したとは？　そう思うと残念でもあり、恨めしかった。

実情は、田一枚、畑一画がない身なので、税金納入まで免除されている。百ウォンの財産があると書かれたことに感謝するけれど、それでも人の欲―しかも子どもごころではとても残念で、恨めしかった。ところが僕はまた一つの疑問が生じたが、それは師範学校ではさほど財産調査が厳しくないのに、僕は財産が少ないために落ちたということだ。そこで朴先生にたずねてみると、先生はやや寂しい表情で、「いくら師範学校で財産調査をしないといっても、学費を出せない貧しい者は入れてくれないのだよ」とおっしゃり、それ　以上話すことを避けられるようで、さらにたずねることもせず、家に帰った。でも、家に帰る時、朴先生に僕がなんで落ちたのか調べ

てくださいとお願いした。（下略）

〔一九二八年六月、『新少年』〕

《訳注》師範学校については、訳者あとがきで言及。

金北原（キムプクウォン）篇

略歴

一九一一年七月一一日　咸鏡北道鏡城で生まれる。

一九二六年まで故郷で漢文を学びながら、文学修業をした。

その後は、農業に従事するかたわら、農村で啓蒙活動をしながら少年雑誌『星の国』『新少年』などに児童文学作品を発表した。

一九三五年三月、『新人文学』に小説「玩具」、一一月には詩「低い空のあの向こうに、久しく想ってきた方が帰ってくる」を『学燈』に発表、一九三五年一一月兪鎮午の推薦で小説「流浪民」を『三千里』に発表した。

一九四五年解放後は、北半部で中央と地方において朝鮮作家同盟の仕事をしながら、創作活動をした。作品集『星の国』が発刊された一九五六年当時は、朝鮮作家同盟咸鏡南道支部長であった。

童謡　まぐさ売り

さあ買った買った　青笹まぐさだ
牛にも馬にも　極上のまぐさだぞ
朝晩腹へり、ふらつく体に

人気もない入会山で　まぐさ一袋担いできたのさ
まぐさ　まぐさ　青笹まぐさだ
一束三銭　格安まぐさだ
田起こし　畑鋤き　昼夜稼いでも
ひもじいままでは　怒りは燃える

〔一九三二年八月、『星の国』〕

童謡　犬の糞の網袋

網袋　網袋　犬の糞の網袋
うちの父さん　その網袋
いつも明け方　担いで出かけ
拾い集めた　犬の糞の山盛り
墳墓になった。山になった。
〔一連は、日帝警察の検閲により削除される〕
父さん　父さん
腰の曲がった父さん
曲がった腰を　伸ばす日もなく
犬の糞を撒いたとて　何になる、
農業したとて　何になる。

〔一九三三年六月、『星の国』〕

童謡　冬の夜

夜風が　びゅうびゅう　吹いてくる夜
目張りが　びりびり　震えている夜
ちらちら　揺れて踊る　ともし火の下で
父さんは　ぱさぱさ　わらじを作り
兄さんは　かたこと　むしろを編み
僕は僕は　じょりじょり　縄をないます。

ひどい風が　すうすう　忍び込む夜
火鉢の火も　ふっと　消えてしまった部屋
母さんは　つぎはぎだらけの　足袋(ポソン)をつくろい
姉さんは　ぺちゃくちゃ　文章を覚え
父さんは　兄さんを見やり　ひそひそと
秘密の話をしながら　仕事をします。

〔一九三三年二月、『星の国』〕

童謡　神様

クリスチャンは申します　伝道師は誘います
イエスを信じなさい　神様に仕えなさいと
聖書かなんだか　小さい本を配り
神様を信じなさいと　私たちを誘います

×

神様はこの世のすべてのものをお創りになったので
悪い人に罪を　正しい人に幸いを　授けるのです
悪いことを避け　正しいことだけすれば
よい幸いを下さるから　神様を信じなさい

×

でも神様　私たちの言うことを聞いてください
恵み深い神様　貧乏をなぜ生み出したのですか

×

日照りに　農夫がいくら祈り　拝んでも
雨一滴下さらない　意地悪な神様
できない　できない　信じることはできません

気まぐれな神様　信じることはできません。

〔一九三三年八月、『新少年』〕

童謡　煙突

煙突　煙突
煙突でも　高い煙突は
パク・チャムボンのセメント煙突、
風が吹いても　雨が降っても
豊年でも　凶年でも
いつでも変わらない姿
黒い煙　もくもく
炊事の煙　もくもく。

煙突　煙突
煙突でも　低い煙突は
村の泥煙突
田を耕し　畑を耕し
農業したからと
米のご飯は　一体どうなったというのか、
粥も炊けず
沈む夕日に
生あくび　するばかり。

〔一九三四年二月、『星の国』〕

児童詩　吹雪の中で

吹雪いています。
はげしく吹雪いています。
通り過ぎる風間に　木々は吼（ほ）え、
次々に吹きつける　雪の粉は
両頬をぶつけれど
ぼくらは　薪取りをする、揃って薪取りをする。

みんなで　こうして薪取りするのは　なんのため？
セドルんちの兄さん　ぼくらのおじさんに
下着を買って贈るんだ、
明日はぜんぶ市場にかついで行き　売って……

セドルんちの兄さん―
ぼくらの　勇敢なおじさん
季節が変わっても　下着を取り替えられず
雪の降るこの冬を　あの家で
どんなに寒く　震えておられるか？
思えば　ぼくらの小さな胸は……
ぼくらの小さな胸は……

吹雪はずっと　はげしく吹いています。
ぼくらの凍えた頬に　容赦なく吹きつけます。
だけど　どんなにひどい目にあっても平気だ
ぼくらの心は熱いです。

〔一九三四年二月、『星の国』〕

童謡　雁

雁が飛んで　北に行くよ
仲間と　空高く浮かび　北に行くよ

一羽　二羽　十、二十羽
百羽も越えて、いっぱい行くよ

雁が　ふわりふわりと　飛んでゆくところ
北国のそこにも　春は来たのか
兄さんが行かれた北の国
そこにも　暖かい春が　来たようだ。

雁は春に行き　秋にはもどるよ
北国のそこに　秋が来れば　もどるよ
だけど兄さんは　もどれないんだ
春が過ぎ　秋が過ぎても　もどれないんだ。

〔一九三四年四月、『星の国』〕

小説　最後の日

遅い春の日の朝――太陽は山の上に昇った。晴れた空と清らかな大気がピーンとみなぎる澄んだ朝である。広がる日差しを受けて輝く山河！　ゆらゆらとかげろうが

踊るなかから、「おら、おら！」畑を耕す牛を追う声が響いてくる。後ろには高い山並みが鯨の背のように伸びており、前にはそれほど大きくない野がぱっと開けている村――この村の名は『ケバウ』と言った。

村の端の小高いところには、高くそびえるブリキ屋根（この村の地主パクさんの家）が、点々と散らばっている粗末な小屋を見下すように睨んでいる。そして村の真ん中には、ぼろぼろで粗末な一部屋だけの校舎がある！校舎の正面の柱には、小さな看板が日差しを浴びて光っている。これこそ四十余戸の小作村であるこの村の、百余名の幼い児童を受け入れている『東明学園』である。

学園は創立されてから二年しかならず設備も貧弱だけれども、この村の貧しい小作人たちの熱意で設立され、そして育ちゆく子どもたちには二つとてない教育機関なのだ。このような学園であるから、先生も月給のようなものを受け取ろうとは、はじめから思ってもいなかった。

年毎に春は巡る。子どもたちは育ち行く。邑内には立派で大きな普通学校がある。しかし、村人の子どもたちは、一人もその学校に入学できる幸運は持てなかった。

普通学校への入学願書には、財産証明を付けなければならないが、持つものとて赤裸の身一つだけだった。しかし、毎年の学校費はしっかり徴収された。それでも親たちは面の職員が学校費を受け取りに行く時、子どもたちを思って、むだ口一つしゃべらなかった。

毎年親たちは、新学年になると子供たちをつれて入学願書を出す。「財産はどれくらいになりますか?」。答えはもちろん「ゼロ」だ。すると係員は「いずれ発表しますから、その日に来てください。入学できるかどうか、今は分かりません」と答える。待っていたその日がくると、親はとぼとぼと歩きながら行ってみる。

しかし、あるべき自分の子の名前は、掲示板から抜け落ちていた。「どうしたことか?　賢いうちの子が落ちるなんて!　金のない家の子どもは、まったく学校にも行ってみることもできないというのか」結局はくやしさをこらえて、帰ってくる。学校に通えると喜んでいた子どもたちは、失望のあげく泣くほかはないのだ。

彼らは毎年こうした悲しい目にあった。そうして、彼らの頭の中に残ったのは、「そこは私たちの教わる場所にふさわしくない」という思いである。このような思いが一つにまとまっていき、この学園が建てられたのだ。「私たちは、自分たちの手で子どもたちの学ぶ場所をつくりましょう」という若い先生の提案に、みんなが喜んで賛同したのだ。

×

「カン、カン……」

学園の始業の鐘が鳴った。ぼろ服を身につけた子どもたちは、狭い校庭に集まった。「マエヘナラエ!」〔原注・前へならえ!という日本語〕との先生の号令と同時に子どもたちの体操が始まった。

「ほ、ほう。あの子たちよく揃ってるね!」

「そうです、なかなかよくやってます」

「邑の普通学校の子たちが体操をしているのを見て、みんなうらやましがっていたけれど、毎年合格しなくてね!」

「そうですよ。あ、そういえば、あの邸のろくでなしも通っていますね」

「うん、えっ!　あの五番目の子が!」

「そう　そう」
「あのトウンムルがやはりまねをしたくてね」
「トウンムルをバカにしちゃいけない。わたしたちの暮らしぶりがこうだから仕方がないが、しっかりいろいろ教えてやれば、ぐんと育ちますよ」

学校近くの敷地で畑を耕して働いていたひと組の人たちは、牛に引かせる鋤を立てかけ、座って休みながら、かわいい子どもたちの体操のようすをながめ、こんな会話を交わしていた。

この時だった。邑内に通じる狭い道から、黒い洋服を着てなにか鞄のようなものをわきに抱えた二人の見なれない人影が、村のほうに足を速めて行った。彼らの歩みが村に近づいてきた時、これを見た村の犬たちはやかましくいっせいに吠え合った。

時間になり、教室に入ってきた先生は、なにか細長いひとつの封筒を手でいじっているだけで、話をしたいらしいのだが、そのまま口は閉ざしたままだった。子どもたちは怪訝（けげん）な顔をして、先生のしかめ顔をただ見つめる。いつも教壇に上がればにこにこ笑顔で話をしていた先生、よほどのことでなければ怒らず、悲しい顔などしない先生なのだが。いったいどうしたことか？　今にも夕立が降りそうな空のように、顔は憂いをおび、言葉ひとつなく立つだけだ。

「先生！　今日はぜんぶ話してよお」。いたずらっ子でとおるマンドルが、先日聞いた話の結末をすべて話せというぶしつけな声を上げると、子どもたちは「うん、うん、その話！」と、マンドルの言葉に賛成して、先生の顔色だけをうかがった。しかし、そのひどくしかめた顔、固く閉じた唇はそのまま変わらず、開かれることはなかった。

［以下三頁、日帝警察の検閲により削除される］

〔一九三二年四月、『星の国』〕

〈注〉この作品の後半三頁が削除されたところでは、その見慣れぬふたりの人物は、結局校庭に現れたことが描かれる。そのときの先生のただならない態度から、早くも不安を感じた子どもたちは、その見慣れぬ人物がすぐに日帝警察の刑事であることを理解した。

そして、子どもたちはこらえきれない怒りで、泣きながら先生を囲んで腕を組んだ。そして刑事たちが連行していけないように勇敢に闘った。

壁小説　雪降る夜

ボタン雪がこんこんと降る夜だった。パウは扉を開け、板の間（マル）に出た。四方は一寸先も見分けられず真っ暗だった。闇の中を横殴りに雪が降りしきっていた。

「や、暗いぞ。だからどうなんだ。かまうものか」。パウは板の間に降り立ちながら、口の中でつぶやいた。「こんなに暗くて、こんなに雪が降るなんて」。パウの心はこわばった。ずるっと滑りながらも、足をすばやく移した。かといって、そろそろ歩きというわけでもなく、あたりを注意して見ることも忘れなかった。

雪はあいかわらずこんこんと降っていた。いま踏んだばかりの足跡が、すぐに雪で埋められてゆく。パウは引っ掛けて出てきたトウルマギ（外套）を頭まで引っかぶり、目だけをにっと出した。そうしてから歩いた。もともと白いトウルマギに白い雪をかぶるので、はた目にはパウが動いているのか止まっているのかよく分からない。

×

毎年、秋は胸が張り裂ける季節だ。さらにこの年は凶作が重なった。それでも地主は相変わらず小作料をきちんと納めろと言ってきた。だからと言って、無いものは無い。実入りのないものを支払いようがなかった。

そこで彼は最後の手段を使ったのだ。しかし、粗末な家まで取り上げられるわけにはいかない。ついに××（争議）が起こった。

［以下一部、削除される］

×

その後――。

おじさんたちが行かれた後では、まるまる三ヶ月間身動きできなかった。ついそのときまであの風が吹かなかったというよりは、あのような変事を初めて経験したせいか、それでみんながへなへなになってしまい、どうしたらよいか分からなかった。

ひどいことに、友だち同士でお互いに会うことさえもままならない状況だった。そんな状態が三ヶ月も続いた

のだ。これを見てパウはじっとしていられなかった。

自分もそんな雰囲気のなかにいたからには……そう考えると思わず顔が赤らんできた。しかし、恥ずかしいといって何もしないでいるには、実に危険な状況なのだ。この状況から彼らを連れ出すことこそ、気づいた自分の使命だとパウは決心したのだ。

そこでパウは自分の友だち（少年部の仲間）のなかで一番すぐれていると思われるトルを呼んでこのことを話し、ふたりは直ちに実行に着手した。ある日、薪を取りに行く機会を利用して、すべての準備を整えた。ところがどうしたわけか、告げ口屋サムスが加わるようになり、無駄になってしまった。

それからじっと十余日、××（機会）だけをうかがった。そうこうしているうち、今夜ボタン雪が降りしきる×を××する（時を利用する）ことになったのだ。あれこれやることはトルによく頼んでおき、パウ自身はピケを張ったのである。自分は表に出ず、トルやほかの子を送り出してもよかったが、どうしても頼りなかったので。

×

パウはコゲチャンというところまでやって来た。ここは、この村への最初の入り口であるだけでなく、邑内に通じる要所であった。パウはトウルマギに降りかかる雪をふっふっと吹き落としながら、あたりを見回した。本当に真っ暗な夜である。しかし、パウの気持ちは揺らがなかった。「油断するな。たえず注意しろ」という言葉が、思い浮かんだからだ。

うん、おじさんたちは、よくも、雪の降る冬をこの場所で――

パウはおじさんたちの言葉を思い出すや、この雪降る夜の中のおじさんたちが思い浮かんだ。パウは悲しくなった。そうしているうち、パウは「これではだめだ」と気がついた。自分の置かれた立場を理解したのだ。

パウはもう一度見回すと、松の木の後ろに行って座った。そして、雪降る闇の世界に目を凝らしながら、自分たちのこの夜をおじさんたちに誇りたかった。ボタン雪降る冬の一夜は、いよいよ深くなっていった。

〔一九三三年三月、『新少年』〕

小説　サムソンとスギル

激しい風が吹いた冬は過ぎ去り、暖かい日差しが降り注ぐ早春の日でした。チャムナムコル（ブナ谷）村にも、春の気配が訪れました。

ある日の朝、スギルは隣村のサムソンという友だちといっしょに、村の西方の山にたきぎ取りに出かけました。隣村のサムソンは今年十五歳、スギルは十二歳でした。サムソンは、邑内の普通学校の四学年まで通ったが、月謝を払えなくて退学した後は、家で父さんの仕事を手伝っており、スギルは学校の敷居をまたぐことさえついぞできませんでした。

そのようにして、スギルが十一歳になった年の秋、村の××（組合）には少年部が新しくでき、少年部の仕事として夜学を行うようになったが、ふた月通っただけで、やっと言葉を正しく身につけたかどうかというころにきたのに、それさえできなくなってしまいました。サムソンはどういうわけかスギルをよく訪ねてあげました。

「これ、早く出かけなさい！　また遅れるよ。はやくはやく」

村の地主パク・チャムボン邸の門内から聞こえてきた声です。パク・チャムボンの若い妾が、朝寝坊のプナムを学校に送り出そうと、叫んでいる声でした。

「母さん、僕、お金……」「お金はあげてあるよ」「十銭だけ、ねえ、ねえ……」門の外に背中を押されながら、プナムは甘ったれました。このありさまを眺めているサムソンとスギルは、「行こう。儲けを上げるんだ」「まったく、あんな格好を……あの子らだけが運がいい」「どんな運であろうと、ぼくらがこうして一所懸命稼いで納めるおかげで、あいつらが贅沢できるんじゃないか」

こんなやりとりしながら、サムソンとスギルは山に登っていきました。

×

日が暮れてから、スギルとサムソンは、枯れ木を一荷ずつ作ってかつぎ、山を下りてきました。日長に薪を一荷ずつだけつくって終わることはなかったが、サムソンの面白い話に日が傾くのも気がつきませんでした。

そうして、やっと山を下りてくることになったのです。この山のふもとに沿って邑内に通じる道が伸びていました。サムソンとスギルは、道の片側に薪の荷を下ろし、座ってやすみました。

「ねえ、それじゃあ、僕のような子はどうなるんだろね？」スギルは、さっきサムソンから聞いた話を思い出しました。サムソンは、少年部に通いながら、仲間といっしょに楽しく、有益な雑誌を読んでいると言いました。しかし、スギルは自分が文字をよく読めないので、とても心配してそのように聞いたのでした。

「そうだなあ。君のように夜学に来るとき諺書（ハングル）も読めないままの子が、一人やふたりでないそうだ」。サムソンは嬉しそうに、しかし重々しく答えました。

「僕のような子が何人いるの？」

「うん、全部で十余名だそうだ」

「もう一度、夜学に行ってみることはできないの？」

「そうだな、だめみたいだな」

「それじゃ、僕たちはどうしたら？……」スギルはとても失望した顔つきで言いました。

「うん、そこでいろいろ考えたんだ」

「ねえ、何かいい手があるの?」

「全くないということもないんだが……」

サムソンは、低い声でなにごとか、話してやりました。

そのときでした。向こうの邑内の通じる方から、話してやりました。が学校から帰ってくるのが見えました。

裏山のオキナ草　棘が生えてる　オキナ草
芽が出るとき年取ったのか　真っ白白髪　オキナ草
プナムは、あちらこちらわき見をしながらやってきて、道端の芝の上からオキナ草一房を摘んで持っては、そのように歌いながら子犬のようにぴょんぴょん跳ねているのでした。

「ねえ、スギル！　僕たちであいつをちょっとひどい目にあわせてやろうか?」

「うん、そうしよう」

「向こうの松の木の後ろに行って隠れていて、一度?」

「うん」

サムソンとスギルは、すばやく松の木の後ろに行き、隠れました。プナムは、薪の荷のそば近くにやってきました。しかし、遊びに夢中なプナムは、薪の荷にまだ気がつかない様子でした。二人は、松の木の後ろで息をころしていました。

「あれ、薪の荷が」

プナムはついに薪の荷を見ました。「これはどこのいたずらっ子たちなんだ?」。口のなかでこうつぶやきながらも、だれか薪の荷の下から飛び出てくるかとびくびくして、首を亀の首のようにすくめて、薪の荷の前をのぞき込みました。

「なんだ、だれもいないぞ」プナムは、急に恐ろしさは二の次で、好奇心で一杯になりました。薪の荷の傍からこっそり回っているようすが、あたかも背負子の杖を片付けているようでした。ちょうどそのとき、サムソンとスギルは、松林から飛び出しながら、大声で叫びました。

「どこのどいつが、他人の薪の荷に触れるんだ、こら！」

プナムは、急にどうしたらよいか分からず、どさくさまぎれに逃げ出したが、うっかり石につまずいて倒れま

した。サムソンとスギルは、さらに痛めつけようと飛び出してきました。プナムは、両目がぼうっとして定まらないまま起き上がると、鞄をかかえて無我夢中で逃げました。

「ははは……」

「ははは……」

サムソンとスギルは、プナムの逃げていく姿があまりにも可笑しかったので、ひとしきり大笑いしました。

「やあ、面白かった」

「あいつ、驚いてたな」

二人は、薪の荷を担いで、村へそそくさと歩いていきました。

その後—

スギルは、サムソンにしばしば会いに行きました。サムソンもまた、スギルをよく訪ねてあげました。スギルはサムソンを信頼し、サムソンはスギルを慈しみました。スギルはサムソンについて行き、××(集会)のようなところにも出席できました……そのようにして、サムソンは、スギル一人だけを愛して、導いているのではなく、自分と同じようなたくさんの仲間たちも、目覚めさせていることを自覚しています。

［以下四行、日帝警察の検閲により削除される］

〔一九三三年六月、『星の国』〕

金友哲（キムウチョル）篇

略歴

一九一五年九月二〇日　平安北道義州郡で生まれる。
一九二八年　新義州高等普通学校で〈読書会〉と〈同盟休校〉事件により退学させられる。
一九二九年　日本の東京に行き、中学校に通いながらプロレタリア文学を修業する。
一九三一年　帰国後は、新義州で「プロ児童文学研究会」の一員として主に児童文学創作に精進する。『星の国』『新少年』などに作品発表、カップ盟員として活動。
一九三四年　カップ事件（「新建設」事件）に関係し、日本の警察に投獄される。
一九四五年　解放後は、現地では創作活動を継続、一九四六年に北朝鮮文化芸術総同盟平北委員会委員長となる。
一九五三年　雑誌『人民朝鮮』編集の仕事に就く。その後も創作を続ける。
没年不明。

童謡　凧

貧しき友よ
手作りの凧を
君たちの裏山に
揚（あ）げに行こう。

ぼくらの紙の凧は
とてもよく揚がる

キム大尽の子の爪にも
競り勝った。

貧しいぼくらの爪には
太い字で
ぼくらの〝スローガン〟
書いて揚げよう。

〔一九三二年一一月、『新少年』〕

童謡　貨車

キーイ！─とうとう着きました。
ここが朝鮮の地　ソウルです。
降りるお客が降りてから　お乗りください。

木の葉をお見せください、木の葉の切符です、
中国の地に行くかたは　一枚いただきます、
「オロシヤ」に行くお客様は　二枚です。
〔一連、日帝警察の検閲により削除される〕

キーイッ！─発車です。
「準備はできた？　発車オーライ」
しゅっしゅぽっぽ　しゅっしゅぽっぽ

〔一九三三年一二月、『星の国』〕

童謡　カーカー　かくれろ

カーカー　かくれろ、
虎が　放たれた。
空に星一つ　尾っぽを隠した。

盛り石の陰から
鼻息　ふうっー
そっと顔出し　子ども一人つかまった。

カーカー　かくれろ
虎が　放たれた
十五夜のまるい月　たかく昇った。

こんどは　猫の
欲張り　ポクナム
うまくかくれて　からかってやろう。

カーカー　かくれろ
虎が　放たれた
裏山で　ミミズクは　もう鳴かない。

はたらく　仲間たち
いっしょにかくれて
猫のポクナムを　からかってやろう。

〔一九三四年一二月、『星の国』〕

童謡　タンタルグヤ（お堂の地固めだ！）

後ろに山を負い　足元には小川
ぼくらのすみかは　ここだよ。
〃アハ　オホ　タンタルーグヤ〃

少年部会館は　ぼくらの手で
まずしい仲間の　すみかを築く。
〃アハ　オホ　タンタルーグヤ〃

きこりの仲間が　切ってきた木
細いのは垂木　太いのは柱材
〃アハ　オホ　タンタルーグヤ〃

大工のせがれが　カンナかけ
ぼくら力あわせ　家を建てるよ
〃アハ　オホ　タンタルーグヤ〃

荷車引きのせがれ　土くれを載せ
力持ちの子　オンドル石を置くよ。
〃アハ　オホ　タンタルーグヤ〃

のっぽは　壁を塗り
ちびっ子は　オンドルつくる。

〝アハ　オホ　タンタルーグヤ〟

ひとりが一束づつ　いくつも運び
わらぶき小屋の　屋根を葺く。
〝アハ　オホ　タンタルーグヤ〟

毎夕食後　会館に集い
蛍の光を灯火に　夜学もするんだ。
〝アハ　オホ　タンタルーグヤ〟

ひと月に一度　あの月が大きくなると
この庭に集まり　昔話もするよ。
〝アハ　オホ　タンタルーグヤ〟

秋も取り入れ　その時になれば
おじさんの所で　働いてみるんだ。
〝アハ　オホ　タンタルーグヤ〟

あの月がまんまるく　満月になれば
ぼくらの会館も　落成なんだ。
〝アハ　オホ　タンタルーグヤ〟

〔一九三四年四月、『星の国』〕

《訳注》タンタルグヤとは、労働民謡のかけ声ともいうべきものか。楽しい、力あふれた動作にふさわしい。〝アハ　オホ　タンタルーグヤ〟は〝そうら　そうら　お堂づくりだぞ〟とも訳せる。

児童詩　つつじの花

つつじの花が　昨夜(ゆうべ)　咲いた。
おじさんたちが去られてから　はや一年!

おじさんたちの顔が　見たくて
雪の降る中　七十里歩いて行った
過ぎし日をおもえば
こぶしに力がこもる。

子どもだからと　加えてもらえず
泣き叫んでせがんでも　果たせず
雪道を踏みながら
戻ってきたことをおもえば……

おじさんたちは　丈夫でしょうか
おじさんたちが　残していった仕事は
あとに残ったおじさんと
若いぼくらの手によって
ちゃんと進めていくのだが。

つつじの花　いくどか咲いては散ってから
ぼくらの勇敢なおじさんたちは
雪の降る中　ぼくらが追い返された
その道を　帰って来られるのだろう。

〔一九三二年四月、『星の国』〕

小説　アヘン中毒者

1

今日は休日——少年部討論会が午前に開かれるので、インスは黄色い中国米のご飯を冷水に溶かし、朝食をかきこみ、傾きかけた自分の家の玄関を出た。

昨夜、ばたばたと目張りをたたいていた秋雨は上がり、猫の額のしわのようにどんより曇っていた空は、明るく広がった。ひんやりした晩秋の風が、薄い着物の袖に入り込み、鳥肌がたった。

「誰を初めに訪ねようか?」。インスは独り言をつぶやきながら、お腹に力をいれ、こぶしを固く握りしめた。金持ちの子であれば綿入れでも寒いという季節に、肌が真っ赤に透けて見える粗い目の麻の着物をまとったインスは、体が冷えて、寒くなる時に、いつもきまってする癖がでた。

インスは、前の家のトンサムをまず訪ねようと、家の前へ通じる狭い道を、昨晩降りた霜を踏みながら歩いた。

隣の家の庭で、近所の老人が庭を掃きながら、「昨晩霜が降りたな！」と話しているのが聞こえてきた。昨夜降りた霜が初霜だった。

「トンサム、いる？」。トンサムの家のしおり戸の前まで来て、インスは中に向かって元気に声をかけた。台所からは食器をすすぐ音が、がちゃがちゃとやかましく聞こえてきた。なんの返事もない。しばらくして、中から「おゝ、インスか？　今行くよ！」。たった今寝て起きたようなトンサムの声だった。まだ彼は朝ごはんを食べられないまま、朝寝坊している様子だ。

内から戸が開くと、目が腫れぼったいトンサムが出てきた。「君、もうご飯たべたの？」「ぼくはとっくにたべた。どうしてそんなに朝寝坊したの？」。トンサムは目をこすりながら、黙ってにこっと笑った。「やあ、それじゃ、少し経って来いよ。いそいでご飯をたべて少年部会館へ行かないか？」「それなら君は、ソングのところに行って来てよ！」

トンサムは内に入って行き、インスはきびすを返して、同じ少年部仲間のソングの家に足取りを速めた。すでに赤い太陽が、東の山の頂の上に昇りきって輝いていた。

2

少年部会館に通じる道と、山を越えて礼拝堂に向かうわき道とが交わる十字路のそばの石橋を越えた道の真ん中で、少年部に行くインス、トンサム、ソングの三人は、礼拝堂に行く二人の子と出くわした。

「ポンヒ、君はまた礼拝堂に行くのかい？」。ポンヒという子のわきに、堂の主人パク・チャムボンの次男チョンソクが、小憎らしい顔つきをして立っていた。ポンヒは顔を赤らめじっと立っていた。「それで、君たちはなんの関係があって道をふさいで、そんなに騒いでいるのだい？」。チョンソクが口をとがらして、石佛のように立っているポンヒを弁護した。

今日が日曜日なので、チョンソクは礼拝堂に一人で行きたくなくて、ポンヒを連れ出した。以前は、ポンヒも母親といっしょに会堂に通ったが、少年部に加入してからは、行かなくなった。かれは、イエスを信じることは、アメリカ人と金持ちに仕えることであり、かれらがイエ

スを他国を侵略する道具にしていることを、少年部討論会でたびたび聞いたことがあった。そしてそれが本当のことだと思った。

仲間のあいだには、以前にはひそかに会堂に通う子がいた。それで、少年部では討論会を日曜に開き、欠席する子がいれば、いつも「アヘン中毒」「アヘン中毒」とからかった。

そこで今日も、チョンソクがポンヒを連れ出せないので、かれの母親に告げ口して頼みこんだ。ポンヒは母親につかまり、叱られて、しかたなくチョンソクについて出かけたのだった。

これまで二度あったので、少年部仲間たちはみんな知っていた。仲間に憎まれると分かっていたけれど、ポンヒはチョンソクにしたがった。自分の家が、チョンソクの家の土地を耕して暮らしていることを、よく知っていたからだった。

「こいつめ、ふざけるなよ!」。こぶしが強いので〝鉄拳〟というあだ名までもったソングが、チョンソクの前に近寄りながら、こぶしをにぎった。ひとたびなぐれば頬が大きくはれる、恐ろしいげんこつがふるわれた。

「それで、他人（ひと）が行きたがらないのに、子牛の鼻に縄をつけて引いて行くように、ずるずる引きずって行きさえすれば、神様がお恵みくださるというのか？　おい」。それほどか弱くないトンサムも青筋をたて、チョンソクをにらみつけた。チョンソクは一歩うしろに退き、それでも負けたくなくて、精一杯立ち向かった。

「そうやって脅かせば、なんでもうまく行くと思っているのか？」。そう言ってみてから、後押しがいない心細さから、チョンソクはたじろいだ。――こんなとき、だれか一人来て、味方に入ってくれたらいいなという思いが、チョンソクの心をとらえた。「お前のようなやつは、手の一本折ったり、片足を持ち上げてやること、やられないとでも思っているのか、うん？」

あきれたようにソングは「ふん！」と、鼻で笑った。そしてチョンソクをにらんだ。横に立ったままポンヒは、こうした光景を眺めていた。大きな屈辱と友だちにすまない気がして、ひとりでにうつむいてしまった。このようなことが起こるだろうと、かれは予想していた。


チョンソクはおじけづいたのか、うしろに退いた。そのとき今までじっと立っていたインスが、ポンヒの肩を強くゆすった。そして口を開いた。「君は最近になって少年部から名前を抜こうとしたっていうじゃないか？　君はずっとぼくたちといっしょに勉強したことを覚えていれば、よく考えてみろよ！　もちろん、君の立場も楽ではない。しかし、君のうしろには、ぼくたちがいて、青年部の兄さんがいるじゃないか？　なにが恐くて、おじけるのか？　さあ、おじけついて少年部から抜けようという、そんな弱い気持ちを捨て、今日から少年部に行こう！　うん？」

チョンソクをにらんでいたソングとトンサムも、こぶしをおろし、頭を下げて立っているポンヒの手をぎゅっとにぎった。その瞬間、今まで押し殺していた感情がふき出し、ポンヒの両目に涙がにじんだ。友だちの力強い言葉に感動した真実の涙が光った。「うん、そうだ。みんなぼくの間違いだった！」。口には出さなかったが、ポンヒの光る目は、こう語っていた。

ポンヒは頭を上げ、仲間の顔をじっと見つめた。「うん！」。元気にポンヒはさけんだ。そして、仲間の顔を読み取った。仲間のりりしい顔には、新鮮な喜びがあふれていた。みんな、かれのひと言をかれの口から聞きたかったのだ。かれらは今さらのように、手首をぎゅっとつかんで、つよく振った。

次の瞬間、四人の目は一箇所に向けられた。そこにはチョンソクが立っていた。「今ではもう、君、すべてすんだ。早く会堂に行ったほうがいいよ。どうしてここにいるんだい？」「山道が恐ければ、行きながら〝虎など出ないようにしてくださいますように！　アーメン〟と、父なる神様にひざまずいてお祈りでもささげたらいいだろう！」

［三行削除］

そのとたん、みんな腹を抱えて、大笑いした。チョンソクは笑わず、桐の色のような顔を赤らめて、そろそろと避けて行きながら、「どこかでまた会おう」と、口をつんとがらしながら、そのまま背を向けて山へ登って行った。背中にいっぱい嘲笑と軽蔑の視線を重く受けて――。

「会館の庭に、さあ相撲を取ろうとやって来るかい！負けるのがおちで、涙をしぼることになるけどな！　は は……」。トンサムが返事をして、嘲笑した。聞いたのか聞かなかったのか、チョンソクはまもなく山の中に姿を消した。

〔一九三二年八月、『星の国』〕

《訳注》この作品を含めてキリスト教（教会）を批判・攻撃している作品が生れた背景については、「訳者あとがき」で触れておく。

小説　少年部号

「やあ！」
「わあ！」
村の子どもたちの歓声が、裏山から聞こえてきた。
「ぼくの凧が一番だ！」
「ぼくの凧が一等だぞ―」

真っ青な、高い空には、風をいっぱいにはらんだ凧が、三つ四つ揺れうごいていた。その中で、村の子どもたちは、空を見上げながら騒いでいる。

「ほら見て、今度はぼくの凧が一番高いぞ」。一人の子が自分の凧を指差しながら叫ぶ。しかし、それもつかの間だ。「今度はぼくの凧だ!」

とうとうリョンソクという子の凧が、一番高く風に乗って揚った。その子は、ぼろぼろのゴム靴をずるずる引きずりながら、熱心に糸巻きをほどいていた。見物の子どもたちは、その子の凧に向かって拍手を送った。

「やあ、一番だ」「一番だ! リョンソク、ばんざい!」。ほかの凧は、それより上に揚がることはなかった。一番上にリョンソクの凧は、何度も揚がった。その子は、村に事務所を置いた組合少年部の部長だ。物知りで賢くて、村の子たちはその子が好きだ。そこでさらに、少年部に加入した何人かの子は、さっきからその子の凧が一番高く揚がるように応援していた。

「少年部、ばんばんざい!」。ついにその子の凧が勝った。応援していたほかの子らは、リョンソクを囲んで立ち、両手を高く上げ叫んだ。だれかが前方の山でも叫んだ。山びこだと分かって、みんないっしょに笑った。

凧合戦に気持ちよく加わっていたほかの子たちも、凧糸を糸巻きに巻きとり、みんなリョンソクがいるところに集まってきた。かれらはすべて、古ゴム靴かぼろわらじを履き、麻の衣服をまとった農民であった。一ヶ所に集まると、ふざけたり、遊んだりする時には、ささいな理由でけんかもはじまった。しかし、すぐさま仲良くなるのが、かれらの気質だった。

リョンソクは、自分の凧糸を糸巻きに巻きはじめた。子どもたちは、うらやましそうに集まり、しだいに引き寄せられてくる凧を、穴のあくように見つめていた。ちょうどそのときだった。向かいの山の上に、誰が上げたのか大きな凧がゆるゆると伸びる糸につれて、真っ青な空に上っていった。

「いやあ！　まったくすごいなあ」「うん、凧がえらく大きいなあ」「いったい、あんなに大きな凧を誰が揚げてるのかな?」。凧を揚げている人が誰であるかは、すぐに知ることができた。それは、村で〝虎旦那〟というあだ名で知られる地主のチェ・チャムボン家の事務員だった。洋服を着た人は、村でたった一人その人だけなので、米のなかから豆を選り分けるよりたやすかった。

「生意気な、あの洋服野郎だったか!」「おーそうだ、いつか小作料を取りにぼくの家に来たとき、自分の父親と変わらないぼくの父さんを見て、『おい!』を連発したんだよ、あいつが!」「あんなやつ、パン一個食わせると、すぐに倒れて鼻をつぶすやつだが、ぞんざいな口をきくなんて許せない!」

村の子どもたちは、そいつにたいする憎らしい思いがこみ上げてきて、思うにまかせてののしった。

「や、ワングクのやつが上ってくるぞ」。一人の子が叫んだ拍子に、みんなはその子が指さすところに目をやった。チェ・チャムボン家の次男坊のワングクがぱたぱたと事務員の前の方に上っていった。

「学校で落第汁も飲みながら、おごるついでにやっとどん尻で進級しているやつが、できがわるいのに、ぼくらの夜学に来て無学だと、ぼくらを野蛮だと、そう言ったんだ。あいつが――」。ポンセが口をとがらせる拍子に、みんなもしゃくにさわり、ふんと嘲(あざけ)り笑った。

「あいつのおやじとそっくりの、けちん坊なんだ！」

「そして、あの虎旦那はひどい！」「君たち！　それで誰のおかげでワングクのやつが、あんな大きな凧を気ままに買えると思う?……いったい」。リョンソクがみんなを見ながら聞くと、「そんなこと知らないでか！　ぼくらの父さんたちを高い小作料でこき使うからに決まってるさ」とひとりの子が、身をのりだして答えた。

「そうだ。君の言うとおりだ」「そうとも」。みんなぱちぱち手をたたいた。「じゃ、ぼくらはじっと見ているだけ？　どうしてあいつをこらしめられる、どうお?」

「そう　そう」「それではどうしようか?」「いい方法がある」。みんながひたいを寄せ、ひそひそと話し合った。

「よし、よし、それがいい！」

こうして話し合った一同は、腕まくりして、ワングクが立っている向かいの山に走って行った。ワングクは、たくさん子どもたちが自分の傍に集まってくるのも知らないふりしながら、事務員が揚げている凧を見上げていた。凧が空高く上がったときに、はじめてポケットの中からもやしのような白い手を出すと、事務員の手から糸巻きを取り上げた。

「さあ、揚げてみろ」。リョンソクが叫んだ。ほかの子どもたちも、つばをあふれさせながら、ワングクのやつが揚げる様子を見守っていた。風がつよく吹いてきた。ワングクの凧は、ゆらゆら揺れながら上がる。しかし、凧を揚げるやり方を知らないその子にとって、揚げ続けることは苦手だった。そして、風に乗って上がった凧は、風が止むにつれどんどん落ちてきた。

ちょうどそのときを逃さず、「一、二、三……」。決めていた合図に合わせ、みんなの凧が、ほぐれる糸口とともに空にぐい、ぐいと上がった。またたく間に、リョンソクの凧がまず最初にワングクの凧と肩を並べた。ほかの子の凧も、しきりに動いていた。「あれを見て!」。叫ぶ間もなく、リョンソクの凧は、ワングクの凧の上に出た。「万歳! 万歳!」。見ていた子どもたちは、両手を高く上げて歓声をあげた。手をたたいた。「わあ……わあ……」

またふたたび吹いてきた風が、みんなの歓声を飲み込んだ。そのときだった。前から、うしろから、左右から上がってくる三つ、四つの凧は、たちまちワングクの凧をしっかりと囲んでしまった。子どもたちは歓声をやめ、その様子をはるかに見上げた。

「あやー!」。叫んだのはワングクだった。自分の凧がひとりの子の凧とぶつかり、糸と糸がたがいにもつれた。怯えたワングクはとうとう糸巻きを地面に放った。怒ったけれど、多勢に無勢、どうしようもなかった。「いまに見てろ!」。ワングクは横目でにらみながら、事務員の手を引っ張って、山のふもとにある宮殿のような大きな瓦屋根の家のなかに消えた。

「はは、ははは……」「ぼくら、万歳」。あとに残った子どもは、腹を抱えてひとしきり笑いつづけた。リョンソクは、何を思ったのか、捨てていった糸巻きを拾った。そして、凧糸を引き寄せ、糸巻きにくるくると巻き取る。ほかの子も、自分の糸巻きに凧糸を巻いからそこに集まってきて、地面に落ちた大きな凧を見た。

「ぼくたちで、あいつの凧をぼくらのものにつくりかえてみようよ、えゝ?」「それじゃあ、少年部の物としよう」「それなら、さっそく名前を付けなけりゃ」「よし!」。拍手で賛成した。どんな名前がいいだろう? 考えた末、リョンソクが言うとおり「少年部号」と決まった。リョンソクがポケットから取り出した爪先ほどの鉛筆で、凧の上に大きくはっきりと、名前を書き記した。

間もなくして、山を越えて風が吹いてきた。待っていたかのように、リョンソクは凧糸をはなった。風が吹く。タコ糸も上がる。空は、雲ひとつ見えずに晴れわたり、澄んで、どこまでも高い。その下を、「少年部号」が風に乗り、ぐんぐん上がっていく。「少年部号、万歳!」

ひとつに団結した子どもたちは、空のてっぺんに上がっていく凧を指しながら、両手をたかく振った。

風が吹く。凧が揚がる。ついに貧しい子どもたち―かれらの集まりは、勝利に終わった。子どもたちみんなの歓声が、前の山に響いた。

「少ー年ー部　万万歳！」

〔一九三二年一一月、『新少年』〕

小説　大みそか

1

陰暦の大みそか――。

新年を意義深く迎えるために、今夜、少年部会館に集まり、相談することになった。朝から乳色にどんより曇った空からは、夕方になるとぼたん雪が降り始めた。久しぶりに油の浮いたスープに白いご飯をまぜ、おいしくたべ終わると、ヒョンギュは立ち上がった。

「母さん、ぼく遊んでくるからね、い〻?」。台所で後片づけに忙しい母さんに言葉をかけて、ヒョンギュはしおり戸を出た。外には音もなくぼたん雪が降りしきっていた。


今日は小正月《訳注　大みそかのこと。日本の小正月は、旧暦の正月十五日》なので、新しい服に着替え、あちらこちらに集まっては朝から騒ぎつづけた村の子どもたちは、夕飯をたべようとみんな散ってしまったのか、村は静かだ。

時おり、向かいの村から犬の吠える声が、しだいに垂れ込めてきた闇をぬって聞こえてくるだけだった。ヒョンギュは、白い足跡をつけながら、犬が吠え立てる向かいの村の少年部会館（石造りの家）へと向かった。

会館の前の広場では、少年部の仲間が集まって組に別れ、雪合戦をしているのか、丸くかためられた雪球が、飛び交っている。あちらには大きな雪だるまの上に白旗が挿し込まれ、はためいており、こちらを見ると大きな雪だるまの上に赤旗が、風にひらめいている。

ヒョンギュは、雪合戦をするたびに赤旗の組だった。力強く、がんばることで知られたヒョンギュが、遅れてやって来たのを見て、赤旗組の子どもたちは大声で呼んだ。

「やあ、早く来いよぉ」「ぼくらの大将が来たぞ」。ヒョ

ンギュは、いたずらではいつも大将役になった。ヒョンギュは、いたずらではいつも大将の役割だった。かれは、クツの紐を固く結び、バンドをぎゅっとしめると、赤旗組に飛び込んだ。

「ヒョンギュ、一つ食らえーいっ」。あちら側から、声のする間もなく、石ころのように固くにぎった雪球が砲弾のようにびゅっと飛んできた。〝砲弾〟は、びしゃっという音とともに、痛々しくヒョングのおでこにぴたり命中した。

「ああっ！」。ぶつけられながらも、ヒョンギュはあちら側を見やった。その瞬間、チルリョンの手が空を切るや、石ころのような雪球がまたひとつ飛んできた。ヒョンギュはすばやくよけた。二度目の砲弾は、ヒョンギュの耳をひゅっとかすめた。「あっ！」とヒョンギュは座りこんだ。そして、すばやく雪球を一つつくった。

「チルリョンだな。こいつめ、今に見てろ」。ヒョンギュはぱっと立ち上がりながら、すばやく雪球を投げた。〝びゅーん〟と飛んでゆき、チルリョンに当たると思った砲弾は、思いがけなく雪だるまの頭に穴をあけた。そのとたん、頭の上に挿された白旗が傾いた。

　ヒョンギュはしゃがんだ。ふたたび立ち上がりながら、もう一つ投げた。次の瞬間、〝びゅーん〟と二番目の砲弾は、雪だるまの頭の上に傾いていた旗竿を打ったと同時に、白旗は落ちてしまった。

「うわあ!……うわあ!……」「万歳! 万歳! わが組万歳!」。赤旗組にどよめく叫びに受け答えて「ヒョンギュ、万万歳! はははは」と、向こう側から誰かがよく通る声で叫んだ。見ると、さっき雪球を投げてヒョンギュのおでこに当てたチルリョンだった。ヒョンギュはいっしょになって笑ってしまった。

　赤旗組ではひき続き万歳を叫び、白旗組では手をたたいて相手の勝利をたたえた。「もう暗くなったし、みんな集まったので、中に入ろうよ!」。少年部部長のソンパルが叫んだ。そして先立って中に入っていった。みんな息で手を温めながら、衣服に付いた雪をぱんぱんはらって、後に続いてトルソクの家の客間(サランバン)に入っていった。

2

　時間になると、みんな順序良く席をとり、落ち着いた。急に静かになった中で、少年部部長のソンパルが、まず口を開いた。「みなさん! これから新年をどのように迎えたらよいか、ということについて、お互いに話し合いましょう。良い考えがあるなら、話してください!」

　ソンパルは、みんなの緊張した顔をぐるっと見回した。なんの話もないのを見て、かれはさらに言葉を続けた。

「君たちも知っているだろうが、一月前に夜学で、今年からはご馳走になりにゆく年始回りは中止しようと決定したが、それは必ず実行しなければなりません。皆の意見は、どう?……」。話が終わるのを待って、部屋のうちは騒がしくなった。

「よし、必ず実行しよう」「そうだよ、よーし」。こちらの隅、あちらの隅から賛成を表す力強い声が飛び出た。

「すでにこれは可決されたが、ひとこと言いたいことがあるので……」と、隅に座っていたヒョンギュが前に出て座りながら、話し始めた。

「さあ、話してごらん」

　ソンパルが先をうながした。子どもたちの視線は、いつせいにヒョンギュの牡牛のような、ぶっきらぼうな顔を読み取ろうとした。ヒョンギュは、低い声で話をつづけた。「昨年だけをとってみても、けっきょくぼくたちはだれかれとなく、村の家々を訪ね歩いて年始回りをした。たいがい、ぼくたちの家のように貧しい農家に入っていけば、十軒のうち九軒までは手ぶらで出てくるほかはなかったが、あのキム区長の家とコ主事の家、そして地主のチェ・チャムボンの家だけは入っていくと棒飴や飴玉をくれたので、食べて残れば持って帰るのがふつうだった……」

こちらの隅あちらの隅から、くすくす笑いをこらえる声が聞こえてきた。「ぼく自身も、飴がたべたくて、朝飯前に棒飴や飴玉を手に入れられる家は、除かずにかならず年始回りをしたよ――そうこうしているところに、今年の初め、少年部が生れた後は、ぼくたちは、世の中がどのようになっているかを、ありのままに分かるようになったのではないか？　そのような行いはいけないことだと、気づいた……」

ヒョンギュがまだ話も終わらないうちに、「ぼくもそうだったよ」と、チルリョンが突然出てきた。「ぼくは、君より一時間も前に訪ねて行ったのだが、なんと。一度はね、まだ明るくなる前に年始回りに行くと、チェ・チャムボンの二番目の妾が、眉をひそめて言う言葉が、まったく笑わせるんだよ――おや、まあ！　なんと眠りもしないで、残り飯もたべずに年始回りに来たのかい！　飴をひどくたべたそうに見えるね。十本ほどつまんでやれと、オンドルに寝転び、自分のせがれのマンボクのやつを見て、命令をしたというわけだ！　ぼくは可笑しくて、ほんとに死にそうだったよ。恥ずかしくって……」

ここまで話し終えて、チルリョンは、ふんと笑った。みんな腹を抱えて、ひとしきり笑った。しばらく話に花が咲いているとき、部屋の真ん中に置いてあった灯火が、油が切れたのか、すぐに消えそうにちらついた。油を取りにトルソクが戸をあけて出て行く拍子に、火が消えた。「明かりが消えている間、それぞれ一人がひとつずつ新年の標語を考えてみようよ！　どうかな？」。チルソンが、暗い中で大声で言った。かれのすばやい思いつきに、みんな感心せずにはいられなかった。「チルソンも今は、ずいぶん大人になったな」と、人をよく笑わせるユンソクがからかったので、笑いがひろがった。ほどなく、また静かになった。

暗い中で、音もなく沈黙がながれた。みんなの頭の中には、それぞれちがった考えがめぐっていた。油をつがれた灯火は、ふたたび仲間たちの顔を明るく照らした。そして、おたがいの顔と顔をたしかめた。「それじゃあ、思いついたことを順番に話してみよう！　それを紙に書いて壁にはり、新年の朝から実行していけるようにしようよ」

ソンパルが言い終わると、「それはいい！」「それでは……」と賛成の声が上がった。トルソクが居間（アンバン）から紙と筆を取りに行った。すべてはととのった。そうして新年の標語が、声高らかに叫ばれた。

―新年から時間をきちんと守ろう！「よーし」

―新年から約束を守ろう！

―新年から他人をだますことはやめよう！「そうだ！　そうだ！」

―子供じみたことはやめよう！「そのとおり！」

―臆病者になるな！

―知ったかぶりはやめよう！

―気の毒な人をたすけよう！「そうだ！　いいぞ！」

幾人かが筆を走らせた。口から紙の上に移すのにいそがしい。しばらくして、新聞紙がはられた壁には、はっきりと書かれた新年標語がかけられ、みんなの視線がそこに集中した。目で文字を追い、ひとつひとつしっかりと頭にきざみこんだ。

そうして、感想を話し始めた。また、討論会に移った。夜がふけて、かれらは別れていった。外ではまだ、ボタン雪が降り続いていた。

〔一九三三年一二月、『星の国』〕

童話　鶏糞商売

百年前、平安道のある地方に、欲ばりな金持ちのお大尽が、鯨の背のように大きな瓦葺の家の中で暮らしていました。この老人は、お金のことだけ考えると糞でも食いそうな、ひどく欲ぶかいお大尽でした。それで、この老人がお金を集めるために、しなかった商売はなく、やらなかった職業はありませんでした。

ところが、見事なものです。このお大尽がする商売のやり方は、損をすることがなかったのです。この噂を耳に入れた近所の人たちと、この地方に住む人は、このお大尽がする商売だとなれば、なんでももうかると信じ、どんなことでも夢中になりました。

この気配に気づいたこのお大尽は、「どうすればお金をもっとかき集められるか？……そうだ、ひとつ方法があるぞ！」と、膝をぽんとたたきました。その次の日からこのお大尽は、自分の話を素直によく聞く作男を指図して、鶏糞を集めるようにと言いつけました。

ひと月経ち、さらに何ヶ月か過ぎるうちに、作男の集めた鶏糞は四、五石ほどになったそうです。お大尽は、ここではじめてにっこり笑いながら、作男と小作人みんなに命じて、「うちの主人のお大尽が、鶏糞を一升につき十両で買うので、何日何時にその間集めておいた鶏糞を全部持ってきなさい！」と言わせ、その噂を地方一帯に広げるようにしました。

この話にはっとしたその地方の人たちは、「ええっ、そんなものを買って何をするのだろう？」と、たずねました。作男と小作人たちは、お大尽の言いつけどおり「ほかでもないが、その鶏糞を中国の薬屋が買い、新しく発明した長生不死薬を作るのに使うと言ってました」と、答えました。

今になっては、もう疑う余地はなくなりました。鶏糞を一升十両で買うというのです。まったくこんな幸運はまたとあるでしょうか？　この地域の人は誰でもみんな、血眼になって鶏糞をかき集めることで目が回るような忙しさでした。けれども、どこで鶏糞をそのように急にたくさん集めることができるでしょう？　うまく集める人だとしても四、五升か、さもなくば二、三升に過ぎませんでした。

市場ではすでに鶏糞一升が五両という値段で取引されていました。一升に五両払って買ったとしても、お大尽にまた売りすれば、元手の倍になる商売ではないだろうか？　おっと、そうしていると、鶏糞の値段は日ごとにあがっていき、前の市の日には一升で八両まで値段があがっていきました。

鶏糞を買うと約束した日から五、六日を前にして、欲張りお大尽は、作男と小作人たちに指図して「一升に十五両払うので、いくらでも約束した日に持って来い」という噂を広めさせました。この話を聞いた村人たちは、いっそう興奮し、必死で鶏糞を集めました。鶏糞の値段は、いつの間にか一升十両を越えました。そして、約束した日を三日前にした市の日には、一升十二両まで値段があがったそうです。

こうなるだろうと前もって推測していた欲張りお大尽は、髭(ひげ)をなでながらその日、作男と小作人たちを指図して、倉の片隅に積んでおいた鶏糞五石を出して売れと言いつけました。「ほかの者より二両安くなるように、十両で売りなさい!」。これを聞いた内情を知らない作男と小作人たちは、あっけにとられましたが、主人の言いつけどおり黙って、それぞれ別々に市場に出かけ、鶏糞を売りました。

ほかより一升につき二両も安く売るというので、鶏糞はまたたく間にみな売れました。小作人の中でも目先のきく人は、今まで集めておいた自分の家の鶏糞までいっしょに売ってしまいましたが、いまだに理解できない人たちは、何もわけが分からず、心配するだけでした。

作男と小作人たちを市場通りに送り出したあと、欲張りお大尽は、よそ行きに着替えて、ぶらぶらと市場通りに出かけて行きました。お大尽は、作男と小作人たちが売ってくれた鶏糞の代金を大きな巾着にぎっしりおさめ、紐できつく結んだあとで、「鶏糞がもう少しあればよかったなあ。ああ、実に残念だわい!」と、このように両班ぶってしゃべりながら、大きく高笑いしました。

そこでようやく、小作人たちは、このお大尽が善良な人びとをだましていることに気がつき、みな憤慨しました。さらに、これまで鶏糞を卵を扱うように真心をもって集めてきた小作人たちは、口をあんぐり開けたまま、閉じることも忘れてしまいました。

考えてみてください。いったい、欲張りお大尽が鶏糞を売ったお金が、どれくらいになったでしょうか? 一升につき十両であれば、一斗で百両、一石で千両、五石で五千両ではありませんか！　百万長者は天が定めるという昔のお大尽たちの言葉どおりすれば、推し量れるというものだ。

この調子で、その後千石地主のお大尽は、万石大地主になりました。そして、お金で両班身分まで買い、さらに権力をふるいながら、作男と小作人たちはもとより、近くに住む人たちを無慈悲に苦しめました。

こうなるとは夢にも思わないこの地の人たちは、欲張りお大尽が鶏糞を買い入れると約束した日──三升あるいは五升とお金をはたいて買い集めた鶏糞を、背中に担いで、上機嫌で両班の家に雲のように集まってきました。お大尽は、こうなると前もって知って、明け方から十二の門を固く閉ざし、門の扉に「中国の大きな薬屋から、五百石をすべて買って、今ではこれ以上必要がないと通知が来たので、申し訳ありませんがこちらでは買い入れることはできません。みなさん家に帰って、中国からまた通知があるときまで、お待ちください」と、大きな文字を筆で書いた紙を貼っておきました。

ああ、これを眺めた村人たちの胸中はどうだったでしょう？「まいった。だまされたぞ！」「なんとまあ、悪質な強盗そっくりだ……」「わしらの血と汗を絞った上に、今度は刃物を使わずに強盗まではたらくのだな」

みんな怒りをこらえきれず、こぶしで地面をたたき、激しく泣き叫ぶ人たちまでいました。ときには門の扉をたたきながら、損害を弁償しろと叫びましたが、両班身分を買って権力をふるう金持ちお大尽は、郡役所の羅卒を呼んできて、かえって人びとをたたいたり、牢に閉じ込めることまでしました。このお大尽の家の前は、何日も泣声で満たされました。こうして多くの農民と善良な人びとは、その日ぐらしの身となりました。

それからひと月過ぎたのち───。

十二門のなかの小部屋に深く隠れ住んでいた欲張り地主お大尽は、ようやく息をつぎ、外の客間に出てきて、作男たちを指図し、村人たちが捨てていった鶏糞を少しも残さず集めました。全部合わせると、十数石は十分にありました。お大尽は、それを秋の野菜畑に肥料として持って行きました。それで、大根、白菜が何年ぶりにはじめてよくできたということです。

「キジを食べ卵も食べる、巣をこわし燃やす（一挙両得）」ということわざは、このお大尽を指して言うことばなのです。このような欲張り盗人をそのままにほおっておくことをみると、天に神様がいないのは明らかではないですか？　みなさんは、どう思いますか？

〔一九三六年八月、『東亜日報』〕

李園友（リウォンウ）篇

略歴

一九一四年二月二八日、平安北道義州郡義州面で生まれる。

一九三〇年、義州普通学校を卒業したのち、新義州製紙工場で労働者として働きながら、カップの影響下で文学の修業をする。

一九三一年に『プロレタリア児童文学研究会』の会員となる。

一九三二年から、中国東北地方と国内で放浪生活をした。

一九三四年、「カップ」事件により警察に検挙される。

一九四五年解放後、平北藝術連盟委員長となり、創作活動を続けたが、祖国解放戦争（朝鮮戦争）では従軍作家として参加した。

作品集『星の国』編集時の一九五六年ころは、朝鮮作家同盟中央委員会児童文学分科委員長として活動していた。

作品として、詩に「ある貝―海辺の歌」（『詩建設』一九三五年一〇月）、評論に「真正な少年文学の再起を痛切に望む」（『朝鮮中央日報』一九三五年一一月三～五日）、「劇作界の天才たちよ」（『朝鮮中央日報』一九三六年三月二四日）がある。

童詩　子守のし方

ナンボクが　主人の子をやっと寝かせつけて
　　　　引き受けた少年部の報告を書こうとしたのに
　　　　憎いあの子がまた目覚めて泣いた。
　　　　「チエっ！」
　　　　胸のうちには怒りがわいた。

「チッ　チッ」と
舌先を鳴らして
「この調子だと今晩の討論会にまた行けないようだな！」
しかたなく　またおぶって
外に出たんだ―

「……ほら、よしよし　このガキ」
目をしっかり閉じて　死んででもくれ」と
かかとを高めたり低めたりすると
なにも知らない主人の子はニコニコ笑う。
「なにが嬉しいのだ　このガキめ！」
二つの指でどこかつねってやった。

ああ　そうすると、主人の子は
ああーんーと大声で泣き始めたんだ。
「泣くんならもう一つやってやるぞ！」
今度はお尻をぽんとぶったよ

すると　あんあんーと
もっと大きく泣き叫ぶんだ。

ナンボクはいらいらしてぐるぐる回っていると
「おーい、ナンボク！」とさがしている声。
「うん」―さがしている声の方を見ると、エンドンじゃないか。
「やあ、とっくに電灯がともったのに
どうしてもたもたしているんだい？」
「この小さなかたきのためさ！」
「ちょいと寝かせてしまえよ」
それでそこで子守歌をうたった。
［一連、日帝警察により削除される］
この歌をうたうナンボク！
静かに聴いているエンドン！
たがいに見つめあい　ふふっと笑った。
しくしくすすり泣いていた主人の子も
まもなく寝入った。

「エンドン。どうだ―ぼくの子守のし方、みごとだろ」
「へへっ」
ややあって主人の子をあずけ返し
十時まで働けという奥様の声に
「はーい―」と返事をしておき
小便をしに出ていくふりをして飛び出してきた。
「エンドーン―」
「おお」
「いそいで行こうよ―」
「よし」
エンドンとナンボクは
会館へと足どりをそろえ駆けて行った。
〔一九三三年三月、『新少年』〕

児童詩　三本足の黄牛

五時間目　図画の時間
ぼくが描いた黄色い牡牛
子どもらがいま冷やかしています。
目は大目玉
二つの角も大きいのだが
いったいどうした
足三本しかないとは？
こんな牛は
生れて初めて見たよ。

ぼくが描いた大きな牡牛
話すことさえできればなあ
きみら、そんなに茶化すなよ。
クレヨン買うお金がない貧しい家の「チルソン」は
しかたなしに持っている子から借りて描いてたが
もう一本足を描いたなら
りっぱにできあがるぼくの絵が
クレヨンをよこせと取られる拍子に
望みもしない
三本足の牛になったのです。

これほど言っても
君たちがからかうというなら
ぼくが描いたかたわの牡牛
すっかり腹を立て
ふたつの大きな目をかっと見開き
すごく大きなそのふたつの角で
えい、ふぉーんと突いてしまうだろうよ。

〔一九三四年一二月、『星の国』〕

児童詩　母さんを待つ夜

うちの母さんは毎晩
糸つむぎの工場に通います。
どうして毎日
夜業に行かれるの……
いつか一度たずねてみたけど
十日は昼の仕事
十日は夜の仕事ですって。

それでもうちの母さんは
毎日夜業に行きます。
母さんは夜業に行けば
明け方に帰ります。
夜ともなると泣きたくて
真っ黒な鬼が現れそうです。

母さん　母さん
なぜぼくをひとりで寝させて
毎日夜業に行かれるの。
ぼくは泣きながらまたたずねました。

わが子よ　わが子
お前はひとり寝が恐いのだろうね
お前はひとり寝がさびしいのだろうね
けれどこうしたことを辛抱すれば
大きくなって立派な人になりますよ。

わたしが夜業に行かないと

お前もわたしもがお腹をすかし
そしてこの家から追われます。
はやく大きくなったら
立派な人になりなさいと
母さんは泣きながら話されました。

今日もうちの母さんは
夜業に行きました。
もうあたりは真っ暗です。

けれどこれをじっと我慢して
はやく立派な人になりなさいと
母さんが言われたことば
ぼくは忘れず　ひとりで眠ります。
はやく大きくなったら
母さんのふところで眠ろうと
ぼくは今夜もひとりで眠ります。

〔一九三五年、『少年中央』〕

小説　ある日のカン・ナンチョル

カン・ナンチョルは、ゴミ箱を漁ろうと真っ黒な麻袋を肩にかついでいました。ひとつのゴミ箱をがさごそかき分けていると、半分腐り半分食べられるりんご一つと、缶詰のカンと割れたガラスのかけらが出てきました。缶詰のカンとガラスのかけらは、古物屋に売ろうと思い、ぽいと麻袋に放り込みました。

「あの乞食を見ろよ」

「ぺっぺっ　ああ、汚い！」

がやがやののしる声が聞こえました。ちょうど学校が終わり、家に帰る生徒たちでした。

カン・ナンチョルは、かっと恥ずかしくなり、動転してうしろも振り向くこともできず、むちゅうでいきなり駆け出しました。カン・ナンチョルがいきなり駆け出すと、その生徒たちは何かいいことを見つけたみたいに、ワアーッと叫びながら追いかけてきました。何人かの子は石まで投げました。

カン・ナンチョルはしばらく一気に走りながら考えてみると、自分は実際何の罪もないのに、いたずらに駆けていたのだと気づきました。そうだ、自分にはどんな罪があり、なにが恥ずかしかったというのか。それにしても、あの生徒たちはなぜ石まで投げながら追いかけてきたのか。

ひとりでに怒りがこみあげて、くるっと振り返りながら、ゴミ箱の腐ったりんごを放り投げました。りんごは、ぴゅっと飛んでいき、ある子のおでこをぴしゃりと打ちました。

「あれ！」と、当てられたその子は、思わずひょいと立ち止まりました。その拍子にほかの子どもたちも立ち止まりました。

その隙に、カン・ナンチョルは苦しい息をはあはあさせながら、ある大きな旅館の路地裏に入り込みました。

その瞬間——幼いカン・ナンチョルとはいえ、何か思わないはずはありませんでした。なにかを重く心にかかえて家に帰った時は、夕方でした。昼にあったことを母さんに話そうとしましたが、やめました。病んでいる母さんが心を痛めて、泣かれるからです。

その晩――。

カン・ナンチョルは、寝床に横になり、このように考えたのです。「これから、あの子どもたちに負けないぞ。今に見ろ、ぼくは大きくなったら、あの子どもたちより立派な人になるんだ」

次の日から、カン・ナンチョルは夜学校に通い始めました。カン・ナンチョルは、ぼくたちの夜学校の子だから、ぼくとてもも親しい間柄なのです。年は七歳だそうです。

〔一九三三年、『星の国』〕

小説　貧しい家のブチ

去年の五月のことだったと思う。叔父さんの家の犬のブチが、仔犬を五匹生みました。ぼくは、その話を聞いてすぐに駆けつけてみました。すると、目もまだ開けられない、かわいい五匹の仔犬がそこここに、もそもそ動いていました。ぼくは、その五匹のなかで一番かわいい子を持ち帰ることを、叔母さんと固く約束しました。

二日、三日、四日、五日……。

ぼくは、毎日叔父さんの家に行きました。学校に行く道すがら一度立ち寄り、昼食に帰ってくる道でも一度立ち寄り、夕方家に帰る道でも一度立ち寄りました。友だち同士で遊びに行く途中でも、ブチのことが思い出されて、駆けていって見ました。

一度は、ポケットの片方に食べ残しておいた炒り豆を食べさせてみましたが、口の中に入れてもぐもぐしてから、そのままケッケッと吐き出したんです。それで、ぼくは、まだ歯が生えてないのだろうと思い、家に帰りました。

母犬は、仔犬を五匹も生んだせいか、ぼくが行くたびにいつも「うん　うん」と苦しいうなり声を出していました。五匹の仔犬は、なにかとお乳にすがりつき、しきりにちゅうちゅう吸っています。ところが母犬の食べるものはせいぜい腐った残飯です。しかもそれさえも月に一、二度です。いつもはただの米のとぎ汁か肉の付いてない骨なんです。ぼくはそんなことを想像し、母犬の

「うん　うん」という声は、本当は「あーあ、わたしのような貧乏犬にとっては、子どもなんて厄介だな」という言葉なんだろうと思いました。

実際、ぼくの叔父さんの家は、日雇いのくらしで、犬どころか人間も食べて生きるのに追われているところでした。時々、お米も底をつきました。そんな日は、家族みんな顔色が青く、冷たい水だけをがぶがぶ飲んでました。叔父さんは、どうしようもなく、ぐったりして仕事にも出かけられません。

そんな日が、ひと月に三度、四度ある叔父さんの家に、腐った残飯などいつもあるわけがありません。だからブチはいつも飢えているのです。こんな状況に、仔犬五匹も生んだブチは、いつもお腹を空かすほかはありません。そこでブチは、しばしば方々に食べものを探しに出かけます。しかし、路上には、ごみ屑と石ころだけが散らばり、食べものなどあるはずはありません。しかたなく、のそりのそり戻ってきて、ぺたりと横になります。

こんなことも知らない仔犬は、お乳にしゃぶりつき、「ママ、お腹が空いた」「どうしてお乳が出ないの」と、きゃんきゃん鳴きながら足をばたばたさせます。骨と米のとぎ汁を時々飲むだけでは、仔犬五匹の腹を満たすほど乳を出せないのではないか。ブチは、仔犬たちがきゃんきゃん鳴くたびに、うんうん苦しい声を出しながら、やせた前足で撫でてやり、舌でぺろぺろとなめてやります。ぼくは、この情景を何度も見ました。

ところが、どうしたことでしょう。

仔犬が生れてから十一日目となる日、うっかりして朝は行って見られず、夕方に行って見たところ、あ、なんと仔犬四匹が死んだと言います。ぼくは、胸のうちで持ち帰ろうとした可愛いブチが何とか生きていたならばという切ない気持ちで、一匹二匹と調べてみましたが、とても驚くことになりました。死なずに残った犬は、一番不器量に生れたブチでした。どうにか涙のにじむのをこらえて、叔母さんにたずねてみると、一晩中きゃんきゃん鳴いていて、そのまま明け方に死んだそうです。

ぼくは心が痛くてすぐに家に帰りました。その翌日は日曜日だったので、ご飯をゆっくり食べ、その残ったブチでも持ち帰ろうと思い、叔父さんの家に行きました。

すると、見知らぬひとたちが庭に集まり、ざわざわしています。おそらく残っている一匹の仔犬まで死んだのだろうと、そばに駆けていって見ると、まったく思いがけないことに母犬が死んだのです。

これは叔母さんに聞いた話ですが、犬も子どもを産むと、よく食べなければいけないそうです。仔犬も腹を空かして死に、母犬も食べるものがなく死んだといいます。母犬は、その日の朝、柱の土台石の下をしきりに掘っていて、すぐに血を吐いて死んだそうです。おそらく、ひどく腹が空いてむやみに何でもやたらに食べて、かわいそうになにか咽喉に詰まらせたのでしょう。

ところでこれを見てください、さあ……。

眠るように死んで横たわった母親の乳首をおいしそうに吸っているブチをです。おそらく仔犬のブチは、ひどくお腹が空いていた様子です。そして、母親が死んだのも、自分の弟妹が死んだのも、まったく知らない様子なのです。ぼくは、じっと見つめていましたが、その仔犬のブチを抱え、家に帰りました。

×　×

それから一年……。

我が家のブチは、母犬になりました。ちょうど三日前に仔犬を四匹生みました。ぼくは、今ブチの前に座っています。ブチは、去年の五月の出来事を知ってるのか、知らないのか、そして、自分の前に座っているぼくの願いを知ってるのか、知らないのか……うんうん苦しい声を出しながら前足で四匹の仔犬を撫でてやり、舌でぺろぺろ舐めてやっています。

ぼくはブチを見るたびに、ぼくのような貧しい人間には犬も飼うのに苦心するんだな、と感じました。そして、学校へも行けないようなぼくの身の上を考えました。だけど心配しないでください。ぼくは、母犬と仔犬たちが、前の家のキム・チャンボンや向かいの村のリお大尽の家の犬に負けないように、元気に育てるつもりです。遠からず、我が家の犬たちは、ぼくが仲間といっしょに仕事に出かけるときには、いつも尾をふって見送ってくれるでしょう。

〔一九三四年〕

朴古京（パクコギョン）　篇

略歴

一九一二年七月五日、咸鏡北道會寧郡で生まれる。

一九二七年に平壌崇実中学校を卒業し、南浦で労働しながら、文学の修業をした。

一九三〇年以後は、主として平壌、南浦、元山などの地における労働運動に参加し、青少年の芸術サークルを組織・指導している。

一九三三～一九三四年は、日帝の監獄に投獄される。

一九三五年出獄後は、主に童話作家とハングル研究に精進したが、一九三六年三月に病没した。

童謡　案山子だけを頼ったら

案山子だけ
　頼ったら
大変なことになるぞ！

案山子が
　恐くて
スズメは逃げ回るが！

あいつの
　手といったら
稲束を奪っていく！

案山子だけ

頼ったら
　大変なことになるぞ！

〔一九三〇年一一月、『星の国』〕

童謡　主日（日曜）

賃金一文受け取れず休んでる主日
二度目の鐘が鳴ってやっと目を覚ましたので
たっぷり寝足りてぼくは楽だけど
今日食べるご飯の代は誰が払うの。

教会堂に行くとのらくらアメリカ人牧師
忠実に主人に仕えなさいという説教
汗を流しながら今日もぶつぶつつぶやいているよ
賃金を削っておいて忠実だなんて。

夜業のために近頃は勉強もできず
仲間と会えずにもう二週間
さっさとぼくたちは学校に行こう
仲間たちが大勢来て待っているさ。

〔一九三二年四月、『星の国』〕

児童詩　蟻さん　ぼくと握手して

蟻さん
君はほんとに働き者だ
米粒飯粒さがそうと一日中
せかせか動きまわり休まない姿が
うちの父さんとそっくりだ。

蟻さん
君はほんとにやせてるね
採ってきた穀物を誰に奪(と)られたの
腰をくぼまして働く姿が
うちの父さんにそっくりだ。

蟻さん
君はほんとに丈夫だね
ぼくが鎌で土をほり家をつくってあげるから

君たち同士なかよくいっしょに食べて暮らしなさい
それじゃあ蟻さん　握手しよう。

〔一九三二年一一月、『新少年』〕

童話　ガチョウ

早春です。

ピヨピヨ鳴きながら、十二羽の雛（ひな）が卵の殻をつついて現れました。長い間オンドル部屋の隅っこにうずくまり、卵を転がしていた母めんどりは、十二羽の兄妹を引き連れて、水蒸気がゆらゆらと立ち上る芝生の縁あたりを行ったり来たりしていました。

絹織物のような毛の服が風になびくと、もしや風邪を引くのではないかと心配した母鶏（ははどり）は、クックックと呼んで、ふところ深く抱きかかえてやりました。十二羽の兄妹は、世の中で怖いものを母親の力で防ぎとめてもらい、ひたすら一日二日と大きくなるだけでした。

その中でもとくに二羽は、格別に大きかったのです。体つきが大きいだけでなく、首もほかの十羽より長かったのです。母鶏は、卵をかえす間、オンドル部屋の隅にうずくまり、壁に張ってある鶴の絵の長い首を見つめていました。青い松の下で首を長く伸ばし、四方を見渡している鶴は、大きな権威を持った人間のようで、母鶏はとてもうらやましく思いました。

今では、鶴より優れた子どもたちをもうけたのだと、心のなかで、母鶏は喜んでいました。それで、さらに多くの愛情がとりわけ大きな二羽の雛にそそがれたのでした。母鶏はときおり、この二羽の雛を胸に抱きかかえました。母鶏の力強い翼がぴりっと痛くなるほど、二羽の雛はがっちりした骨を持ってました。

ひじょうに目立つこの二羽は、いずれすべての雛の兄さんになり、さらにニワトリだけでなくすべての動物のなかですぐれた指導者になるだろうと、母鶏は信じました。世の中の栄華を今こそ、この二羽の雛のおかげで手に入れることができる、と固く信じました。

十二羽の雛は、日ごとに大きくなりました。格別大きな二羽は、さらにもっとほかの十匹よりずっと大きく、大きくなりました。母鶏は、二羽が早く早く成長して大

人になることを、待ち望みました。たとえ餌が遅く与えられ、いらだつ時でも、格別大きな二羽を見ると、それだけでうれしく、喜びました。

× ×

十二羽の雛は、だんだんと自由に行動し始めました。夜が更けて暗くなる時まで、クックックと呼んで捜しても、帰ってこない子がいました。後から遅く帰った子をつかまえ、どこに行ったのかと叱ると、「あっちのほうに、粉引き場にこぼれた米粒がたくさんあって……」と言って、ニコニコ笑うばかりでした。

かれらは、ちょっとだけ風がひゅーと吹いても、ぱたぱたと集まってきた子どもの頃は、すっかり忘れてしまいました。自分の口で思いのままについばんで食べ始めた雛たちは、今ではみな一人前になりました。昨日、一羽は瓦ぶきの家の鳥鍋の材料としてつかまえられていき、今日もう一羽の雄は、名も知らない家に貰われて行ってしまいました。

今、残りの十羽のうちで格別大きな二羽は、まったく別の姿で大きくなっていました。少し長く平べったい口ばし、高々とついている目。座布団になるようなお尻──このお尻を振りながら、ぶらぶらと歩く足どり！母鶏は、これがどうした異変なのかわかりませんでした。ほかの八羽は、この色あせてくすんだ兄たちといっしょになることをいやがりました。兄弟の間にひびが入っていく愛情を、母鶏はつなぎとめようと、いろいろと努力しました。

第一に、寝る場所からお互いに離れないようにと、格別に大きな二羽にいっしょに寝るように言いつけました。しかし、のろまなかれらは、ほかの八羽の兄弟のようにニワトリの稲むらに跳びのぼることができませんでした。第二に、いっしょに食べてほしいと、母鶏は餌が出るたびに同じ席にさそいました。しかし、口ばしが少し平たい二羽は、意地悪くほかの八羽のニワトリのお尻だけをこつこつ突っつき、食べなさいという餌は座布団のような足の裏で踏みにじる始末でした。

ひたすらこの二羽にすべての希望と幸せを望んでいた母鶏は、今ではこの二羽が自分の家庭の平和をこわす怪物に思われるようになりました。だが、自分が産んだ子どもでした。いつか一度は、この親の恩にこたえる美しい行いがあるだろう、と考えました。

格別大きな二羽には、八羽の兄弟を見下すだけでなく、母鶏──自分を産んでくれた母鶏に対しても、今はわずらわしいものをみるような態度が見られ始めました。実際にこの母めんどりの愛情を独り占めした二羽は、門の内に入ってくる大きな人間の子を、大きな口ばしで突っついて、泣かして追い出すことさえしました。気の小さい人ならおとなでも、首を長く伸ばして追いかけると、びっくりして逃げ出しました。

人の子どもの指の動きにも驚いて逃げるニワトリとしては、とてつもなく強い子を得たのでした。このように見れば、この二羽はこの世界で第一の指導者となり、母鶏はかれらの母親として一身の栄華を味わえるようでした。

ある日、母鶏は、力だけ強く礼儀を知らない子どもを叱ろうとして、その前に出て目をしっかりと見開きました。「どうしてそんなことを？」。小憎らしげにチェッチェと舌打ちしながら、格別大きな二羽は、首を長く突き出しました。親鶏は、おじけづきました。一歩うしろに退きました。格別大きな二羽は、なにか狩りをするように、逃げていく親鶏をあちこちと追いかけました。

× ×

親鶏はこれまでを振り返って考えました。あの者は、自分の子どもではないのだと……本当にあの者は、ニワトリの子どもではなく、あきらかにガチョウでした。礼儀知らずのガチョウの兄妹は、世の中は自分のほかにないかのように、おろかに振る舞い、意地悪くいたずらをしていました。

ほかの八羽の兄妹は、今ではそれぞれが父親や母親になり、幼い雛を引き連れていました。せまい庭のなかに押しこめられて、雛たちがぴょんぴょん飛び回っているとき、二羽のガチョウはうるさそうに、自分の前を通って行く雛をはばかることなくはじき飛ばそうと、からだをうごかしました。

かわいい雛たちは、おかしなやつもいるもんだというように、いっせいに横目で見ながら、よけては逃げ、よけては逃げていました。そして、日暮れになるとあつまり、おかしな年寄りガチョウについて話し合いました。ガチョウのこれまでのいきさつをよく知っている母めんどりは、幼い雛にくわしい話を昔話として聞かせました。

そして、おわりには、「あの者が、私といっしょにこの世に生まれた、お前たちのおじさんなんだよ。あのおじさんたちは、お前たちに悪くふるまうだけでなく、お前たちのお祖母さんにも、つまり自分の母親になる方にまで、じろじろと見ながら突つこうと襲いかかったんだよ」と話しました。

幼い雛たちは、小さな胸いっぱいにあふれるくやしさをがまんできないように、「母さん、ぼくたちは、そんな息子はこの世に二度と現れないようにしなくちゃ。ぼくは、お祖母さんのようにはそんな息子は抱いてやるもんか！」と言いながら、みんなで気勢をあげました。

× ×

さけられないものは、歳月です。勢いがよかったガチョウにも、老いの色が日に日にひどく現れていきました。自分といっしょに生まれた雛たちは、今ではみんな息子や娘を産み、さらにその息子や娘が成長し、結婚するまでに育ちました。
もちろん、ガチョウも卵を産みました。卵も、それはニワトリの卵より倍も大きい卵でした。しかし、卵をかえすことを知らないガチョウは、自分の代を継いでくれるガチョウを抱いてやることはできませんでした。
さらにこのようなガチョウの悲劇をさらに大きく、またさけられないものにしているのは、すべてのニワトリと雛たちの終始変わらない決意――「ガチョウの卵は、抱いてやるな！」という家族会の約束でした。

×　×

権力が強かったガチョウの臨終は、この上なく寂しいものでした。銀の糸のように降り注ぐ月の光をながめながら、ガチョウは鶏かごから抜け出てくる幼い雛たちの遊戯と合唱の声を聞いていました。しかし、かれらの傍には、同じように年を取る二羽のガチョウの無言の影だけでした。
ガチョウの一羽が「わしらも最後に、いちど笑ってみよう」と言いました。「わしらが笑う笑いは、あの幼い雛たちがみな奪って行った」と、最後にその友だちは答えました。

〔一九三六年一二月一〇日〕

児童詩　ぼくらを置き去りにして行った友よ
―パク君との胸つまる別離の記念としてこの詩を合作する―

朴　古京
南宮　満

友よ！
貧弱なぼくらの会のため力を尽くしてきた友、
今はまた、ぼくらを置き去りにして行く友よ！
いちばん頼もしく、共に働いてきた君が
今ぼくらを置き去りにして行ったら、ぼくらは、ぼくらは―

友よ！
今日も日が暮れるや、会の仲間たちは
藁束を抱え、草堂の広間狭しと集まるよ
野から山から疲れたからだで

夜遅く、米もなく
夕餉もとらぬまま、集まるよ―

ぼくらが食事を割いて育てた子牛
その子牛を売って買った石油ランプを点し、
君の話を聞こうと
首を長くして待ち続けているのに―

友よ！
君の事情、君の家の事情を誰が知らないだろうか
ぼろをまとう弟は病にむしばまれ
からだの世話もできず、
骨が磨り減るほどむごい仕事で老いた父母を
そして飢えてはもう生きられない
君の事情をどうして知らないことがあろうか―

あゝ　友よ！
このみじめな事情を誰に訴えればいいのか
誰かの裾でもつかんで
泣いてもみようか、精一杯心ゆくまで泣きもしようか―

×　×

おゝ　ぼくは行く。
君たち　ぼくの弟たちを置いていく。
君たち　すべての子どもたちの無念さ、せつなさを
一つに固めたものより　もっと大きな無念の思いを
どこに埋めておくところとてなく　持っていく。

なんとしても行きたくはない。
君たちと　ぐんぐん伸びていく会とを
ぼくは置き去りにし　一体どこに行くというのか？

行く所はきまっているじゃないか
多くの畑のその一枚すら得て耕せず
一封の賃金にも徒労の汗を流すぼくらの暮らしが
ひさごをからから鳴らしながら（無念の思いを抱えながら）君たちからぼくを引き離すのだ。

ぼくを育ててくれた会から引き離すのだ。
今も骨が固まれずにいる
そしてぼくたちが口癖のように言っていた
今も意識がはっきりできずにいるぼくを—

だが友たちよ。
—ぼくは心にいだく、かたく信じている。
だからぼくは恨みを投げ捨てる。
心にかたく決め、去り行こう。

なぜか？
ぼくは恨みつらみがあって去るのではない。
ただただそういうことなのだ
貧しい家の子どもだったから
ぼくは追われて行くのだ。

その上ぼくは土地を奪われた
小作人の子どもだから—
顔見知りでないが心がいちずな
仲間の中に行こうとおもう。

ぼくはそこで君たちのことを話そう。
あのりっぱな会を自慢して聞かせよう。
そして君たちと、ぼくが新しく出会った仲間とを
しっかりとつなぐ糸にぼくはなるつもりだ。
一つの方向に進む
歩みがふらつかないように
ぼくが見事なつなぎの糸になってみせるぞ。

友たちよ！
だからぼくは離れるのではない。
それは、もっと大きくなったぼくらの会の
激しい上げ潮ではないだろうか？
さあ、しっかりしよう。
友たちよ！

〔一九三二年七月、『星の国』〕

南宮満（ナムグンマン）篇

略歴

一九一五年一一月六日　平安南道江西郡に生まれる。

平壌普通学校を中退し、一九二九年から平壌ゴム工場で働くかたわら、工場の芸術サークルを指導し、創作に取り組む。

一九四五年解放後は、北朝鮮文学芸術総同盟宣伝部長と北朝鮮演劇同盟書記長を経て、その後は創作活動に専念。

作品としては、戯曲「山小屋」（『朝鮮中央日報』一九三六年三月二〜一一日）、戯曲「青春」（『朝鮮文学』一九三八年八月）がある。

児童詩　なにが母さんを乳母にまでさせたのか

今日も日がな一日　ワラビ取りにも行けず
キム参事の子どもをおぶい　桐の木の下で
「うちの子　ねんねん」「いい子だ　ねんねん」
おしゃべりする気もおこらず
死んだ弟を思っては、子守歌ひとふしごとに心痛めて
泣いた。

弟は半年も患って死んでしまった—
最後まで母さんとわたしの背中離れようとしなかった
弟は
目も閉じれないまま　永久に帰らぬ者になった。
薬と注射に数十ウオンさえ払えば治る弟の病なのに
母さんのあせる気持ちがつのる時　病も重くなり死んでしまった。

弟がせつなくて　門にしがみつき泣いていた―
もしや薬になるのではと思い
草の根を掘ってきて　煮詰めてやった母さんは
弟が死ぬやいなや　キム参事の家の乳母になってしまった。

〔一行、日帝警察の検閲により削除される〕

ぼろぼろのおもちゃをにぎって横たわる弟がこの姿を見たら
どんなに泣きながら世を恨んだことか。
あゝ　君はわかるか、他人の子に乳をやりながらいつも泣いている母さんを―

〔一九三三年八月、『新少年』〕

児童詩　病める赤ちゃん

おんぼろ蒲団にくるまれ
からのこぶしをおしゃぶりする赤ちゃん
乳をもとめる仔犬のように
うぇんうぇん苦しんでいる。

かわいた唇は
薬を求めてもかなわず
ぺこんとくぼんだ熱っぽい目は
母さんを目で追い求めるよ

薬をやれない母さんは
悔やんでくやしいんだよ
苦しむ声を薬で
きれいに治し　元気にしてやりたい。

訪れる病院のどこからも追い返され
母さん父さんが
死にそうなお前がいじらしく
泣いていたのがわかるだろう。

〔一九三四年二月、『星の国』〕

少年詩　手紙をうれしく受け取った

―夜学を開いたという弟の手紙を受け取って―

弟よ！
兄さんは驚いた。
手紙を見て　兄さんは感動した。
わたしが『仕事』のために
北の方に出かけてくるときも
ソウルに行ったら土産を買ってきてとねだったお前が
村の子どもたちのために
夜学を開いたんだって！

弟よ！
まだ年若いお前が
小作の暮らし　貧しい暮らしに
飢えて苦しんでいる友だちに
『知ることが力だ！　学んでこそ生きていける！』
叫び続けて
夜学を開いたのだね！

弟よ！
黄金の稲穂波うつ田野で
骨身惜しまず働いても
脱穀する庭のかなわぬ夢が
地主めに壊された時
年若いお前の胸にも憎しみの炎がたちのぼり
『知ることが力！』
仲間たちみんなは　闘いにそなえ
夜学を始めたのだね！

弟よ！
兄さんはうれしかった。
無上にうれしかった。
わたしの同志たちに　お前への誇りは
火花を散らした。
わたしと同志たちは
お前を誇りとして
みなぎる闘志をあらたにした！

弟よ！
文字を知らない友だちのために
本を送れと言うのだね！
その日の食べるすべとてむずかしいこの兄さんに
そんなお金がどこにあろうはずもないが
がまんすればいい。
どうしてお金だけを恨もうか。
お前の張り合いのある仕事に
この兄とそのすべての同志たちには
夕食を抜いての
「食費」があるので
真心こめ子どもの本を買って送る。

弟よ！
わたしがいちばん愛し、信じている弟よ！
その心　そのけなげな心
石のようにかたく
どんな難関にも　どんな苦役にも
屈せず　折れず
学び　さらに学び
激しい闘いと　闘いの炎のなかで
わたしとわたしのすべての同志たちと
手を固くにぎって戦いにむかう
同志になるまで！

弟よ！
どうか頼むぞ。
粗末な夜学校が大きくなることを
そしてまた求めなさい！
大切なすべてのことに
役立つのなら　赤いわたしたちの真心を
役立つのなら　わたしとわたしのすべての同志たちの
「食費」は　そのためにあるのではないか！

〔一九三×年、『星の国』〕

壁小説　イチゴ

母さんと父さんは、今日はパク大尽の畑に草むしりに出かけて行かれたので、ぼくが家に残って弟の病気の看護をすることになった。

弟は、患ってから長い。はじめは咳が出て、ふくれっ面しているのを、病院に行って見せることもできず、ふた月ばかり放っておいたので、病いはだんだんひどくなっていった。

そこで邑内の病院につれて行き見せると、肺病をこじらせ脳膜炎にまでなっているという、医者のむごい宣告を受けた。これを治そうとすれば、毎日二円ほどかかる注射を二本ずつひと月打たなければならないという死刑宣告を受けてしまった。

病院から帰って来てからの母さんは気持ちが少し落ち込んだのでしょうか。「お金がなくて子どもを死なしてしまうよ」と言って泣かれた。弟は息が苦しくなっていった。腹の中が焼けつくようだった。そのたびに、ひや

つとするような果物を探したが、結局は残念にも水だけを一椀飲み込むのだった。

ぼくは弟の看病をしながら、わらじを二足も編んだ。そして、牛の世話をしに出かけなければならなかった（牛は、持主から借りてからひと夏餌やりしてはじめて、その年に借りて使うことができる）。ふだんの年とちがい、早く餌やりに取り掛かろうと、ぼくは網袋に飼い葉をあけていた。そのとき僕の目に、赤く熟したイチゴの株がとびこんできた。

ぼくの頭の中には、さっき餌やりに出かけるとき、弟が「兄さん、ぼくにイチゴ取ってきて、ねえ」と言ったことがはっと思い浮かんだ。ぼくは手間をかけてイチゴを枯れ葉にたっぷり摘んで入れ、家に帰ってきた。村の入り口に入って来るときだった。折悪しくキム参事の旦那が、孫を抱いてのそのそ出てきた。

「おじいちゃん、イチゴちょうだい、ねえ　イチゴ」。ぼくが通り過ぎようとすると、その孫がイチゴをよこせと駄々をこねた。ぼくは聞こえないふりをして、通ってしまおうとした。

「やい、ソクサム、可愛い孫にイチゴを少しよこせ」。キム参事がそう言うのでは、どうするこもできない。それで一株つまんでやった。

「これを、みんなくれなきゃ、食べないやい」。ちいさいくせにひどく欲ばりなその子は、イチゴをばらまいて捨てた。「そうか。そんな珍しくもないイチゴが惜しいのか、みんなよこせ！」。キム参事はどなりつけた。

［二行、日帝警察の検閲により削除される］

やらないわけにもいかず、のどが剥がれるようにやけるのをがまんして待っている弟を思い、ためらわずにいられなかった。

「旦那さん、わたしの弟がのどを涸（か）らしているので、イチゴはそれで……」

「なんだ、イチゴいく粒でこんなに出し惜しみするというのか？」

キム参事は怒って、ぼくがもっていたイチゴをみんなつぶしてしまった。そのうえ、キセルの雁首でぼくを殴る始末だ。ぼくはその場で謝ってから、やっと家に向かった。あゝ、西の山にかかった日の色も赤かった。

〔一九三三年八月、『新少年』〕

児童劇　サンタクロースのおじいさん

（一幕）

時　　ある冬のクリスマス前夜

ところ　　牧師の家の室内

出場人物

　ソンフィ　十五、六歳

クンソク　十五、六歳

牧師　　五十歳

夫人　　三十五歳

エスト（その娘）　十五、六歳

ヨセフ（その息子）　十歳

サンタクロースのおじいさん

舞台

牧師の家の広い洋間。真ん中には、テーブルと数脚の椅子が置いてあり、向かい側には、朝鮮式衣裳だんすと机が置いてある。その横にストーブがある。右側には出入り口のドアと明かり窓があり、左側に台所に通じるドアがある。明かり窓には青いカーテンがかかっており、窓の傍に置かれた花瓶には花が咲いている。壁を振り返るとイエスの肖像と十字架のほかに、いろいろ聖書に関する写真が貼ってある。

　幕が開くと、ソンフィがひとり、ぼんやりと椅子に腰掛けている。

ソンフィ――（ひとり言）聖誕祝賀式がほとんど終わりそうなのに、エストやヨセフたちは、神様の前でお祝いしたり、歌や遊戯を夜通し見物しているのだろうな。私にも愛する親がいれば、クリスマス見物に行って、こんな下働きなんかしてなかったろうに。神様は、もしや私を牧師さんの家の下働きに出して死なせようとするのかしら？

◇泣きべそをかき、ため息をつく。

声　—ご主人様いらっしゃいますか。（ドアをたたく音）

ソンフィ—（ドアを開ける）どなたですか。

クンソク—（ぼろぼろに着古した作業服を着た子が、あたふたと入ってくる）ご主人の大監はおられますか？

ソンフィ—主人の大監は、礼拝堂に行かれました。それで、あなたはだれ？

クンソク—ぼくですか。実は、あの—ソソン里×洞ゴム工場で働いていたんだ。ぼくは両親もなくて、他人の家の世話になっていたのだけれど、仕事でヘマして工場から追い出されたんだよ。それで世話になっていた家からも追い出されると、二日間もあちらこちら平壌城内をさまよった。食べるものも食べられず、外（そと）で寝るもんだから死にそうだったんだ。それで今も、ぼんやりこの家の前を通りかかっていて思いついたのだけれど、この会堂の牧師様のお宅で冷や飯でも少しもらって食べようかと入っつてきたんだよ。
ソンフィ—ああ、どうしてそんなにも気の毒な子がいるなんて。
クンソク—えゝと、冷や飯でもいいから、ご飯を少しもらえないかな？（唇を舌先でなめる）
ソンフィ—さあね、ご主人もいらっしゃらないし、今日はクリスマスだから、夕食もつくってないの。（なにか考えている。やがて決心した表情）おお寒い。暖炉の近くにきて、火にあたりなさい。
クンソク—ありがとう。（暖炉に近づき、あたろうと座る）
ソンフィ—（椅子に腰掛けたが、誰もいないので台所へ出てゆく）
クンソク—うん（椅子に腰掛ける）
ソンフィ—（光沢のあるパンを盆にのせてもどってきてテーブルに置く）これでおなかいっぱいにできないけれど、空腹でもしのぎなさい。
クンソク—わあ、これはほんとに見事なパンだなあ。（食べる）
ソンフィ—それであんたはどこで暮らしているの？
クンソク—ああ、ぼくは大同門通りの路上に暮らしている。
ソンフィ—まあ、部屋の中でも私は掛け布団をかけずに寝ると寒いのに、ひょっとしたら凍え死んでしまうわ。
クンソク—凍え死ぬどころか、ほんとに死ぬところだったよ—ねえ、ぼくにこんな見事なパンをあげたといって、君の母さんに叱られないか？
ソンフィ—わたしも自分の家でなくて下女暮らしをしているの。
クンソク—え、そうなの？　それなら主人にもっとひどく。
ソンフィ—（しばらく心配そうな表情—それからまた笑いながら）だいじょうぶだから、早く食べなさいよ。

—間—

クンソク—ああ、おなかが空いていただけによく食べた。
ソンフィ—もっと持ってきてあげようか？
クンソク—いやあ、腹いっぱいで動けない。それでは—

行くよ。
ソンフィ―じゃ、わたしはいつも裏の台所で食事の支度をしているので、そこへご主人にないしょで来てはどうなの。ご飯をあげるわよ。
クンソク―この上ご飯まで、ありがとう。君の恩は死んでも忘れないよ。（いなくなる）
ソンフィ―（食器を台所に持ち出す。置いて入ってきて独り言で）あの子はあれからどこに行ったのだろう？　吹雪が吹くこの夜更けにも大同門通りのどこかに寄りかかって座り、ふるえているだろうね。（明かり窓の外を眺める。吹雪は明かり窓を叩き続ける）
◇牧師、夫人、エスト、ヨセフ、肩の雪をはらいながら入ってくる。
◇ソンフィ、外套と聖書を受け取り、元の場所に置く。
牧師　―お〵―寒い、お〵―寒い
エスト　―お母さん、面白かったね？　ヨセフよりも小さいのに遊戯をあんなに上手にやれるなんて。

夫人　―うちのヨセフは上手くないっていうの。キム長老の家の末っ子のことだけど。
牧師　―ユン執事さんは、エストが独唱するのに感心したとおっしゃってたね、はっはっは。（一同満足そうに笑う）
夫人　―あ、ソンフィ、用意しておいた食事を持ってきなさい。
牧師　―ほんとに夜もふけたので、早くたべて寝よう。
ソンフィ―はい―（ちゅうちょする。台所へと出て行く）
牧師　―まったく大変だよ、ふうっ―（ため息）信徒たちの熱がさめてきたのか、不景気が深刻なのか、クリスマス献金は去年の半分にもならんから、実際牧師稼業もできなくなるなあ。
夫人　―月給でもきちんともらわなきゃ。
◇ソンフィ、盆を持ってくる。一同テーブルをかこんで座る。
夫人　―あれ、ソンフィ、食べ物が減っているね。
ソンフィ―（答えがない）
夫人　―どうして返事をしないの？

ソンフィ―あのう―
夫人　―（とげとげしく）あのう―とは何さ！
牧師　―片方がぽこりとなくなっているな。
夫人　―この子はまた、手付かずのお皿に手を出したね、行儀悪く。
ソンフィ―（しくしく泣く）
夫人　―（ぱっと立ち上がり）そうして泣くなんて、何かいいことでもしたと？　さあ、おまえ、手を出したんだね？
ソンフィ―あの―気の毒な子が二日も食べなかったといいながら、ご飯を恵んでもらおうと入ってきたので、あげました。外で寝て二日も食べてなかったので、凍え死ぬかと思ったので。
夫人　―ねえ、おまえ、飢えるなら飢えるがいいさ。おまえの旦那じゃあるまいし。他人のものを持ち出して……
牧師　―あ―そんなに言うことはないが（ソンフィにむかって）気の毒な子だからといって、主人の許しもなしに勝手に同情してはいけない。言ってみれば神様の許しがなくては、なにごともだめなのだ。
ソンフィ―ご主人様はいらっしゃらないし、今にも死にそうだったので。
夫人　―もういい。なあ、おまえ、夜中の十二時も過ぎるとクリスマスだから、許してやるよ。
エスト　―召使の分際で、うちの物を勝手にあげるなんて。こんな甘えん坊は許せない。（ソンフィに近づきほほをたたく）
やい、おまえ、たるんでいるからこうなんだ！
ソンフィ―ふん、なぜたたくの？
夫人　―おや、おまえ、一体何様だからってそんな口答えするのだい？
ソンフィ―わたしは、牧師様が気の毒な友を自分のように愛しなさいと、そうおっしゃるので―
牧師　―そいつはなんてことを言う！
夫人　―（とつぜん向かっていって腕をつねる）この穀潰し（ごくつぶ）の女が―

ソンフィー―あっ痛っ―（倒れて泣く）

夫人　―（椅子にもどって座りながら）あの女を、ただクリスマスでさえなけりゃ……

牧師　―大きくなるにつれて、だんだん言うことを聞かなくなった。（一同食べ始める）

―間―

夫人　―さあおまえ、食器を全部片づけなさい。

ソンフィー―（黙って盆を持って台所に出て行く）

牧師　―そうでなくても腹が立ってたまらないのに、あの女まで悶着をおこす、へっ　―なんてこった。

夫人　―もう一度こんなことをしたら追い出してやります。

ソンフィー―（入ってきて片側にちぢこまって立つ）

牧師　―寝床をととのえなさい。

ソンフィー―（黙って椅子のうしろから寝台を引き出して、置く）

牧師　―おゝ―眠い、さて―今夜は心のうちでめいめい祈祷をささげて寝なくてはいけない。（一同首を垂れてお祈りし、寝台の上に横たわる）

エスト　―そういえば、お父さん、今夜はサンタクロースのおじいさんがプレゼントを持ってきてくださるはずなのに……

牧師　―あ、うっかり忘れてたよ。あの女のために腹を立て忘れるところだった。今夜はサンタクロースのおじいさんが、たくさんプレゼントを持ってくる日だ。

ヨセフ　―わあ、いいな、ぼくは眠らないでいておいて、プレゼントをエストより多くもらうことにしよう。

エスト　―ふん、私も寝ないわよ。

ヨセフ　―それならぼくは、たくさんくださいと言い張ってやる。

夫人　―おまえたち、そんなに欲張ると少ししか置いて行かないよ。

エスト　―わたしは、サンタクロースのおじいさんが下さるままにもらうことにするわ。

夫人　―それでいいのだよ。

ヨセフ　―じゃあ、ぼくも。
夫人　―ああ―眠い。おまえたちは眠らないの？（寝入る）
ヨセフ　―ふうむ。眠っちゃったら、サンタクロースのおじいさんに会えないし。
△居眠りをはじめる。
―間―
エスト　―どうして、来ないの、サンタクロースのおじいさん。（やはり居眠りする）
△エスト、ヨセフ寝入る。
―間―
ソンフィ―（ひとり言）あゝ―サンタクロースのおじいさんは、私をあわれに思われてプレゼントをどっさり持ってきてくださるでしょう。かわいそうな友にパンひときれあげたことが、ほんとに罪なのだろうか？　罪ならば持ってきてくれないでしょう。
（その場所にしゃがんで座ったまま眠る）
牧師　―（こっそり起き上がり、外に出て行く）

―間―
サンタクロース―
（大きな布袋をかつぎ、こっそり入ってくる）
おっ―かわいいお友達、静かに眠っているな。
（エストの頭の上にプレゼントをいっぱい置く）
勉強もよくでき、かわいそうな友だちを自分のように愛するエストにプレゼントをあげよう。（ヨセフの枕もとにたくさんプレゼントを置きながら）将来勇敢な大将になるヨセフにプレゼントをあげよう。（立ち上がり出て行く）
ソンフィ―（ぱっと起き上がり、サンタクロースのおじいさんの袖をつかむ）おじいさん、私にはプレゼントをくださらないのですか？
サンタクロース―
おまえは神様のお許しがないことをしたのだから、おまえにはプレゼントはあげられないよ。
ソンフィ―でもわたしは何年も神様と牧師様の前でよい行いだけいたしました。牧師様の言いつけどおり、夜は十二時過ぎるまでよく働いたのです。そして、今夜気の毒な友だちにご主人の許しなしに、ただ同情したばかりに……

サンタクロース―

つまり、そのことだ。おまえが夜中すぎまでよく働いていたということだけは、ほんとにいいよ。なるほど、天国に行けるりっぱな行いだ。しかし、牧師様の許しなしに同情しておこなったことは、つまり神様のお許しを受けずに自分勝手によいことをしようとしたことと同じだ。この世では、イエスを信じないくせに、よいことをしたと言いふらす人がいるけれども、すべて悪いことなのだ。自分ではそう思わずに、よいことだと有頂天になるが、神様のお許しがない慈善事業も、奉仕事業も、同情した行いもすべて、神様の御心（みこころ）に合わないのだ。だからおまえも、これからでも悔い改めて、よい行いをたくさんすれば、次の誕生日にはたくさんプレゼントを持ってきてあげよう。

ソンフィ―だけど、おじいさん、わたし一人だけプレゼントをもらえないと、この主人の家の子どもたちがからかったり、いじめたりして、うるさくつきまといます。わたし、このつぎからは良いことだけをしますから、プレゼントをください。

サンタクロース―

だめだ。（振り切って、走り去ろうとしたところ、敷居につまずいて倒れる。白い髭が落ち、かぶった防寒帽がぬげる。あわてて帽子をかぶり、髭をつける）

ソンフィ―（おどろいて）あっ―牧師様、牧師様だ、サンタクロースのおじいさんでなくて牧師様が―

サンタクロース―

ありゃりゃ、しっ、しっ、さわぐな。

ソンフィ―牧師様だ、あゝ―あゝ―

サンタクロース―

おいソンフィ、さわぐな。

ソンフィー（はっきりと）牧師様、じゃあ今までだまして
　おられましたね？
エスト、ヨセフー
　（目を覚ます）あっーお父さん、お父さん！
サンタクロースー
　やい、やい、この女め！
ソンフィーあ、うそつきだ、うそつき！　牧師、サンタ
　クロースのおじいさん、神様、イエス、みん
　なうそつきだ。

ー幕ー

〔一九三三年一二月、『星の国』〕

少年詩　春を迎えた故郷にも花は咲いたろう

ーこの詩を故郷の友に送るー

1

水を汲む女の水がめの上に日が射し
木こりの子の笛の音に赤い朝焼けがしみるわがふるさ
と！
花の香ほのかな杏の木の下
友たちはかくれんぼに夢中
たき火が燃える庭のすみで
長老の昔話に夜のふけるのを忘れたものだ、
あゝ、春を迎えたわがふるさとにも花は咲いただろう。

2

ふるさとを離れ峠を越えるとき下げたパガジ（ひさ
ご）がもの悲しく鳴った朧月夜（おぼろづきよ）ー
煙突が竹やぶのように立った都市へとわたしたちを追
いやったわがふるさと！
まだらな幸せの夢は脱穀場の空っぽの箕（み）によって砕か
れ
山菜粥ばかりの三年とうとうスニまで青楼に売った
娘らが山菜を採るウルルン山のてっぺんに陽炎が燃え
ていた、
あゝ！　春を迎えたわがふるさとにも花は咲いただろ
う。

3

日曜ごとにもの寂しい天国の平和をかなでる鐘が鳴っ

たところが
友たちが夜学に集まるところに変わったというわがふるさと！
かくれんぼに夢中だった杏の木の下で
ピケの明星のような瞳がきらりとひかり
たき火のもとでの昔話は組合のおじさんたちの訓戒へと変わったそうだ、
あゝ！　木こりの子たちが集って座りささやき合う
討論の花もあつく熟したことだろう。

〔一九三四年〕

少年少女詩　卒業証書

ひとつ　ふたつ　六つと　正月を
　　過ごして迎える
今日が　＊姉さんの
　　卒業式だ。
重湯一杯　飲めないで
　　ひもじくて泣いても
母さんのために　笑って
　　一年　通い。

ざあざあ　雨が降っている
　　暗くさびしい道を
五里　十里　雨にうたれながら
　　一年　通い。

ゴム靴の　破れた裂け目から
　　流れる血が
雪道　白い道を染めながら
　　一年　通い。

家で焚く　薪を取りに行って
　　十個のゼロを貰い
先生に　叱られたりして
　　一年　通い。

〔四行省略する〕

わらじを編んでた　父さんも寝入った
　明け方までも
うんうん　勉強して
　一年　通った。

母さん　父さん　真珠の涙
　ぽとぽと落ちて
今日もらった　＊姉さんの卒業証書に
　刺しゅうができたよ。

〔一九三四年〕

《訳注》〝姉さん〟を〝兄さん〟とも訳せる。

少年詩　ホタルの光よ

ぴかりぴかり　黄色く青く　ホタルの光よ、
新しいあぜ道で　いつも夜が明けるまで遊ぶ
下女、住み込み暮らし　夜遅くまで働いて
冷や飯一皿　もらってくる
うちの母さん帰られるから
明るくきれいに　庭の前まで照らしておくれ。

ひらりひらり　飛んで行くホタルの光よ
カモメが眠る　灯りの消えた灯台の上で　遊ぶのなら
えんやこりゃ　水の世界に櫓をこいで乗り出した
船乗りの父さん　行く手を失い泣いているはず
家だよと　ぴかぴか暗い灯台すっかり照らしておくれ。

〔一九三四年〕

少年小説　春を迎える花の歌

暖かい春の日だった。遠く近く、冬を消し去る陽炎は夢のなかにゆらぎ、花と友をさがしてさまよう蝶の群れは、きまぐれな春の風にひらりひらりとひるがえってい た。

どこからか盛んな草笛の音が聞こえてくるかと思うと、山菜を採る乙女たちの歌声も草笛に合わせて朗々と聞こえてくる。

別世界のようだった。工場で疲れた仲間たち、回転するモーターとローラーの入り乱れた音響のなかで力に余る労働に疲れ果てた少年工たちには、農村の美しい風景が格別に美しく、親しみ深く思われた。今日は日曜日。久しぶりに休みになり農村に遊びに来たことが、誰にとってもうれしかった。春はほんとに美しかった。かげろうがゆらぐなかで、咲いた花を心ゆくまで見ることもよかったが、静かに横たわる山や野原を遥かに見晴らすことだけでも、すばらしかった。

真っ黒くて煤けたゴム工場のなかで働くほかになにも知らない仲間たちだけに、「やあ！　やあ！」と、感歎の声をあげたのだった。少年工たちは、このように叫んだり、騒いだりしながら、まるで小学校の児童が遠足に行くときのように、三〇名あまりの長い列をつくり、黄(き)背筋蛇(せすじへび)のような土手を通って山に駆けあがっていった。彼らは、休日を使って春を迎える花見に来た×倉ゴム工場の少年工たちであった。

クンチョルというローラー係の助手がまとめ役になって、二週間も待ち望んだ末にやって来たのだ。仕事に追われるだけで、遊びに行くことも、なにか興味のあることをしてみることさえも思いつかなかった仲間たちは、はじめクンチョルが提案したとき、耳に入れないでしまった。二週間も休めずに昼夜働いてやっと一日のんびり休めるという日曜日に、山や野原を歩き回るのは、体が疲れるだけだと考え、仲間たちはそれほど望ましいとも思わなかった。しかし、本気でクンチョルがあれこれ説得してまわるので、ついその気になり、山について行ってみたら、何ともいえず愉快になったではないか。

彼らは工場でうたっていた歌をうたったり、道端に咲いている名も知らない花を摘んで花束をつくっては頭に載せたりして、西将台(ソジャンデ)までやって来た。

「ああ、ぼくたちこんなところで暮らせないかな？」

「だめ、だめ！　一週間だけ暮らしても肉がぶよぶよにしなびちゃうさ」

「いや、いいかとおもうよ！　のんびり牛を飼いながら笛も吹いたり！」

「こいつ！　農作業は簡単だと思っているのか？」

これは少し遅れて行った仲間たちが、牛に餌をやっている子どもを見ながら話していたのだ。するとクンチョルがやって来て、割り込んだ。

「農村でも、暮らしがとても大変らしいぞ！」

「何いってるんだ。ぼくたちは葛の根三年の苦労の末、やっと平壌に来れたのではないか！」

クンチョルが気遣わしげに口を挟むと、「田舎者」というあだ名をもつソクパルがそう言い返した。

「牛が肥えているじゃないか。君！　あれは君の牛なのか？」

「ちがうよ。地主の牛さ！」

クンチョルが牛を飼っている子に大声で叫ぶと、その子は顔をそむけながら力なく答える。

「見ろよ！　村の人たちがどんなにか辛いのか！」

ソクパルが泣きべそをかくと、みんなぶすっとして黙りこくってしまった。そうしているうちに仲間たちは見えなくなっている。かれらは、はるか遠く走り去った仲間をさがして駆け出して行った。

かれらが西将台峠を越え、さらに二つの峠を越えたときだった。どこからか娘たちの明るい歌声がきこえてきた。かれらは歌声をもとめて走っていった。向こうの林の間で五人六人と連れ立って歩きまわりながら山菜を摘んでいた娘たちは、不意に若者たちが走ってきたので、おどろいて逃げようとした。若者たちは、娘たちを取り囲んだ。娘たちはかたまってどうしてよいかわからず、とまどってしまった。

「なにをそうお高くすましこんでいるの？　ひと言ったらどうだい！」。ある仲間がからかうように話しかけた。あとからつづいて、そうだそうだという言葉が矢継ぎ早にとびだした。かれらは、村の娘たちも工場の娘たちと同じだと思い、気楽にからかったり、冗談を飛ばしたのだった。しかし、娘たちは恥ずかしくて、どうしていいか分からなかった。怖がっているようでもあった。

「君たち、工場の仲間たちとはちがうんだよ！　もうよせよ！」。ソクパルが娘たちの側についた。

するとクンチョルは、「そうさ、初めて会った仲間に対して何て態度だ！」といって、仲間をあっちへ追いやった。

「山菜を摘んでおかずをつくるの？」。クンチョルは照れくささもあって、娘たちにこんな質問をすると、「ちがいます。山菜を和えてそのままそれだけを食べる家がずっと多いのです」と、なかでもいちばん年上の娘が答えて、涙顔になった。クンチョルもやりきれない思いがした。いっしょに泣いてやりたかった。

それでクンチョルは、農村についてもっとくわしく知りたくなった。しかし、娘たちをそのまま引き止めて話をさせるのもすまないとおもい、その場をはなれた。それでもクンチョルは、農村の人たちが山菜粥を食べて暮らしていると考えると、しきりに心が重くなるのをどうすることもできなかった。

少年工たちは、良い場所をえらんで、車座になった。持って来た弁当をひらいて食べ始めた。だれかが可笑しい話をはじめて、そこはどっと笑い声にあふれた。いくらか時がながれた。

「クンチョルではないか！」という声にふりむくと、向こうの林の間からかれらも散歩に来たらしい仲間が十人あまりこちらにやってきたが、そのなかから一人の仲間がクンチョルを見つけて、彼のところに来るところだった。

「やあ、ほんとにどうしたことだ？」

「ぼくらも遊びに来たんだ。いっしょに遊ぼうよ！」

「そうか、座ってくれ！」

こうして仲間たちはたがいにあいさつをし、交じり合って遊ぶようになった。その仲間たちも弁当をひろげ、たがいに分け合って食べながらあれこれ言葉を交わすと、すぐに親しくなった。このようにたがいに笑い、さわいで遊んでいたが、その仲間たちが持ってきた大きくふくらんだ包みを開かないままなのを見たクンチョルは、それを開けに行こうとした。

「これはなんだ？　食べものではないのか？」

「ちがうよ！　クンチョルったら！　演劇鑑賞をするつもりはないか？」

「演劇鑑賞だって？」

「下手だけれど、ぼくたちは演劇サークル仲間なんだ」

「それはすばらしい！　早く見せてくれ！」

「そうだそうだ！　早く見せてくれ！」

仲間たちは演劇という言葉に興味がわき、さわぎたてた。そして見ると、むこうの仲間たちには娘たちも何人か加わっていた。その仲間たちがふくらんだ包みをほどくと、そのなかから舞台装置や演劇に使う衣裳と道具が現れた。

小高い丘で、うしろに林が濃く茂ったところに、舞台をつくり始めた。林の中に入っていった者は化粧に余念がない。この仲間たちは、工場サークル員の仲間たちだった。実は、クンチョルと前もって約束をして、ここで落ち合うことにしたのだ。しかし、後のことを考えて、偶然出合ったように仕組んだのだ。

工場のサークル仲間たちは、工場でも公演するが、このように山の中で仲間を集めて公演することが、もっと大きな仕事になっていた。それは、工場の仲間たちに見て欲しくもあり、また学ぶことが多い脚本を見せてあげるためだった。工場で一日三十銭をもらう少年工たちがなぜ仕事は多くさせられ、賃金はただの三十銭だけを受け取らねばならないのか？　それは、工場の主人が悪いからだ。ではなぜ、工場の主人が悪いのか？　ということなどが、演劇で少年工の働くありさまを通して描くという内容となっていた。それだけではなかった。農村についてもあって、少年工たちが知りたいことが脚本にたくさん盛られていたのだ。

それでクンチョルが花見に来るように仕組んだのも、実はこの演劇鑑賞をさせようと思ったからだ。夜学で学ぶことよりも、演劇ではずっと心にすっきりと見せてくれるので、少年工たちを啓蒙するためにクンチョルが組織したのだ。

間もなく幕が開いた。力強い合唱で公演は始まった。次はシュプレヒコールが上演された。いつの間にか、見物人がぐっと増えた。山菜を採っていた娘たちもみんな来たし、村からも子どもたちが大勢やって来て、面白そうに観劇したのだ。公演は息つく暇もなかった。シュプレヒコールが終わると、今度は劇が上演された。『追われて行った彼ら』という劇は、農村で土地を横取りされて工場に勤めることになった家の子が、少年工として働きながら苦労する話だった。みんなかたずをのんで、見入った。こぶしをにぎり悔しがったり、労働者が工場主を押しのけ、ストライキを行ったところでは、みんな拍手をして喜んだ。

劇は、さらにもう二作あった。『サイレンが鳴る時』、『神様の贈り物』そんなものだった。『サイレンの鳴る時』は、工場主が少年工を機械でケガをさせ死なせても、かえってうまくやったと言っていることを知った労働者たちが憤慨してストライキを起こし、勝利するはなしだった。そして『神様の贈り物』は、キリスト教の牧師が子どもをだましてお金を奪っていく話だった。

すべて自分たちの生活と境遇そのままを見せてくれる劇だった。一般に劇場でおこなう劇とは違っていた。それは、直接自分たちの生活を見せてくれ、みじめな少年工と労働者のおじさんたちがどうしたら工場で侮られず、しっかり暮らせるようになるかということを、はっきりと見せてくれ、おおきな感動を呼んだ。

ほんとに生きる道を見つけたような思いだった。劇と同じように、労働者たちが一つに団結して工場主たちと闘うべきだったのだ。このように考える少年工たちは、すぐさまこぶしをにぎり、工場に駆けつけたい気持ちになった。すると最後に「われわれは勝利するまで闘おう！」というシュプレヒコールで、力強く労働者たちが闘いと勝利を叫ぶなかで、公演は終わった。実に面白かった。心が躍り、みな喜んだ。

ほんとに愉快な一日だった。そして不思議な衝動で心がわきたつ一日だった。少年工たちは、工場のサークルの仲間と手をしっかり握り合い、喜んだ。

「劇をまた見せてくれよ！」

「じゃこれからたびたび会おうよ！」

少年工たちは、このように後日のことまで約束した。農村の仲間たちも、並大抵の喜びようではなかった。みんな喜んでいるのは言うまでもなかったが、あの山菜取りの娘たちも、「また遊びに来てね！」と言いながら、山から下りていく工場の仲間を見送っていつまでも手を振っていた。それで工場の仲間たちも、楽しい春を迎える花見の興奮がおさえられず、高らかに歌をうたいながら山をくだり、野原を横切り、ふたたび黒い煙が立ちのぼる工場へと向かって行くのであった。

〔一九三一年、『星の国』〕

ソン・チャンイル　篇

略歴

一九〇九年八月七日　平安北道熙川郡で生まれる。
一九三〇年に平壌崇実専門学校を卒業した。
卒業後は、平壌で私立学校教員として勤務しながら、主に児童文学を研究した。
一九四五年解放後は、平壌で教員生活をしながら、創作活動をした。
一九五六年現在、黄海北道で現地生活をしながら、創作に精進している。

児童詩　たきぎ売りのお年寄り

たきぎ売りのお年寄り　長いお髭に
ずらり氷柱(つらら)が垂れ下がる。
市場へ三十里はるかな道を
お年寄り　どんなに震えて来られたか?

たきぎを売って数十年　お腰が曲がり
黒いお髭もとうとう白くなっちゃった。
今ではたきぎの荷　力に余るけど
しかたなく　今日も市場へやって来た。

たきぎを買いな　たきぎだよ、叫ぶたびごと
氷柱がガチャガチャ揺れる。
目に浮かぶ家の貧しさ思って流れる涙
お髭にも流れ落ちて氷柱になった。

〔一九三四年、『星の国』〕

児童詩　鳥追いのため息

ほう　ほう、
ほんとにあくどい鳥たちだ、
一日中のどが裂けるほどどなり散らしても
さっと飛び込んで忍び入るのだ。

この情け知らずの者たちよ、
他人（ひと）の事情もわからない鳥たちよ、
食べものたくさんの田畑はすっと通り過ぎ
どうしたことかざわめきかまびすしい。

ほう　ほう、遠くに飛んでゆけ
年取った父さん　真夏の身を焦がす日差しのもとで
汗を流して取り入れた穀物
どうか一粒も疵（きず）つけないでおくれ。

〔一九三三年一〇月、『星の国』〕

ナム・ウンソン　篇

略歴

一九一二年一〇月一日江原道安辺郡に生まれる。

一九二九年　元山商業学校を中退し、文学修業を始める。

一九三四年に日本に渡り、苦学して東京の専修大学経済科を卒業した。

帰国後は、新聞社と雑誌社で記者をしていたが、「反帝ビラ」事件から逃れて中国東北地方に行き、放浪生活を送った。

一九四六年帰国後は、江原道人民委員会、朝鮮作家同盟などで活動していたが、一九五六年現在は地元で創作に励んでいる。

童謡　晩秋の野

鳥を追う　子どもの声も
　聞こえない
秋の野原　からーんとして
　うら寂しいな。
時おり　木こりの歌
　聞こえて

カラスの群れ　空高く
　飛んで行くばかり。

田に畑に　穀物は
　いったいどうしたの
父さん兄さん　あれみんな
　だれにあげたの
細い　畑のあぜ道
　足跡ごとに

落とした　涙のしずく
　わたしは見ます。
〔一九三〇年一〇月、掲載誌不明〕

童謡　わたしのお友達はどこに行ってさがすの

秋の日差しが照りつける
　石垣の下で
スンフィとのままごと遊び
　楽しかったのに
スンフィの母さん腹を立て
　駆けつけて来ては
スンフィを叩きながら
　連れて行くのよ。
家なき子のわたしと
　いっしょに遊んだからと
スンフィを泣かせながら
　連れて行くのよ。
わたしにつばを吐く
　スンフィの母さん
スンフィをぶったら
　涙ばかり出るでしょ。
スンフィの母さん　わたしも
　人間なのです
絹の着物こそ着れない
　人間なのです。
〔一九三〇年一〇月、『東亜日報』〕

童謡　ヒバリよ

空高く　ぴーちくぴーちく
　うたいながら
どこまでも上っていく
　ヒバリよ

土地広く　家も多い
　この国には
小さなこの身ひとつ
　　住むところとてないのだ。

今日は　あたたかい
　春の日なのに
穴のあいた綿入れを
　まとった身の上
哀れだと　ぴーちくぴーちく
　うたっているのか
かわいそうだと　ぴーちくぴーちく
　うたっているのか。

広く　青い　宙（そら）に
　ふんわり上り
ぴーちくぴーちく　うたっている
　ヒバリよ
働くところもないわたしと
　連れだって
楽しい歌をうたえる国さがしに行こう。
　〔一九三二年五月、掲載誌不明〕

童謡　母さんを待ちながら

日が落ち　黄昏（たそがれ）
　闇がせまると
幼い弟　乳をほしがり
　泣き止みません。
明け方早く　日雇いに出かけた
　うちの母さん
近いところなら
　たずねていくのになあ。

夜学校に行く時間は
　おそくなるのです
幼い弟　おなかを空かし
　しきりに泣くのに

大通りでは　普通学校
　通う子たち
鬼ごっこ　かくれんぼ
　あそびに夢中です。

幼い弟　泣き止まないので
　わたしも悲しいです
母さんは　どれほど
　胸を痛めているでしょうか
空いたお腹をがまんして
　元気を出してみても
母さんを待っていると
　涙がこぼれます。

〔一九三三年一二月、『中央日報』〕

訳者あとがき

本書訳出に至るまで

『星の国』との出会いにいたる経緯は、一九六〇年前後にさかのぼる。母校、国際基督教大学において、武田清子教授の企画による思想史方法論研究講座が二年間にわたって開かれ、そのなかで竹内好氏の「方法としてのアジア」の講演を聴いたのが、私にとって朝鮮への目覚めであった。氏は、「朝鮮語をやっている大学は、日本全国にない。わずかに天理大学だけです。天理は、布教上の必要上やっている。戦前は東京大学でも朝鮮語をやったことがあるのですが、戦後はなくなっております。日本からいって一番近い外国である朝鮮のことを、われわれは実に知らない。知らないばかりでなくて、知ろうとしない。大学で朝鮮語をやるところがないというのは、そのあらわれです。実に不思議な現象だと思います[1]」と語った。隣国に対する自分の異常さ、死角に気づかされた。かつて日本人で朝鮮語を習得するのは、朝鮮人独立運動を探索する警察官だったとも言われる。相手に価値を認め、その文化に敬意をもって言語を学ぶのが、自然なことだとすれば、フランス人とドイツ人の隣国同士の関係に比べても、日本人と朝鮮人との関係は異常であった。

（1）武田清子編『思想史の方法と対象』創文社、一九六一年一一月所収。

機会があれば朝鮮語を学ぼうと思った。五十年以上も前のことで、今日の状況とは違い、朝鮮語を学ぶ外国語学校も、ラジオ講座も、そして辞書もなかった。高校教師の勤務を終えてから通っていた倉石中国語講習会の仲間から朝鮮語講習会があると教えられ、名前は忘れたがどこかの学校の講堂を借りての講習会に出かけた。講師は朝鮮人学校の先生だった。初めはかなり大勢いた参加者が、会を重ねて少なくなり、初歩をかじったところで終わった。残った者のなかに年配の婦人がいて、設立して間もない日本朝鮮研究所で勉強を続けようとさそわれた。その年配の婦人は、後で分かったが澤地久枝『昭和史の女たち』に出てくる寺尾としさんであった。それからは江戸時代の蘭学の勉強さながら、独学で朝英辞典などをたよりに主に教育関係の文献を読んでいた。ある時、研究所の専務理事の寺尾五郎氏（故人）から読んでみてはどうかと、この本の原本を渡された。氏が訪朝した際に、この本の関係者から贈与されたものを、所員のなかで教育現場にいた私に読ませるのが適切だと判断したのだと思う。

最初の崔曙海の詩を訳すのが精一杯でうち過ぎていくうち、学校の仕事や日中国交回復運動で忙しくなったこともあり、研究所とも疎遠になり、『星の国』は本棚に埃をかぶったままにしてしまった。私が基礎も十分でないまま朝鮮語と取り組む機会を失くしている間に、世の中の情勢とともに朝鮮＝韓国語の学習環境は大きく変わっていった。朝鮮＝韓国語は、大学でも、カルチャーセンターでも、ラジオ・テレビでも、学べる時代になった。私が勤務する学校で、韓国・朝鮮籍の生徒を中心に日本人生徒といっしょにハングル入門講座を開いたりしていたが、日本から韓国に留学する韓国・朝鮮研究者も増え、朝鮮・韓国に関する勉強では、三十年の空白で私は落伍者になっていた。

六七歳で教職から離れたとき、かつての日本朝鮮研究所の仲間から同人「海峡」にさそわれ、三十年ぶりに朝鮮と改めて向かい合うことになった。さて、なにから取り組もうかと悩んだが、本棚に眠らせていた『星の国』に再度挑戦してみることにした。辞書を片手に読み始めた解放前（植民地下）朝鮮児童文学は、巌のように立ちふさがり、打ち込むノミを跳ね返した。一九三〇年前後の時代背景と朝鮮の社会状況の理解なしには作品の真意が捉えられず、辞書にはない方言や当時の言葉で躓き、会話文の語尾に悩み、童謡や詩の韻律が日本語では表現できないなど、一行一行とにらみ合った。そして、少なからず誤りを指摘していただいた高演義氏の支援なくしては、出版する勇気はなかった。いずれにしても、半世紀を経て寺尾五郎氏から託された宿題を果たすことができた。

雑誌『星の国』について

本書の作品群が掲載された少年少女雑誌『星の国』については、訳者まえがきでも触れたが、補足しておきたい。『星の国』は、一九二六年六月一日に創刊され、一九三五年二月通巻七九号で終刊となった少年少女雑誌である。『創刊1周年記念号』(一九二七年六月一日)の奥付を見ると、編集兼発行人安俊植、印刷人安英植、印刷所東亜社印刷所、発行所星の国社(ソウル・永楽洞一街六五)、B六判九六ページ、定価十銭である。この雑誌は、草創期では社会主義の色彩が濃いものではなかった。しかし、「貧しい仲間のために、値段の安い雑誌で出そう」というスローガンを掲げたこともあり、その底にいつも階級意識が流れていた。そして、一九二五年前後に急激に強まったプロ文学の影響が『星の国』誌を強い階級意識につらぬかれたものに変えていった。

明白な政治的目的意識を持って再出発した『星の国』誌は、安俊植と朴世永が編集を担当し、この雑誌を舞台に活動した作家には朴世永・安俊植・李箕永・宋影・朴芽枝・孫楓山・尹崑崗・鄭青山・李周洪・林和・嚴興燮・金海剛・廉根守・李東珪など大部分のプロレタリア作家が名を連ねていた。(2)『星の国』をはじめとするプロレタリア児童文学が、朝鮮・韓国の児童文学の歴史の中でどのように位置づけられるかについては、大竹聖美氏がその論考において的確に述べておられる。当時の『オリニ』誌や『子ども生活』誌などに載った作品群に比べて、『星の国』は明らかに階級主義的意識を鼓吹する告発的・行動呼びかけ的作品に満ちていた。すなわち、〝童心主義〟と階級的〝現実参与主義〟が、朝鮮・韓国児童文学を貫く二大潮流とすれば、『星の国』は後者の源流と見做すことができる。[3]

（2）『韓国雑誌百年 二』ヒョナム社、二〇〇四年五月一五日。

（3）大竹聖美「韓国における児童文学研究・評論の歴史と現況」（『児童文学研究』第三八号、二〇〇五年一二月）、『近代日韓児童文化関係史 試論』（白百合女子大学児童文化センター、二〇〇四年三月）。

カップについて

『星の国』の作家たちが参加していたカップについて、改めて紹介しておく。カップ（KAPF）とは、左翼プロレタリア文化・文学運動の二つの団体「焔群社」と「パスキュラ」が合同し、さらに階級意識をもった他の作家たちの参加を得て、一九二五年八月に設立された朝鮮プロレタリア芸術同盟のことである。そのエスペラント語の korea Artista Proleta Federatio の頭文字 KAPF が通称となった。発起人には、朴英熙、金其鎮、李浩、李相和、安硯柱、宋影が名を連煥ね、李箕永、崔曙海、韓雪野、林和、安漠、朴八陽らが参加し、一九二七年には新メンバーが加わり、階級意識の強い文学活動を展開した。

一九三〇年の支部数が十三、会員数が三百名を越えている。機関誌『文芸運動』を発行し、左翼文化運動の中心的存在であった。朴世永も書記局の責任者の一人である。そのプロレタリア文化運動は、文学、演劇、映画、美術各分野にわたった。一九三〇年頃、日本から帰国した林和、權煥、安漠らがボルシェビキ主義を唱え、カップ内に意見の対立を抱えることになる。その後、思想弾圧を強化する当局により一九三一年六月から一〇月にかけての第一次カップ一斉検挙で七十人余、一九三四年四月の第二次カップ一斉検挙で八十人余が逮捕され、組織は圧殺されていった。組織非解消派もあったが、一九三五年五月二一日に金基鎮と林和らの名で解散届けが出され、十年にわたる組織的な活動は終わった。(4)

（4）金学烈『朝鮮プロレタリア文学運動研究』金日成総合大学出版社、一九九六年（朝鮮語）他参照。

ここで、『星の国』挿絵画家姜湖の略歴について触れておく。姜湖は、カップと結びついて活動し、当時の『星の国』誌の装丁と挿絵を描いていた。解放後は南から北に移った越北画家の一人である。越北の時期は、解放から南北ふたつの政権が成立するまでの時期、一九四六年七月ごろとされている。政治的に北の体制に同調して北に入り、この作品集の挿絵を描いていることであきらかのように、活動を続けていたと思われる。没年などは不明。姜湖の挿絵によって、作品のイメージがいっそう鮮明になり、作品の世界を直接読者に訴え、翻訳の限界を補ってもくれている。

作品の性格と時代的背景

本書の百十二の作品の理解に参考となる、その時代的背景などをについて述べておきたい。

当時の朝鮮の状況を概観すれば、一九一九年の三・一運動以後、武断政治からの転換がなされたとはいえ、憲兵警察制から普通警察制への衣替えもその内実は変わらず、監視と弾圧は根深く存続した。すなわち、〃高等警察〃統治であり、一九二五年の治安維持法が公布施行後、最初にその適用を受けたのは、朝鮮人の左翼運動であった。(5)

（5）荻野富士夫『特高警察』岩波新書、二〇一二年参照。一九二五年八月、間島における「電拳団事件」――「朝鮮の独立および共産主義に関する宣伝文」の撒布のかどで、検挙者二〇人、訴追処分四人（P.69）。一九二五

年一一月、朝鮮共産党第一次検挙（p.69、p. 144）。

言論にたいする検閲はきびしく、『朝鮮日報』『東亜日報』など民族的な新聞発行が認められたが、記事の削除、発行停止、廃刊は常に行われていた。一九三一年には、第一次カップ一斉検挙でそのメンバー七〇人余りが、一九三四年には第二次カップ一斉検挙で八〇人余りが逮捕されている。総督府（日帝）は、高まる労働組合、農民組合の活動のひろがりを極力抑えこむ手段をとった。[6] 工業部門は日本の資本が支配的であり、農業では土地調査事業による自作農から小作農への転落がすすみ、低賃金労働者や火田民、あるいは中国東北部（満州）への移住民として離村する者が増加していた。[7] こうした時代状況下でカップ作家はどんな課題をもって作品に取り組んだのか。

（6）前掲書 p.146

一九三一（昭和六）年、朝鮮の社会主義運動は急展開をみた。高等警察側は、地方での赤色労働組合や赤色農民組合の組織化が活発となり、「昭和六、七年は地下運動の最盛期を現出した」と把握している。これに対処するため、三二年、もう一度高等警察部門は大拡充を遂げ、取締り体制も厳重化した。思想犯罪検挙者はピークが三一年で六六〇〇人余。治安維持法検挙者は三三年が最大となり約一万人、一九二六〜三三年の検挙者合計三万人。

（7）『朝鮮総督府統計年報』各年度版より算出した表（金富子『植民地期朝鮮の教育とジェンダー』p.81）の傾向を見ると、農村の階級・階層の変化は一九二〇年代から三〇年代にかけて地主階級が三・五％前後に留まっているのに対し、自作農は二〇％から一六％、自小作農は三七％から二五％に減り、小作農は四〇％から五三％に増え、三〇年には火田民（二％）も現れてきた。すなわち、少数の地主への土地の集中と農民が土地を失い、小作農への転落、離村していく状況がうかがわれる。

テーマ別に作品を分類してみると、以下のようになった。一つの作品に複数のテーマが含まれていることも多いが、主な内容から判断した分類である。

■テーマに見られる比率

A．農民の生活・労働・たたかい	三九（34・82％）
B．労働者の生活とたたかい	一三（11・60％）
C．学校・就学（進学）をめぐって	一二（10・71％）
D．動植物を主人公にして	一二（10・71％）
E．来るべきものへの期待	四（3・57％）
F．国際的な目	三（2・68％）
G．子どもの生活と家族	二二（19・64％）
H．キリスト教（教会）批判	六（5・36％）
I．理科の勉強	一（0・89％）

ここから以下のような課題が浮かんでくる。

1、農民（農村）が、もっとも多くテーマに取り上げられたのはどうしてか。

朝鮮の人口の八割を占めていた農村は、先に触れたように、地主への土地集中と自作から小作への転落と土地を奪われ離村・離郷する厳しい状況のなかで、革命的農民組合の活動が各地に展開していく[8]。カップ作家は、農村の革命的な農民運動と結びつき、あるいはそこに光を見出し、少年少女たちに社会の矛盾に目を向けさせ、それと闘う道を示そうとしたのである。

（8）飛田雄一『日帝下の朝鮮農民運動』未来社、一九九一年（p.57〜59）。同書で咸鏡南道定平農民組合、同永興農民組合、慶尚南道金海農民組合、咸鏡北道明川農民組合の活動の歴史と分析を行っている。

これらの作品の内容は、①農民の日常生活について、貧しさ、閉塞感、労働、懐古と新しいものへの期待 ②農民の団結と自衛 ③地主への怒りと対決 ④離郷する背景と悲しみ―が主旋律となり、また副旋律となっている。

カップ作家の児童文学にたいする姿勢は、子どもを取り巻く環境は無風の楽園ではなく、苛酷な現実であり、それに正面から見据えることをまず求め、ときには大人とともに自分たちを苦しめている者との闘いに参加するように呼びかけている。「童心主義」ではなく、「現実参与主義」の児童文学である。これは、このテーマにかぎらず、全作品につらぬかれているように思える。

2、作品にひんぱんに出てくる組合とは、どういうものであり、子どもたちにとってどのような意味をもっていたか。

カップ作家の作品に登場する組合は、革命的（赤色）農民組合といわれるものである。朝鮮共産党が弾圧によりその指導力が失われていった一九三〇年前後は、活動家たちが各地に個別に農民組合を組織し、それらの活動をとおして革命党の再建を模索していく状況がみられた。これらの農民組合は、「革命的」「赤色」農民組合といわれる性格をもった綱領と運動方針・政策をかかげていた。

咸鏡南道の定平農民組合、永興農民組合、慶尚南道の金海農民組合の運動方針・政策には、作品中に出てくる①農民の組織化②農民夜学校設置③奸農輩徹底監視④小作争議自由権獲得⑤階級的農民自衛団の組織⑥青年・婦人・少年部の設置などがある。

実際行動では、解放区づくり、夜学校弾圧に対する実力行動、秘密裏のビラ印刷など宣伝活動、組織防衛の武力自衛準備、公会堂などの拠点づくり、時に応じて革命歌を高唱してのデモ行進、…等々である。一九三〇年代初頭は、逮捕者奪回など死傷者も出る激しい闘いが頻発し、逮捕・検挙されて裁判が行われている。

そのような状況下で組織された上記の少年部は、次のような行動綱領をもっていた。[9]

イ．秘密を死守しよう　ロ．前衛隊を忘れるな　ハ．家庭を離れ運動戦線へ

ニ．無産者の子供は無産者のために活動しよう　ホ．青年のピケ、レポをしよう

へ．我々少年は青年の訓練を受けよう

（9）前掲書 p.103

『星の国』の作品には、このような行動綱領と照応する少年たちの行動や心情が描かれており、当時の緊迫した状況下にあった読者にとっては、臨場感のある、説得力をもった作品であったであろう。

なお、朴世永『牛の兵隊』に出てくる集団牧場は、単なる空想の産物ではなく、咸鏡北道に「ソヴェートの農村組織に模倣して農民間にコルホーズ並コウペラチーブ（協同組合）を組織した」活動がみられることから、こうした現実の運動に触発されたものとも考えられる。[10]

（10）前掲書 p.58

3、労働者の生活とたたかいはどのように描かれ、子どもに何を求めているか。

二つの小説『乙密台』（一九三二年）『豚の餌の中の手紙』（一九三二年）は、実際に起こった平壌ゴム工場労働者と紡績労働者の闘争が素材となっており、英雄的な婦人労働者と忍耐強くたたかう青年労働者が主人公になっている。[11] 労働者について詩や童謡は、労働者の団結と職場の主人公としての力強さを歌いあげ、子どもたちにデ

モへの参加を呼びかけている。これらの作品は一九三一年に集中しており、一九三〇年前後に多発したストライキとデモが背景にある。そのほかに、朴世永の児童詩『動物園の春』は、楽しげな動物園の世界とそれとは隔絶して暮らす労働者を対比させた詩として異彩を放っており、南宮満の小説『春を迎える花の歌』は青年工場労働者のサークル活動を生き生きと描き出している。

（11）平壌ゴム工場のゼネストは一九三〇年八月。この年の労働争議、一六〇件に達する。京城紡績工場でのストライキは一九三一年五月。

4、夜学が重要なテーマとなっているのは、なぜか。

作品集『星の国』には、低い収入のため普通学校に入学が認められない子ども（金北原『最後の日』）、月謝が払えず普通学校から退学を迫られる子ども（権煥『凍ったご飯』）、親の失業により進学をあきらめ夜学校に行く子ども（宋影『新しく入ってきた夜学生』）が、主人公の作品がある。

一九二二年の第二次教育令により、尋常小学校に相当する朝鮮人の学校「普通学校」は修業年限が六年となっていたが、短縮が認められ大多数が四年制であり、一九二九年以降の一面一校計画に依り増設しつつある普通学校は、総て四年制であった。普通学校を卒業して進学できるものとして高等普通学校（四年制）と師範学校があり、師範学校は男子六年（普通科五年、演習科一年）、女子五年（普通科四年、演習科一年）であった。一九三三年五月現在における普通学校就学率が、推定学齢児童数に対し二割弱であり、私立各種学校、書堂にも行かず、学校への門が閉ざされた未就学の者が多かった。[12]

（12）佐野通夫『日本植民地教育の展開と朝鮮民衆の対応』社会評論社、二〇〇六年（p.61~66）。

そういう子どもたちにとって、夜学校はやむをえない選択であった場合もあり（宋影、前出書）、また先に述べた農民組合が識字教育や思想教育のために子どもたちに呼びかけた学びの場であった（李東珪『木こり』、南宮満『手紙をうれしく受けとった』、ナム・ウンソン『母さんを待ちながら』、李園友『子守の仕方』）。また、六年制の師範学校は、京城師範学校一校だけであり、普通学校六年卒業した優秀な者が受験しても、[13]親の収入が足りないと不合格となり無念の思いを引きずることにもなったのである（宋完淳『金君に』）。

（13）前掲書 p.64

学校をめぐる作品には、学校閉鎖と教師の追放が取り上げられている。朴世永『校門を閉ざした日』は、日本の警察により閉鎖を迫られる村の私立学校の教師と生徒を描き、鄭青山『夜学の門は閉ざされたのだから』は、革命的農民組合の夜学をめぐる闘いが弾圧されたことを詠っている。宋影『追放された先生』は、村の私立学校においてさえ、心ある教師が追放されていったことを教え子が嘆き悔しがる話である。前出の金北原『最後の日』も、警察に連行される教師を子どもたちがかばう場面が検閲で削除されたことが、注に記されている。

5、主人公になった動植物は、どんな世界を物語っているか。託して描いたものはなにか。

一つは、権力者にたいする団結した大衆の闘争である。猫に対するネズミの戦いと勝利（厳興燮『仔猫』）、王様蟻に対する小さな蟻とそれを助ける赤い蟻（朴世永『赤い蟻』）、虎と闘って勝利するウサギ（宋影『ウサギ』）。第二は、教訓的な内容をおびる童話である。良い行いを報告しあう山鳥（宋影『山鳥の国』）、育ての親をないがしろのしたガチョウの末路（朴古京『ガチョウ』）。第三は人間とのからみあいである。いたずらっ子に散らされるバラの命（権煥『乙女のバラ』）、益鳥だと喜ばれるツバメ（朴世永『ツバメ』）、住処をうばわれるリス（安俊植『引越しするリス』）、働かされる牛の怒り（鄭青山『大きい牡牛』）、働く蟻への共感（朴古京『蟻さん、ぼくと握手して』）。そのほか、放浪の民を象徴するカモメを詠った朴世永『カモメ』、カラスの目線で下の危険な世界を覗く金友哲『カーカー　かくれろ』がある。

6、未来に何を暗示し、外の世界に目を向けさせようとした狙いはなにか。

子どもたちに未来を予感させる詩を朴世永が詠っている。『おじいさんの古時計』には古時計が止まらないうちに期待に応えようとする若者、『川のほとりで』には川の流れに乗って走る舟のように未来に突き進む子どもたち、『ソバの花』は、おじいさんの育てるソバの開花（革命）への待望が、詠いこまれている。ナム・ウンソン『ヒバリよ』は、祖国に絶望しつつ楽園を探し求めている詩（童謡）である。

国外とつながる作品は、多くない。金友哲の童謡『貨車』は、列車の行き先が中国とロシアであり、一部検閲削除があり、鄭青山の童謡『兄弟になろう』は、日本、中国など海外の見知らぬ友との交流を奨め、宋影の地理劇『地球の話』は世界の国々の紹介である。外の世界に目を向けることで、自国＝植民地朝鮮を世界の中で自覚的に捉えるきっかけにしたかったのではなかろうか。

7、どのような目線で、どのような子どもが描かれているか。

第一は、少年少女の素直な気持ちや行動を見つめる作品であり、權煥は詩『どうして大人になれないの』『どうして怖くないの』で成長へのあこがれを、申鼓頌は童謡『横丁の大将』で元気な腕白小僧の素朴さを、鄭青山は童謡『豆腐売りの少女』でけなげに働く少女の誇りを、嚴興燮は童謡『じまん壺』で子どもの負けず嫌いを、李園友は『三本足の黄牛』で貧乏にめげないで学校生活をおくる逞しさを、表現している。

第二は、村の階級階層が子どもの世界に反映している作品である。ナム・ウンソン『わたしの友だちはどこにいってさがすの』は、さげすまされた家の娘が遊び友達から引き離されて嘆く童謡であり、鄭青山『水かけ合戦』は、遊びの組み合わせにも家同士の階層が反映している童謡であり、同『「子どもの日」は「宣伝の日」だぞ』は、子どもの日を労働人民の団結の日に切り替えようとする童謡である。

第三は、組合少年部が登場する作品群であり、金友哲は、童謡『凧』『タンタルグヤ』と小説『大みそか』で少年部を中心とした子どもの活動を描き、鄭青山は、『行きなさい』で反動的な少年会を排撃している。少年部の背景には、先に触れた農民組合や村の階層が存在している。

第四は、家族との絆である。家族愛は児童文学作品の総てににじみ出ているのであるが、申鼓頌の童謡『五銭で買ってもらった手袋』は親の愛情を誇りにして金持ちの子どもに向かい合う心意気を詠い、朴芽枝『姉さん待つ夜』『母さん待つ夜』は姉妹愛と夜業の母を待ちわびる子を詠う童謡である。ナム・ウンソン『母さんを待ちながら』も、泣きやまない幼い弟と働く母親を待ちながら夜学に遅くなることを気に掛ける少年の切なさを詠う童謡である。李園友『母さん待つ夜』も、夜業で働く母と家族の詩である。鄭青山『寄る辺なき姉弟』は、父母をさがして海に乗りだす姉弟の冒険談である。

そのほかに、李東珪の童謡『電柱』が、強い風の中で立ち尽くして働く電柱にも同情の目を向ける感性を子どもに求めている。

8、キリスト教（教会）は、どうして批判されているのか。

作品の中にキリスト教の教会や牧師を批判する劇二篇、小説一篇と童謡三篇がある。児童劇では、厳興燮の『車引きの少年』が、目の前で苦労している者に説教とお祈りだけで手を貸さず素通りする牧師を嘲笑し、南宮満の『サンタクロースのおじいさん』は、自分の家族のことだけを考え、飢えた少年や召使を差別し、見捨てる牧師の欺瞞を暴露している。金友哲の小説『アヘン中毒』は、教会に行かせず少年部にさそう実際の行動を描いている。童謡では、朴古京の『主日』が、同じく牧師の説教を批判し、夜学へ行こうと呼びかけ、金北原の『神様』は、現実をみると神はどこにいるかと無神論を主張し、朴芽枝の『牧師さんとツバメ』が、偽善者牧師を嘲笑する。

ナイーヴなキリスト教批判であるが、カップ作家が児童文学のなかでキリスト教批判をした動機や背景はなにか。一九一〇年、日本による植民地支配となって以来、総督府は反キリスト教政策をとり、プロテスタント諸教会は反日抵抗運動の一源泉であった。一九一九年の三・一独立運動でも中心的な役割を担った。一九二〇年代前半までは、社会主義とキリスト教は反目する関係ではなかったのである。しかし一九二〇年代後半になると、共産主義者は社会青年運動に取り組み、プロテスタント教会は農村への布教活動を進め、共に反日独立運動の統一戦線で手をつなぐ方向には行かなかった[14]。青少年をどのように育てるか、どちらに獲得するかは、地域の日常生活場面でも展開される問題にもなっていたのかと思う。十五歳のとき洗礼を受けた訳者としては、カップ作家によってキリスト教が戯画化され、一面的に捉えられている問題を、対象になった教会の性格・実体をふくめて、いずれ改めて究明していきたい。

（14）浅見雅一・安廷苑共著『韓国とキリスト教』中公新書、二〇一二年（p.107～110）。

9、理科や地理の児童劇には、どういう教育法がとられているか。

『星の国』にはめずらしく地理と理科の授業に参考になる劇が、二篇載っている。いずれも舞台でそれぞれが分担したパネルを持ち、世界の国々の特徴や、人体の部位の役割を説明するパフォーマンスを演出している。特に、朴芽枝『人体はどのようにできているか』は、人体の各部を担当する生徒が自分の大切さを主張しあう演出が、登場する生徒にとっても、見物する生徒にとっても、興味をおこさせ、認識を深めるものになっている。今日の学校現場でも応用・活用できる教授法である。

以上、『星の国』を訳出してみて、子どもらしい生き生きした行動やつらい生活に耐える子どもを描き、身の周りの世界の欺瞞を暴露していく力強さが心に残る。同時に、望むべくは、子ども同士の争いなどでも〝相手を仲間に変えていく〟手法や思想がみられる作品がほしかった。いずれにせよ、こうした問題を含めて、この時代が刻まれた作品群として、歴史的証人となっていると思う。

おわりに、この本の出版にあたってご尽力いただいた同時代社の川上徹、高井隆両氏に感謝を申し上げます。

桑ケ谷　森男

二〇一三年一月一一日

訳者略歴

桑ヶ谷森男（くわがや・もりお）

1935年2月東京都に生まれる。戦時中、学童集団疎開を体験。

1957年国際基督教大学卒業。高校で歴史教育、帰国子女教育に取り組む。

元国際基督教大学高等学校校長。

「海峡」同人。高麗博物館会員。日中友好協会会員。

星の国——植民地下・朝鮮児童文学作品集

2013年3月18日　　初版第1刷発行

編　著　　朴世永 他

訳　者　　桑ヶ谷 森男

発行者　　高井　隆

発行所　　同時代社

〒101-0065　東京都千代田区西神田2-7-6

電話 03(3261)3149　FAX 03(3261)3237

組版・装幀　有限会社閏月社

印　刷　　モリモト印刷株式会社

ISBN978-4-88683-739-4